墨說 [1] 作品

巔峰造極者

THE PINNACLE

墨說 [1] 作品

巔峰造極者

THE PINNACLE

Ski & Snowboard

世界級單雙板滑雪運動員名冊

「白神」白玥粼

國籍：香港隊

擅長：全能型天才

成就：冬奧三冠王

路線：喬戈里峰「巔峰道」

贊助商：可口可樂

身價：退役

「魔王」Damon Blackwell 達蒙·布萊克威爾

國籍：美國隊

擅長：絕對的身體平衡及協調

成就：衝浪、滑板、滑雪三項全能，史上奪得最多 X GAME 金牌運動員

路線：白朗峰「魔王道」

贊助商：魔爪

身價：退役

「Ｆ１」Julien Simon 朱利安 · 西蒙

國籍：法國隊

擅長：雪道競速、兼修雙板滑雪

成就：世界速度滑雪紀錄保持者、現役世界第一滑雪運動員

路線：奧地利基茨布赫施特雷夫滑雪賽道「傳奇道」

贊助商：奧地利紅牛

身價：EUR € 59,000,000

「雪地坦克」Bjorn Hart 比約恩 · 哈特

國籍：挪威隊

擅長：大山野雪、身體質素

成就：珠穆朗瑪峰單板滑雪下撤、世界野雪巡回賽五冠衛冕者

路線：珠穆朗瑪峰「不死道」

贊助商：奧地利紅牛

身價：GBP £37,000,000

「滑雪公主」高橋瑛子

國籍：日本隊

擅長：U 型池、大跳台、空中特技

成就：冬季青奧會金牌、Red Bull Heavy Metal 金牌、Red Bull PlayStreets 金牌、Red Bull Rail Yard 金牌、全國選手權大會冠軍

路線：目黑川「櫻花道」

贊助商：FILA

身價：JPY ¥4,600,000,000

「中國隊長」 黃群龍

國籍：中國隊

擅長：急速過彎技巧

成就：冬奧平行迴轉金牌得主

路線：河北 張家口「雪長城」

贊助商：中國蒙牛集團

身價：CNY ¥17,000,000

序

「在一個不會下雪的地方，寫一個會下雪的故事」。

好久不見！對上幾次出版嘅實體書，幾乎都係《病港》，今次終於迎嚟新題材，希望您們會覺得新鮮。

今次故事題材比較冷門，係關於單板滑雪運動。

滑雪對好多香港人嚟講，應該都係好遙遠嘅事，畢竟香港不會落雪，唔可以隨便落街就玩到。我喺開筆之前，曾經上網 Google 過，睇下香港有冇一本小說係關於「單板滑雪」，結果……我似乎會變成為第一個例子。

故事嘅男主角，係《我被寄宿到糖果女孩的家中》男女主角嘅後代——任雪糖。

今次喺角色同劇情嘅描寫上，我認為係自己十年寫作生涯以嚟，咁多本小說入面最好。以前嘅小說我唔敢包保一定好睇，但依本只要你願意睇落去，你就會慢慢愛上。

原本啱啱開始寫嗰陣，我其實寫得好困難，因為還未摸索到滑雪有咩好寫？無非都係喺座滑雪場滑嚟滑去，而且雪圈入面嘅一啲知識，門外漢係好難明白，所以我都盡量喺故事度做咗簡化同解釋。如果你唔識得滑雪，正好可以先喺依本小說上面預習下。

《巔峰造極者》預計總共會出四冊，如果你睇完成個故事後，對單板滑雪有興趣，甚至想喺下個冬季走去學，咁我寫依本書嘅一半意義，都已經算係達成咗。

最後，你睇完後有咩想法或者感想，都歡迎去我 IG 同我講，甚至帶我本小說去滑雪場打卡，應該會別有一番風味。

Ig：maksyut20030164

29/6/2025 ——墨說

第一章

第一人

喀喇崑崙山脈，喬戈里峰—— K2。

海拔 8,611 公尺，人稱「殺人峰」的世界第二高山峰，僅次於珠穆朗瑪峰。

它是國際登山界公認難度最高的山峰，事故死亡率超過 27%，平均每四名登山者中就有一名長眠於此，成為下個挑戰者的路標。

那吞噬一切的雪崩、幾乎垂直的陡坡絕壁、深不見底的冰川裂縫、隨時鬆脫的冰柱、氧氣極度稀薄的高海拔環境、還有那詭譎多變的極端天氣，全是大自然釋出的惡意。

若果面對上述種種情況，仍然執意要登山⋯⋯

那麼，山給予你的回應只有兩個字。

死亡。

殺人峰聳立在巴基斯坦與中華人民共和國邊界上，但它的名氣遠遠不及珠穆朗瑪峰，因為大部份人都只會記住第一名的稱號。

儘管如此，這裡歷年來都不乏挑戰者，包括了現在山上正準備登頂的一支冬攀隊。

挑戰者為十名雪巴人和一名香港人，前者揹負著各種登山裝備，以及開路繩索，後者則戴著氧氣瓶，拿出香港紫荊旗準備慶祝歷史性一刻。

「We're about to successfully reach the mountaintop！」香港人振奮地高喊，其他雪巴人舉起姆指回應。

鍾晉傑即將要成為首個登頂 K2 的香港人。

為了這一刻，他可是籌備了好長好長的時間。

作為出身富家子弟的登山界名人，是次登頂的意義非凡。

一方面，能讓外人區分出他和那些綺紈子弟的分別。

另一方面，這亦能為家族集團增光。

為了今天，鍾晉傑已花費了上百萬港元。

他指名了世界級的體能教練指導、重金收買原本不願登上喬戈里峰尋死的雪巴人嚮導、花費大量金錢去取得每個人的機票和登山許可證、還有架繩隊費用、基地營物資補給、每個人的吃喝住宿、甚至修路團隊，全部都得用上不少錢。

另外，鍾晉傑的冬攀團隊在基地營中，利用無人機全程拍攝過程，因為登頂後會製作成記錄片放上串流平台和接受海量傳媒訪問，這些全是其預先安排好的事情。

如果順利的話，一切一切是多麼的美好。

這位有心有力的富家子弟，極度渴求揚名立萬。

登頂前夕，鍾晉傑叮囑隨行的雪巴人停下來，他想由自己先踏上去那片無人沾汙的處女之地，還有頭頂上那片藍得近乎黑的穹蒼。

二百米、一百米、七十米、五十米、三十米、十米、一米……最後一步。

就在鍾晉傑右腳即將要踏足喬戈里峰頂部，準備高舉紫荊旗高聲呼叫之際，他望見山頂上早就坐著另一個人，但最叫鍾晉傑訝異的是，對方竟攜帶著滑雪單板，以及一身雪白的單薄身影。

鍾晉傑暗暗打量著對方的裝備，Supreme 紅白色針織冷帽、FILA x VIST 聯名系列白色滑雪服、美國品牌 Burton 雪鞋、Anon WM3 雪鏡，比起登山家，對方看起來更像滑雪者，可惜護目鏡把其外貌掩蓋住，但從骨架和上薄下厚的嘴唇來看，可依稀分辨出對方是女性。

她正俯瞰著山下混沌無垠的景象，似乎在等著什麼。

能在常人無法觸及的險惡之地遇到同路人，可說是莫大的驚喜。

「Hey ！ friend……」鍾晉傑踏上山頂，主動跟她打招呼：「Where are you from ？」

對方稍稍轉頭望過去說：「Hong Kong。」

她的聲音像波子汽水碰撞般清爽。

而她的答覆，亦令鍾晉傑徹底目睜口呆。

第一人、第一人、第一人、第一人、第一人……

這三個字徘徊在他的腦海不退。

鍾晉傑駭然發現，自己不是登上 K2 的第一名香港人！

自己花了半輩子時間訓練攀登地球中數座八千米以上山峰、僱用雪巴人、使用氧氣瓶、甚至不惜注射禁藥等降低登頂難度的輔助手段，就是為了成為香港第一個登上 K2 的人。

登上新聞的頭版，登上健力氏世界紀錄。

然而對方開口說出來的這兩隻字，就徹底粉碎了鍾晉傑的美夢。

自己無論再怎麼努力都是第二人，永遠不會被世人所記住。

本來應該高興的高光時刻，彷彿在瞬間被抹煞得一乾二淨。

面對眼前的女生，他那憤懣、妒嫉、震驚、不甘等混亂的情緒，開始在鍾晉傑腦海中飛快旋轉，更產生出一個極端的念頭，他要不要把對方推落山峰。

就在鍾晉傑悲喜交加的時候，女生突然站起身，抱著滑雪板走向山峰邊緣，點點頭對經已散開的濃霧感到滿意。

「等等，你想——」鍾晉傑叫住她。

「我想？」女生淺淺一笑，沒帶著任何害怕或重擔。「滑落去。」

「……」鍾晉傑啞口無言。

剛才的負面情緒，也因對方的企圖一掃而空。

自己千辛萬苦才爬上去的山峰，眼前卻有個傢伙輕鬆地說準備滑下去。

輸了。

鍾晉傑打從心底認為徹底的輸了。

他不禁雙膝跪下，親眼見證奇蹟。

女生拿起單板滑雪板，滑雪板是 Diro 與瑞士品牌 AK SKI 聯名的獨家滑雪單板，板上刻有「白」字，鍾晉傑頓時恍然大悟，得悉眼前女生的身份，於是激動地說出她的名字。

「你係冬奧三冠王！白玥粼！」鍾晉傑大聲說出來。

白玥粼穿好滑雪板，凌空一跳後往山下滑落。

鍾晉傑呆滯幾秒後，突然想起什麼，拍拍腦門恍然大悟。他馬上掏出衛星電話聯絡基地營的團隊：「阿軒，無人機仲有冇影緊山頂？」

山下基地營的助手注視著螢幕畫面，一邊說：「有……鍾生，我見到有個黑點高速衝緊落山，係咪有人跌咗落去……」

「影實佢！」鍾晉傑焦急地吩咐他。

「係……」助手操控無人機鏡頭對準目標。「唔係跌落嚟！佢係滑緊落去！有個人滑緊雪落去！」

鍾晉傑興奮得拍打著大腿說：「你知唔知佢係邊個？佢係香港冬奧第一個拎金牌嘅運動員白玥粼！亦係暫時唯一一個人！」

「嗰個喺日本札幌摘金嘅滑雪女神！？」

「係啊！」

「但佢點會喺 K2 山頂度……」

「佢要成為世上第一個從 K2 滑雪落去嘅人！我以為會爬上 K2 嘅人已經夠癲，估唔到佢仲癲……要滑落去。」

「咁，鍾生，仲需唔需要影住你哋？」

「影住佢就夠！」

助手警告：「但我哋好可能即將拍攝到一個人邁向死亡嘅旅程……」

想從喬戈里峰滑雪下山，這近乎是不可能的挑戰。

「無論生又好死又好！點都要影實佢！我哋見證緊一個人飛昇成神嘅過程——」

呼呼陣風撲面拂來，寒氣襲擊全身。

滑雪單板著地當下，激起千層雪浪。

大面積的鬆散雪面受壓崩解，湍急地奔流直下。

由滑落一刻起，她就再沒回頭路。

背後滔滔不絕的雪流隨著她奔騰而下，白玥粼必須與時間競賽，時速保持至少 90km/h 內，以免被追趕的雪崩吞沒。

眼前凸起一處小雪丘，正常人應該會刻意躲開並向其兩側滑過，可是白玥粼翹起了嘴角，徑直地朝雪丘衝過去！

飛翔。

她曼妙的身影受豔陽映照，白玥粼感受到無與倫比的自由。

眼中一望無際，完全是白茫茫的世界。

迎接自己的是一片潔白無瑕的雪，白玥粼要在喬戈里峰留下自己的痕跡。

利用慣性騰空之際，白玥粼做出 double cork 1440 mute grab 半空兩周空翻轉體 1440 度的抓板動作。

「呼——」滑雪單板落地瞬間，導致山上的千年積雪崩解。

整座雪山如長河傾瀉而下，受撞擊的亂石亦徐徐滾落。

巨雪洪流引發穿雲裂石的聲響，大自然力量祭出氣勢磅礴的雪崩像

要吞噬山上那位狂妄自大的人。

致命的板狀雪崩密密追趕著她，試圖掃蕩不屬於山上的一切外物。

滑雪單板前後刀刃梅花間竹地濺起雪花以調控速度，但隨著雪崩的轟鳴聲迫近，白玥粼回首一望發現自己不能再慢下來，於是停止走刃，採取下蹲姿勢滑行盡量獲得向前的動能，隨著滑行時速節節上升，其腎上腺素源源不絕地分泌，多巴胺湧遍全身。

就當時速迎來 120km/h 之際，前方的雪面受震動影響鬆脫而露出冰川裂縫，白玥粼見狀即時壓低重心施展刻滑，使用側刃實現加速和轉向，同時掏出一把冰斧勾住結實的地面，給自己一定程度上的緩衝，下盤跟腰部朝右扭去以牽動全身，艱辛地完成一次極限轉彎，並在可怕的裂面邊緣間滑行，以不快不慢的速度掠過裂縫繼續向山下滑去。

不過是短短幾秒，雪崩經已追到後頭。

白玥粼的身影開始被雪崩淹沒，無人機再也無法拍攝到其身影。

「鍾生，佢……」一直保持觀察的基地營助手呆若木雞。

無情的雪峰，終究把鮮活的生命生吞了……

真的嗎？

「呼——」突然間，白玥粼一下子衝出雪崩。

她猶如一頭雪鹿，活潑靈動地在雪面上奔走。

「佢未死呀！！！」基地營的助手不禁歡呼。

「咁就好……」鍾生一直聆聽著衛星電話的回報。

稀薄的氧氣迫使白玥粼調整呼吸，一邊喘著粗氣脫離周圍粉狀雪崩

引致的漫天白霧。

前方一個傾斜超過 75 度的狹窄冰坡，令白玥粼時速上升至 200km/h 以上，她的每下動作都要拿捏得非常精準，確保滑雪單板於冰坡上保持平衡不會失控，如同行走在獨木橋上一樣。

一個錯誤的決定，將會使她墮入萬丈深淵。

大山野雪，講求勇氣和技巧外……最重要的還是運氣。

當一個人以極高速滑行時，大腦會不停發放出危險訊號，警告自己與死亡的距離有多遠，但此刻白玥粼的意志只允許她向前衝，其緊繃的筋肉沒有煞停的權力。

轉眼間，白玥粼已脫離白霧，但前方卻佈滿黑色的尖塔石峰，它們是最堅固的路障，不想撞成稀巴爛就得一一閃開，可惜能滑行的路段也相當陡峭，極度講求對肌肉的控制能力，身體需要一直隨著地形變化而做輕微調整，既靈活又強韌。

白玥粼眼神綻放出一股銳光，她將用這條石峰路證明……自己是滑雪界的頂點。

白玥粼姿態一轉，使用大回轉穿梭閃躲在石峰間。

她宛如一條靈蛇左右穿插，過程行雲流水。

人板合一，所向披靡。

再沒什麼……

可阻擋住她。

再沒障礙……

可煞停住她。

白玥粼甚至游刃有餘地施展出高速平花技巧，穿越黑石峰過後，其所在的海拔高度已下降不少，雪山情況變得相對安全。

喬戈里峰彷彿認可了白玥粼的實力，往後下山的路段再沒有對她作出諸多阻攔。

最終，白玥粼以八字刻滑的姿態，花費五小時四十九分鐘滑落至山下的基地營，完成了前古無人，後無來者的九死一生挑戰。

「嗄……嗄……」白玥粼摘下滑雪護目鏡，回望身後宏偉的雪峰，露出最純粹的笑容。「唔嗄……啊……」

山下觀看著無人機實時畫面，早已預備就緒的記者們馬上湧去白玥粼面前。

「Why did you choose to descend K2 on a snowboard?」

「この山岳スキーはあなたにとってどんな意味がありますか？」

「白小姐請問成功用單板滑落喬戈里峰係咩感受啊！？」

「Es-tu monté(e) seul(e) au sommet de la montagne ?」

「Wem möchtest du derzeit am meisten danken?」

「이번 행사는 기업의 후원을 받았나요？」

本來是鍾晉傑安排好給自己採訪的各國記者，瞬間都變成來給白玥粼採訪。

面對眾多提問，白玥粼抿著嘴先等記者們安靜下來。

等現場回復平靜，白玥粼才望向攝影機的鏡頭，說出讓世人震驚的事。

「我係準備退出滑雪界，所以最後先嚟 K2 高山滑雪……挑戰自己嘅極限。」

現場只有香港記者聽懂得她說什麼，所以就由他問下去：「退出滑雪界！？點解會有咁嘅決定，依家正值你運動員嘅巔峰時期……」

「可以喺 K2 滑落嚟無死到，我諗都比拎任何賽事金牌有榮譽得多。」白玥粼輕挑一笑，姆指指向身後的喬戈里峰。「滑雪界有個潛規則，只要某條雪路俾一個人成功挑戰過，嗰條雪路就可以由佢嚟命名……」

「巔峰道。」

白玥粼利用大氣電波，宣示自己剛才在喬戈里峰滑行的路線，被她命名為「巔峰道」。

一條往後令世界各地滑雪菁英前仆後繼地挑戰，卻葬身雪山的終極滑雪道。

「你以後會唔會有機會再重返滑雪界？」香港記者追問最後一條問題。

「如果出現咗『造極者』……」白玥粼不自覺揚起驕傲的笑容。「我會考慮下嘅。」

說罷，白玥粼隻身離開，不帶半點猶豫。

此後，喬戈里峰的「巔峰道」從沒人挑戰成功過。

因為它是一座無法在事前反覆練習路線的滑雪道，只要一從山頂滑

落就僅得兩種結果……成功或死亡。

哪怕是國際滑雪總會 FIS 每年出面勸說各國滑雪運動員，千萬別嘗試挑戰「巔峰道」，卻仍有不少滑雪好手前往挑戰。

曾經的「滑雪女神」，也被改稱為「白神」。

喻意其言行，間接影響了往後滑雪界好手的性命。

當年只有八歲的任雪糖抱膝坐在家中大廳的沙發上，看著電視上這則震撼著體育界的新聞。

十年後的今日，任雪糖經已從中學畢業，但他依然對白玥粼的事念念不忘。

第二章
講座

「任雪糖。」班主任唸出下一位領取文憑試成績單的名字。

班上同學大多戰戰兢兢地等待，有的同學更緊張得在乾嘔。

任雪糖是絕無僅有，心態非常平靜的一位。

班主任擺出一副狐疑眼神，盯著文憑試成績單問他：「你估下自己攞咩成績？」

「三十五分？」任雪糖故意答出不可能的分數。

班主任把文憑試成績單交到任雪糖手上說：「你就想，不過都有廿四分，好叻㗎啦。」

任雪糖接過成績表，不感意外的回到座位上。

鄰座的同學陳偉棟偷瞧過去，說：「哇，你廿四分啊……我得十八分。」

「不過不失。」任雪糖漫不經心地回應。

「你係揀咩科啊？除咗神科，應該都任你揀啦。」陳偉棟羨慕不已。

「HKU BSc，第二年揀讀 FoodNu。」任雪糖把成績單收到抽屜中，拿出最新一期的《Freeskier》翻閱。

陳偉棟如連珠炮般說：「營養學啊！？香港個個都可以自稱營養學家唔犯法㗎喎！仲要去海外特登讀個註冊資格！哇，兩年使費都差唔多成八、九十萬港紙㗎，但起薪點都係得三萬左右……」

任雪糖搭著陳偉棟肩膀，淺淺地笑道：「多謝關心。」

「點解你好似恥笑緊我……不過講返轉頭，你第時畢業係咪想做註冊營養師？想去萬寧定係政府？」

任雪糖心中仔細思索，說出不一樣的答案：「造極者……」

「咩話，你講咩話？」陳偉棟耳朵湊過去，因為他聽得不怎麼清楚。

「無。」任雪糖搖頭輕笑，把腦海中浮現的那畫面一掃而空。

「唔好扮嘢啦，你啱啱講咩啊？」陳偉棟執意要知道他剛才說什麼。

「話你好靚仔。」任雪糖只好這樣說。

「頂，事實係唔需要特登講出嚟，所以你一定唔係話我好靚仔。」

班主任派發完所有文憑試成績單後，在座的每位同學都有喜有愁。

班主任拍拍手掌示意大家安靜，然後才說：「好喇各位，首先夠分上大學嘅恭喜你哋，唔夠分上嘅都唔好傷心咁耐喇，即刻幫自己諗下出路，諗定讀副學士定點，陣間放學後禮堂會有個講座，係我哋學校一位出名嘅校友鍾晉傑嚟做嘉賓，如果你哋覺得迷茫，老師我希望你哋去聽一聽。」

下課的鐘聲響過後，很多同學留在課室互相合照留念，渡過中學最後的時光，任雪糖卻被陳偉棟拉去禮堂，聆聽職業人生講座。

「你平時唔會去依啲講座。」任雪糖感到疑惑。

「呢條友唔同啊，佢係鍾晉傑啊！」

「……」任雪糖怔了一怔。

「依條超級二世祖平時都好鬼多搞作，周不時會搞啲突發派錢活動，去啲無人睇嘅直播頻道幾千幾萬咁贊助啊、塞幾張金牛落利是俾人抽獎啊、贊助自己網上頻道粉絲嘅學費啊……話唔定佢陣間都會搞個類似嘅活動，可能我哋坐緊其中一張櫈係有獎。」陳偉棟對突然致富較有興趣。

倏地，一位女同學手握拍立得手機過來詢問：「雪糖，要唔要一齊影幅相啊？」

其實任雪糖對講座也沒什麼興趣，不過對拍照留念一樣沒興趣，唯有選擇跟著陳偉棟。

「我趕住去聽講座，唔好意思……」任雪糖收拾好書包，馬上就要站起來。

兩人走到禮堂的時候，座位經已所剩無幾，講座亦已在進行當中。

「哇……個講座標題咁鬼好笑，咩『夢的繼承者』哈哈哈哈。」陳偉棟看著影幕上內容不禁發笑。

「各位師弟師妹好，我仲見到教過自己經濟嘅梁老師。」鍾晉傑在台上踱步，又向台下學生發問：「首先我想問大家一個問題，唔知各位對我嘅第一印象係點呢？」

在學校的講座中，如果嘉賓作出提問，基本上九成學生都不會作答。

一如所料，同學們不為所動。

「氣氛有啲冷淡啊，不如我哋嚟個抽獎小遊戲先，各位同學依家可以摸下櫈底，應該會摸到寫住號碼嘅籌。」

「噚！我話咗啦，有抽獎呀。」陳偉棟興奮不已，伸手到椅子下探索。「我號碼十六……」

任雪糖也伸手往椅下一摸，摸出一張標記了「1」的號碼籌。

「我依家會揀個數字，嗰位幸運兒會得到份珍貴嘅禮物……」鍾晉傑假裝思考幾秒，然後果斷說出：「一號。」

大部份同學發現中獎的不是自己，都立即往左右兩旁的同學瞧去。

「係你啊……」陳偉棟抽著任雪糖校服衣袖，比中獎者本人更震驚。

「一號籌喺邊位同學手上？」鍾晉傑抱手橫視學生們。

「阿棟，你想要嘅我俾你。」任雪糖不想成為焦點。

「喺度喺度！一號係佢呀！」

然而陳偉棟顧著招手，聽不見任雪糖的話。

一時間，任雪糖就成了全個禮堂的焦點。

「恭喜呢位同學，但喺你得到我珍貴嘅獎品前，你要先答我一個問題，係同今次講座內容有關嘅。」鍾晉傑目光已落在任雪糖身上。

木已成舟，任雪糖唯有站起來回答。

「你嘅夢想，你嘅人生目標係咩？」

「滑雪……」任雪糖答。

「滑雪？想滑成點，目標係做滑雪教練定係喺奧運上拎到金牌。」

「……」任雪糖語頓，不敢說出心底話。

鍾晉傑似乎察覺到什麼，繼續說：「唔洗怕吹到太大！哈哈哈，因為夢想都唔敢講出嚟嘅懦夫，係注定唔會成功。」

任雪糖內心有把聲音，不斷地訴說著答案，只差在未吐出口。

「我……想……」任雪糖吞了吞口水，說出那做夢都不敢想像的目標。「喺喬戈里峰滑雪落嚟。」

全場鴉雀無聲。

應該說，大部份人都不知「喬戈里峰」為何物。

但對於曾經征服過喬戈里峰的鍾晉傑來說，這是他聽過最好的答案。

不是要賺很多錢、不是求什麼地位、不是要擁有什麼東西，單純想以渺小脆弱的身軀挑戰人類的極限，征服威嚴而神聖的喬戈里峰。

「好好好……」鍾晉傑大力拍掌，其他同學都跟著拍掌。

任雪糖正要坐下來之際，鍾晉傑眼波一轉說：「呢個答案係我聽過最好嘅答案，但你講話要滑落嚟……係咩意思？你係咪講緊『巔峰道』。」

「嗯。」

談到「巔峰道」，等於談上白玥粼。

鍾晉傑永遠不會忘記，自己當年在山上的遺憾，多多少少都對她帶著恨意。

其實站在自身利益角度上，當年大可不必派人採訪白玥粼，讓她的

「巔峰道」宣言揚威國際。

但那孑然一身無畏地衝落世界巔峰的畫面，實在震撼了鍾晉傑的心靈，令他無法對世人作出瞞騙，欺世盜名自稱是第一位登頂的港人，生於世上他有種責任和義務告訴世人……人類的極限何在。

因此，鍾晉傑每次回憶起那孤高身影，都帶著七分不甘，三分敬意。

「你係佢嘅追隨者？」鍾晉傑簡簡單單問一句。

「係。」任雪糖答得毫不猶豫。

「同學你點稱呼？」

「姓任。」

「難怪你咁任性，你知唔知白玥粼滑嘅『巔峰道』，每年害死幾多人？幾多滑雪界嘅好手葬身喺 K2 雪山下。」

任雪糖像被大人說教，沒有回應。

鍾晉傑站在道德層面上批判：「無錯，佢係做到能人所不能嘅事，但同時亦都非常不負責任，K2 係座極為險峻嘅雪峰，先唔好講話喺山頂滑落去，可以爬到上去唔死，已經係個無上光榮嘅成就，佢嘅說話間接令到依十年間，唔少世界級滑雪好手都死喺山上……」

「人試圖模仿神……」任雪糖碎唸：「係唔會成功。」

「趁你仲年輕，俾個忠告你，唔好追隨佢，唔好對佢咁崇拜，唔好將佢當成信仰，咁樣係件好危險嘅事。『巔峰道』唔值得你賠上條命去挑戰，佢當時成功只係巧合，你家人唔會想自己個仔女咁樣玩命。」

「但正因為咁佢先造就到一個傳說，永遠俾人記住……」任雪糖說。

「滑雪界有更多值得你學習嘅榜樣，現役世界第一嘅法國藉滑雪運動員，外號『人體 F1』嘅 Julien Simon 朱利安 ・ 西蒙，佢已經連續幾年係冬奧嘅長勝將軍，滑降時速仲打破咗最新世界紀錄。」

「佢嗰種極致嘅速度喺人工修好嘅滑雪道上競速可能真係所向無敵，但去到高山野雪講求隨機應變，到時可能就係兩回事。」任雪糖給出另一套說詞。

「野雪？同年齡層嘅超新星仲有嚟自挪威嘅『雪地坦克』Bjorn Hart 比約恩 ・ 哈特，如果你鍾情野雪，佢都可以係你目標。」

「相比滑雪，佢可能更熱衷撞低人。」任雪糖自然了解這些世界級知名滑雪者的風格。

鍾晉傑沒好氣說下去：「所以你嘅夢想係成為第二個成功挑戰巔峰道嘅人？」

「嗯。」

「咁我唯有期待某日，會喺新聞上面見到你。」鍾晉傑一語雙關。

兩人的唇槍舌劍，總算告一段落。

「作為你回答問題嘅獎勵，陣間會送本有我親筆簽名嘅自傳俾你。」鍾晉傑拿起自己的書，順便介紹給眾人認識。「本書叫《永不做第二》，你睇完可能都會變成我粉絲，我三十二歲嗰陣都曾經爬上過 K2 山頂，暫時全世界唔到五百人做到依種事情。」

「哦……」任雪糖一時間不知該給出什麼反應好。「多謝。」

「我諗全禮堂嘅人都唔知你兩個講緊乜……」任雪糖坐下來後，陳偉棟暗暗對他說：「啲名又英文又法文咁款，但我聽出你好維護自己偶像，嗰個白玥粼……你好中意佢咩？我淨係記得佢係十幾年前第一個幫香港喺冬奧拎三塊金牌嘅人……」

任雪糖微微揚嘴，沒說什麼。

「佢係你女神？」陳偉棟深入地問。

「佢……」任雪糖抬頭看著天花說：「係我師傅。」

任雪糖眼眸放空，不經不覺回想起小時候的事。

第三章
起點

日本，白馬五龍滑雪場。

雪花紛飛，懸燈結彩。

這裡是日本的滑雪渡假村，內裡提供不同的餐飲、住宿和娛樂服務，吸引來自世界各地的人，無論會不會滑雪都能愉快暢玩。

在鋪滿粉雪的寬廣腹地上，年紀小小的任雪糖用收集起來的落葉和枯枝，忙著堆砌著雪人。

任雪糖握著雪人的枯枝自語：「你好，雪巴寶。」

在飄雪浩瀚的滑雪場上有的人會拍照留念、有的人跌跌撞撞地自學滑雪、有的人會玩雪球大戰，有的人則會坐上纜車欣賞風景。

在進行著各式各樣活動的滑雪場中，每天或多或少都會出現傷者，當中一大原因是一些不自量力的「魚雷」。

魚雷指的是不會滑雪一直向下衝的新手，他們在滑的過程時總會發出「啊啊啊」的尖叫聲，就好像提醒人們要小心自己。

「啊啊啊啊啊啊啊——」魚雷的聲音出現在任雪糖的耳邊。

當專心砌雪人的任雪糖留意到魚雷時，經已無法躲開。

「呯」的一聲，人仰馬翻。

身子瘦弱的任雪糖被撞的凌空飛起，轉了個兩圈才跌落地上。

魚雷是個二十多歲的年青人，他自己都狠狠摔了一跤，不但沒有扶起和安慰比自己小的任雪糖，更是怨聲連連。

年青人唸唸有詞地抱怨，惡狠狠的盯著任雪糖。

任雪糖看著自己那被撞成稀巴爛的新朋友雪巴寶，情緒有點起伏，配合撞倒所帶來的疼痛，令他眼眶有些濕潤。

年青人對任雪糖拋下一句惡毒的粗口，就繼續化身魚雷往其他地方滑走。

「賠返我朋友條命嚟呀！」任雪糖對他喊。

年青人只是對他舉中指，就拂袖而去。

來自大人世界那滿滿的惡意，讓自小溫室長大的他心靈輕輕受創。

有時候大人無心的一句話，都會讓小孩子記一輩子。

自幼稚園某次母親忘記給自己買布丁做點心那時起，這是任雪糖第二次體會悲憤交加的心情，但今次不再只會哭哭啼啼了，他要報仇雪恨。

面對雪場上胡亂衝來衝去的復仇對象，任雪糖自知徒步追趕的話，肯定追不上對方，於是心生一計決定跟著滑雪。

任雪糖走入雪場更衣室，發現有對雪鞋胡亂擺放地上，而雪鞋的主人忙著整理櫃子內的物品，於是他把雪鞋偷偷帶走到其他地方穿。不過穿著雪鞋已是一門學問，他從未接觸過這種 BOA 繫帶系統的鞋子。

因此，他只好觀察和學習更衣室其他人是如何穿雪鞋，自己再勉勉強強地依樣畫葫蘆，再拉緊鋼絲繫帶，扭動旋鈕以收緊雪鞋，最後邁著艱難的步伐走出雪場。

這偷來的雪鞋不如一般的運動鞋那樣舒適，甚至有種綁著啞鈴行走的感覺，而且尺碼根本就不對。

任雪糖見雪板架擺放著多塊單板滑雪板，便趁沒人注意時偷走一塊，以為自己只要雙腳踏上去就可以開始滑雪。

「呼。」任雪糖辛苦的拖著滑雪板去到寬闊的位置，又將滑雪板放在雪面上，開始給左右腳綁帶。

當然，如何把雪鞋綁到滑雪板的固定器上，又是透過觀察旁人學識。

殊不知，這一舉動……

即將改變其一生。

固定器的帶子扣緊後，任雪糖順利朝著仇人的位置滑落，但多滑幾秒後他才駭然發現自己無法控制滑雪板的方向，滑雪板只管向前滑動，甚至滑行速度快得快要令自己跌倒。

如果即場跌停自己的話，或許只會仆倒翻滾幾個圈，但出於不想受傷的心態，任雪糖強行平衡住自己，反而令速度變更快。

跌停的時機經已錯過，其滑行時速漸漸飆升至 40km/h。

「啊啊啊啊啊！」這下子任雪糖也變成魚雷了。

雪場上很多人都留意到這位小孩發生危險，卻沒能力協助他煞停，只是呼叫雪坡下的人小心。

與此同時，一位戴著懷舊罩式耳機的少女，單手插著褲袋，單手拿著紅牛能量飲料，她雙腳跳到滑雪單板上，快穿固定器便自動扣上雪鞋，並從雪山頂端一路滑行至下方，輕盈靈巧地避開了所有活體障礙，她飛快地掠過，彷彿沒注入半點氣力。

這女生不是誰，正是如日中天的白玥粼。

她很快留意到向下直衝的任雪糖，把手上喝到一半的紅牛能量飲料直接扔給旁邊經過的滑雪者，自己則彎膝和臀部，緊靠雪板身體採取流線型姿態，儼如進入戰鬥模式。

為了追上失控的任雪糖，白玥粼認為雪坡上最陡峭的部份，可以利用重力加速滑過去。

時速 120km/h，每個被白玥粼掠過的滑雪者都為之震驚。

不一會，像風一般的白玥粼就追至任雪糖的後頭。

「喂！」白玥粼喊。

任雪糖身體完全僵直，睜眼看向白玥粼。

「膝頭微彎，身體保持直立，勾起腳尖，令板側插喺雪度直至有種卡實嘅感覺。」白玥粼即場指導著落葉飄技巧。

「我郁唔到……」任雪糖感覺身體極度繃緊。

「你太緊張，放鬆自己，舉手指向右面，視線都向右望。」白玥粼保持注視著任雪糖的姿勢。

任雪糖按照她的說話做，小心翼翼地舉起手指向自己右面，頭也跟著望過去。

身體受到胳臂牽動般，人和板都開始向右轉。

「好，身體微微靠後，令雪板側刃插入雪中……」白玥粼緊盯著她。

任雪糖將身體往後靠，滑雪板漸漸傳來霍霍的磨雪聲。

「啊……」任雪糖咬著牙，用軀幹的力量煞停自己。

經一輪急煞後，任雪糖速度減慢不少，好不容易才可以一屁股坐落到雪地上。

「啊……」任雪糖心臟跳得極快，回味著難以形容的快感。「我停咗、我停咗。」

他抬起頭，亢奮地想告訴剛剛教會他煞板技巧的白玥粼，然而白玥粼卻冷眼的盯著他說：「不知所謂。」

「……」任雪糖呆呆地看著那皓白如明月的背影。

很快，滑雪場的一些身穿紅色制服的滑雪教練，都趕到任雪糖的身邊關心他：「Hey there, are you alright ？」

任雪糖回應：「I'm good, that was just a little fall.」

外國藉的滑雪教練幫助任雪糖脫下滑雪單板，並試著扶起他。

「啊……」任雪糖發現自己右腳踝異常疼痛，連行走都有問題。

最終，任雪糖仍得由滑雪救援隊帶回到渡假村中。

經醫療室的人員診治，大概是腿部肌肉過度用力，或是雪鞋的尺碼不適合導致。

「小朋友，你住在哪個房間？我去通知你的家人吧。」懂得說普通話的醫生說。

「我……我沒事，我可以自己回去。」任雪糖以不太流利的普通話回應。

「不行，你還是個小孩，你父母要清楚你的情況。」

無奈之下，任雪糖只好說出自己的房間號碼，並由自己父母接回房間。

因為傷勢不是很嚴重的關係，無需要送去醫院，但這幾天想自由地跑跑跳跳，眼看是不可能了。

如是者，任雪糖就被禁足在房間內，只能待在酒店房間的窗前，觀看滑雪場其他人在玩樂。

假如是前幾天的任雪糖，他打開窗後肯定會東張西望，但如今他眼眸裡卻只有一件事情——

滑雪。

即使首次體驗就帶來了難忘的傷痛，但滑雪真的……好好玩。

他眼睛看著每個高山上的滑雪者，由最高處帥氣地滑落到底下，心裡總是莫名感到振奮。

任雪糖，就這樣愛上了滑雪。

愛上那片令人上癮的白色鴉片。

可惜身體暫時需要養傷，他只能坐在窗前望梅止渴，觀察著每名滑雪者的舉手投足。

無論是高階的滑雪者或正接受教練指導的初學者，他都用自己雙眼去學習，到底姿勢該如何擺，並在輪椅上試做一次。

都二十一世紀了，當然少不了用手機觀看滑雪的教學影片。

任雪糖就用留在房間養傷的無聊時間，自學著滑雪的各種知識。

連續學了好幾天，任雪糖腦中已經裝滿各種滑雪的學問和詞彙，只是未能一一應用。

為了觀察得更多更好，他甚至偷偷推著輪椅到渡假村的友誼大廳，那裡有一大塊落地大玻璃窗，從這裡是可以觀賞整個雪場。

任雪糖就坐在那裡，手托著下顎靜靜的看著。

「中意咗滑雪？」突然間，一把熟悉的聲音出現在耳邊。

一個女生手中握著熱巧克力奶，坐在旁邊的沙發上。

任雪糖轉頭望過去，對方竟是前幾天間接救了自己的白玥粼，但任雪糖對她的最後印象，卻停留在其凶巴巴離開的畫面。

「嗯。」任雪糖點頭。

「唔好怪我上次對你咁惡。」白玥粼輕喝一口熱巧克力奶，視線同樣放出玻璃窗外頭。「因為你當時嘅行為係很不負責任。」

「……」

白玥粼忽然抿嘴一笑道：「隻腳好返之後，搵個教練好好學滑雪，其實你好有滑雪天分。」

她的笑容如陽光般，驅散了他心中的陰霾。

「多謝你。」任雪糖感謝她救了自己一命。

「唔洗，你係靠自己。」白玥粼抬頭回想當時情況。「可以喺嗰種情況一下就學識落葉飄，而且過程保持唔跌，都唔簡單。」

「你都係香港人？」任雪糖問。

「嗯，你唔識我？」白玥粼眼珠一溜，寬容地笑道：「都正常嘅，你仲細。」

「你係⋯⋯」

任雪糖未說完，白玥粼就回答：「我叫白玥粼。」

「我叫任雪糖。」

「Nice to meet you 雪糖。」白玥粼跟他握手。

「嗯。」任雪糖握著白玥粼的手說。

第四章
約定

兩人就這麼坐在落地玻璃窗前，觀看著飄雪和外頭景色，渡過安安靜靜的一個上午。

「我走啦，雪糖。」白玥粼手搭在任雪糖的頭頂上。

看著白玥粼離開，任雪糖不知為何有一絲失落。

「你……」任雪糖想對她說些什麼。

「嗯？」白玥粼稍為回望身後的他。

自小不善於交際的任雪糖，鼓起了勇氣問：「你可唔可以教我滑雪？」

白玥粼噗一聲笑出來：「我好貴喎，你請得起？」

「我……」任雪糖想起自己身無分文。

白玥粼嘴角一揚，揮著手離去前說：「隻腳好返再講。」

一轉眼，兩天過去。

因為右腳踝走路時仍然會隱隱作痛，任雪糖用毛巾沾濕熱水包裹著腳踝。

睡覺時任雪糖心中總不斷祈求著，明天一覺醒來右腳再沒有痛楚。

到第三天，願望成真。

任雪糖的右腳已無大礙，可以去滑雪了。

任雪糖高興得一跳一跳的，幻想著自己滑雪的英姿，但想要滑雪尚要過最後一關，那便是自己的父母。

因為租借滑雪用具需要簽署文件，未成年的人是不能獨自租借。

那怕前幾天闖禍了，任雪糖仍硬著頭皮去問父母，可是站於父母角度，孩子說自己的傷患已沒事，他們都不會相信。

無法請求父母租借雪具的任雪糖，如同行屍走肉一般吃著早餐，心中想著的只有滑雪兩隻字。

偶然經過餐廳的白玥粼，發現任雪糖一副失落的模樣伏在桌子上，就好奇走過去問發生什麼事。

「任雪糖？」白玥粼手捧著餐盤，上面的碟子放著兩隻太陽蛋、一碗麥皮和牛奶。

「我屋企人唔肯幫我借雪具。」

「你隻腳好番啦？」白玥粼看向他的腳。

任雪糖伸出右腳扭動給她看，又說：「唔再痛。」

「小問題，佢哋唔借，我幫你借。」

本來無精打采的任雪糖，霎時精神起來。

「等我食埋份早餐先，過嚟同我坐。」白玥粼找了個近窗的位置。

白玥粼獨自用餐期間，任雪糖發現餐廳中不同國籍的客人，都不時對白玥粼投以驚奇的目光並低聲討論著什麼，就像發現某位明星走在大街上。

凡是會滑雪的愛好者都會認識白玥粼，畢竟不久前她才奪得冬奧三面金牌，包括女子障礙追逐金牌、女子平行大迴轉金牌和混合團體障礙追逐金牌，項目拼的主要都是速度。

這是任雪糖第一次獨自跟女生同桌吃飯，神態上多多少少有點拘謹，眼睛都不知要放在哪裡。

「你有冇睇過冬奧？」白玥粼沿著蛋黃的外圍，細緻地切開蛋白。

「有聽過，但無睇過。」任雪糖搖搖頭。

白玥粼邊嘴嚼邊點頭說：「你覺得滑雪係比咩？」

「比……速度？」任雪糖答。

「好多人都咁諗，但其實恰恰相反……」白玥粼那雙眼角上揚的貓眼，直溜溜的看著任雪糖。「滑雪真正比嘅係點樣控制速度。」

「控制速度……」

「因為滑雪本身就好易去到最高速，我琴日大約用緊每小時一百二十公里去追你，你大約……」白玥粼瞇眼，抬頭細想。「每小時四十公里左右？」

「都算快？」

「香港馬路上面嘅大部份車速限制講緊每小時五十至七十公里，你四十幾……都唔算慢。」白玥粼一打比喻，任雪糖馬上想像到畫面。

「你淨係睇都估到我滑得幾快？」

「你滑得多就大概估到。」白玥粼轉用湯匙一口吃掉餘下的蛋黃。

任雪糖看著眼前的白玥粼，覺得她好厲害。

暗暗仰慕白玥粼的心態，悄然植根於心中。

咕嚕一聲，白玥粼一口氣乾掉全脂牛奶，抹去上唇殘留的奶白。

「行嘍。」

兩人步出餐廳的時候，一位體態略胖穿著高檔服裝的婦人，握著手機走到白玥粼面前和善地笑著問：「請問係咪白小姐啊？」

白玥粼用直勾勾的貓眼，盯著眼前擋路的婦人。

「我個仔同女都係你粉絲嚟，可唔可以同你合照一幅啊？」提出請求的婦人手機都按好拍攝模式。

「私人時間，唔好意思。」白玥粼冷冷拒絕後離開，令婦人笑容一時僵住。

跟在後頭的任雪糖不禁問：「你好出名？」

「我啊？少少啦。」

在渡假村租借雪具的地方，職員們一見白玥粼便表現得恭敬和熱情，要讓任雪糖借到滑雪用具自然不是問題。

租借部職員先給任雪糖量度身高、體重和腳掌大小，然後開始一件件滑雪裝備搬出來。

「Do you ski or snowboard?」租借職員詢問任雪糖。

「Snowboard.」任雪糖和白玥粼異口同聲。

頭盔、滑雪單板、雪鞋、滑雪手套和滑雪服，任雪糖得到所有裝備後，就到更衣室逐一穿上它們。

這次雪鞋符合尺碼，任雪糖頓時覺得前幾天白白受苦了。

穿好整套滑雪裝備後，相差十數載的兩人便結伴到雪場上。

「講明先，如果你天分唔高，浪費我時間，我都唔會浪費時間教你。」白玥粼事先聲明。

「係。」任雪糖變得異常認真。

一出滑雪場，陣陣冷風吹拂過來，但此刻任雪糖的心是暖的。

如果要問任雪糖的偶像是誰，那麼他今後都只有這一個答案。

白玥粼不厭其煩的教導任雪糖滑雪的基礎，一學就學了整個中午。

可能任雪糖天分高，基本功學得好快，摔倒的次數不算多。

想要滑行，就先要學會煞車。

橫滑降，俗稱推坡。

基本上滑雪場的新手區中，有八成初學者都在做推坡的動作。簡單來說，是利用板刃卡在雪裡，增加阻力對抗向下的重力。

正常人要學識滑雪，大概要花上三至五天時間，但任雪糖血液裡可能流著滑雪的基因，他僅花了半天時間就懂得轉彎的技巧，進度讓白玥粼相當滿意。

滑了大半天的兩人，共坐著登山纜車觀賞準備下山的冬陽。

「學得幾好啊。」白玥粼小嘴翹起，對他稱讚道：「你幾時走？」

任雪糖望著白玥粼的側臉說：「廿六號，仲有兩個禮拜。」

「嗯……」

「不過我哋可以交換聯絡方法。」

「我唔想喎。」白玥粼的斷然拒絕，令任雪糖出乎意料。

「吓？」

白玥粼將自己的罩式耳機戴到任雪糖耳朵上，然後說：「好好珍惜剩低嘅日子。」

裡面恰好播放著周國賢的《十四天》。

十年後的今日，畢業了的任雪糖仍然不時懷緬著這段過往。

當年只有八歲的他回港後不久，就在電視上看見白玥粼成功挑戰喬戈里峰滑雪下山。

任雪糖十年來不斷苦練滑雪技術，就是為了有天成功挑戰「巔峰道」……

與及，再次見到消聲匿跡的白玥粼。

「喂喂喂，發完白日夢未啊？」陳偉棟不停搖晃任雪糖。「講座完咗喇。」

任雪糖驚醒過來，唾液都差點從嘴角處流下來，他用手去拭了拭。

「終於完？」任雪糖見鄰座的人都起身準備離開。

正當任雪糖跟著大隊要離開禮堂時，鍾晉傑走落台下叫住了他。

「任同學。」

「嗯？」任雪糖轉身望過去。

「係嘅鍾生咩事？」陳偉棟代他問。

「你漏咗我本書未拎，簽名版嚟。」鍾晉傑特意保留幾個身位距離，讓任雪糖走上前拿書。

「多謝鍾生。」任雪糖平淡地接過鍾晉傑的自傳。

「係呢。」鍾晉傑抱起雙臂問:「你頭先話要挑戰滑雪落K2係真？」

「係。」

「你都知我平時最中意上網出啲挑戰俾人，如果對方完成到我會即刻寫支票。」鍾晉傑在網絡上相當有名氣，經常以大額獎金為噱頭讓市民挑戰。

挑戰內容各有不同，例如一分鐘內吃完整份麥當勞脆香雞翼餐、讓別人的女朋友親吻自己、讓別人剃光頭等等。

「如果你放棄依個夢想，我即刻俾十萬蚊你，肯唔肯？」

「我唔等錢用。」任雪糖搖頭拒絕。

「你傻㗎！」陳偉棟忍不住激動起來，其後偷偷小聲地對任雪糖說:「你扮應承住先丫嘛，佢鬼知你會唔會去嗰度滑雪咩……」

「真係唔要？」鍾晉傑拿出支票簿輕輕一揚。「我寫幾隻字好簡單，我想救得一個得一個。」

「鍾生，我應承你絕對唔會上去 K2 度滑雪。」陳偉棟舉起三隻手指對天發誓。

「唔好意思依位同學，唔係問你……我係問佢。」鍾晉傑直視著任雪糖的臉孔。「你嘅眼神、你嘅表情仲有你嘅語氣，唔係講緊笑，我感覺到你……真係想上去滑雪。」

「俾幾多錢我都無用。」任雪糖面不改容。

「緊係喇，你都唔等錢使……」陳偉棟忍不住調侃。

「哈哈哈哈，好。」鍾晉傑乾笑幾聲。「既然係咁，我作為大你幾十年嘅同校師兄，就俾個忠告你，如果你想要上去 K2 山頂度滑雪落嚟，你首先要搵一個可以幫助到你上山頂嘅搭擋。」

任雪糖感覺這是有價值的建言，於是細心聆聽。

「如果唔係嘅話，你未上到山頂滑落嚟，已經喺上山嘅途中死咗。假如你話想聘請雪巴人嘅都可以慳啲，想請佢哋上珠峰易，上 K2 難，除非你好似我咁同佢哋有十幾年交情，又出得起七位數請得郁佢哋，如果唔係……你一定要有個喺雪峰上可靠而且可信嘅搭擋。」鍾晉傑認真地說。

「如果搵你？」任雪糖直接問。

「K2 我上過一次就夠，無謂再去打擾山神。」

任雪糖轉望旁邊的陳偉棟，腦中卻完全沒有跟他一起登峰的畫面。

那個能跟自己登峰的人，到底在哪裡？

「Good luck。」鍾晉傑徐徐離開禮堂。

正式畢業。

今天過後，任雪糖無需再回校了。

他對自己母校沒有什麼眷戀，畢竟他每天滿腦子想的都是喬戈里峰。

放學後的任雪糖戴著罩式耳機，坐在巴士靠窗的座位滑手機，內容

全是關於滑雪的資訊。

他思考起鍾晉傑的話，看著車窗外的茫茫人海……

比起精進的滑雪技巧，找個能共同上山的人確實很重要。

剛回到淺水灣的大宅中，客廳坐著位戴眼鏡、身材高高、外表溫文的男人。

他走到門口詢問任雪糖：「雪糖，考成點啊？依家希望喺你身上啦，我幫你兩個補習咁耐，結果你阿哥炒咗，居然十分都無，真係……」

「舅父。」任雪糖叫他一聲，然後交出自己的文憑試成績單。

任雪糖的舅父符卓希，現任大律師，常常在家中給兩兄弟補習。

「廿四分，not bad。」符卓希點點頭，對成績尚算滿意。「雖然同我比都係差少少。」

「阿哥去咗打波？」任雪糖行上樓梯。

「係啊，你洗唔洗去廚房幫你阿爸手？佢難得煮飯都搞到打仗咁款。」符卓希沒好氣地說。

廚房裡頻頻傳來噼哩啪啦的聲音，聽上去戰況異常激烈。

任雪糖調頭走向廚房，看見穿上圍裙的父親正用油鍋大火炒著什麼，而廚櫃上全是海鮮的殘骸。

「搞咩……」任雪糖扶著門框，偷偷看著父親烹飪。「平時你都唔會煮嘢。」

「你放榜丫嘛！終於到你畢業，緊係要親手煮喇。」其父名為任行樂，一位行樂至上的人。

話音剛落，油花彈起，濺中任行樂的手。

「嘩呀！」任行樂嚇得兩手一縮，鑊鏟都快要掉進油鍋中。

「喂喂……」任雪糖急步走到煮食爐前，握住差點滑落鍋中的鑊鏟。

任雪糖看了看鍋中的龍蝦，又用食指沾點醬汁嚐味。

「你整緊左宗棠龍蝦？」

「你點知㗎？」

「你做咩學人整咁高難度嘅料理……」任雪糖馬上調較火力，加點糖和米酒下鍋。

「係阿晞哥教我，佢話出面多數都係用雞，我問有冇得豪華啲，佢就教我整龍蝦版。」

「人地係米芝蓮大廚，唔係咩人都學得到……」任雪糖急忙幫助父親把這些煮成能吃的東西。

任行樂突然想起什麼，跑到烤箱前說：「啊！啲蛤蜊。」

「嗰度整緊咩？」任雪糖問。

「奶油烤蛤蜊。」任行樂答。

「蛤蜊開哂口未！？」

「未……好似，仲有一、二、三隻未開口。」任行樂匯報。

「焗多佢一陣，開口之後撒少少巴西里末落去。」任雪糖叮囑。

「咩叫巴西里末？」任行樂一頭霧水。

任雪糖打開調味櫃，裡面排列著不同的調味料，看得人眼花撩亂。

「接住。」任雪糖向後拋出一瓶巴西里調味瓶。

「得！」任行樂一個飛身撲到廚櫃上，接住半空中跌落的巴西里調味。「接嘢完全係我強項！」

任行樂上半身躺到廚櫃上，弄得衣服骯骯髒髒。

「接瓶嘢都接到你咁誇張……」任雪糖怔了一怔，趕回到油鍋前。「你仲有冇整咗啲咩係我唔知？」

「應該無，除非我唔記得啦。」任行樂胸有成竹地說。

「你唔會無整甜品呱？」任雪糖皺眉道。

「啊，係喎！喺雪櫃！」任行樂走去打開雪櫃。「醒喎雪糖，你咁都知。」

「甜品咁重要你點會唔整，但搞甜品前你處理蛤蜊先，陣間焗到水份蒸發，肉質會變乾同殼裂。」

「收到收到……」任行樂回到烤爐前。

任雪糖補充：「去處理蛤蜊前閂返好雪櫃道門先……」

「得得得……」任行樂又回到雪櫃前把門關上。「你搞到我好緊張。」

最終，廚房在任雪糖的強力增援下，戰況成功逆轉，不用臨時叫外賣。

救回晚餐的任雪糖鬆一口氣行出廚房，符卓希全程抱手站在外頭觀戰。

「雪糖你救咗我哋全家一命，如果交俾你老豆煮，後果真係不堪設想。」符卓希壓低聲量。

「我返房抖抖。」忙完一輪，校服都未換的任雪糖方可回到自己房間去。

任雪糖解開鈕釦，脫下今後不會再穿的校服。

房間其中一面牆貼著喬戈里峰的剪影，一個角落空間擺放住不同的滑雪裝備，牆上安裝了架子，分別放著滑雪單板、滑板和衝浪板，衣櫃中更掛著幾件不同牌子的滑雪衣。

桌面上有部長年不關機的電腦，不同期數的滑雪雜誌可以堆疊成一座小山丘，另外有些旅遊書雜亂無章的擺放在地上，而且全是介紹南北半球冬季的滑雪勝地。

他的人生……

只有滑雪。

任雪糖不自覺在床上打盹，直到被人叫落飯廳才醒來。

距離大學聯招公佈結果前，任雪糖有一個月左右的自由時間，他正思考著該去哪裡滑雪。

「雪糖，嚟緊諗住去邊度滑雪？」任行樂深知兒子習性，所以自然問起這個問題。

「七月份嘅話……」任雪糖慎重思量。「可能澳洲或者紐西蘭。」

「要唔要試下特別啲……」任行樂的臉孔傾前故作神秘地說：「去秘魯。」

「秘魯？」任雪糖一副困惑的樣子。「我未聽過秘魯有得滑雪。」

「咁緊係得我呢啲會特登走到秘魯採集糖果原料嘅探險家先會知。」任行樂打開手機，搜尋該地方給兒子看看。「瓦斯卡蘭山，位於秘魯嘅安卡什永蓋省，一九七零年嗰陣曾經發生過大雪崩，造成山腳下面兩萬幾人死亡……」

任雪糖看著山峰的圖片，看得有些入迷。

「你想帶雪糖去呢座山滑落嚟？」符卓希也用手機搜尋圖片。

「叫佢喺山腳滑下野雪啫，我點會俾自己個仔去玩陡坡滑雪。」任行樂收回手機。

任雪糖決定先問重點：「費用你出？」

「你係我個仔，唔係我出邊個出？」任行樂笑著反問。

「就咁話。」

任雪糖雖然出身在富貴的生意人家，但不會恣意亂用家裡的錢去滑雪。

因為他要保持對滑雪的飢餓感，才會珍惜每次能夠滑雪的機會。

網絡上關於瓦斯卡蘭山的資料不多，畢竟秘魯是個小國，而且它比較聞名的是森林。

由香港前往秘魯的利馬機票需要兩萬元左右，中途需要轉機一次，總飛行時間約二十小時。

任雪糖收到父親邀請後，回到房間便匆匆收拾起行裝，包括自己全套的滑雪裝備。

時間來到深夜，肚裡的食物都差不多消化後，就到了任雪糖開始鍛鍊的時間。

人們最經常鍛鍊的部位是上身，因為上半身肌肉練成後形狀是最突出，最體現到健身成果的部份。

滑雪恰恰相反，它最常會用到的部位是下肢和核心，上身肌肉相對而言沒那麼重要。

任雪糖訓練內容包括：半圓平衡球、空心支撐、超人式、平板支撐、側平板、俄羅斯轉體，全部都能夠在家中地板進行，重點訓練平衡和核心。

假如要鍛鍊力量和爆炸力，則會做弓箭步、單腳硬舉高抬腿、跳盒子、單腿跳、深蹲等。

最後是練耐力，方法是跑街四十分鐘。

全部無需依賴健身房，可以在家進行。

一個人的訓練是孤獨的。

但為了挑戰「巔峰道」，他自中二接觸健身後就沒有停止過每天例行的訓練。

任雪糖對著滑雪……有著超乎常人的執著，甚至家人都無法理解。

真正的答案，只有待任雪糖看出窗外時才能明白。

兩小時的訓練不經不覺結束，渾身是汗的他靠著窗口輕喘，抬頭凝望夜裡皎潔無瑕的月亮。

或許常常舉頭望明月的人，多多少少都是在思念著某人。

回想起，一些點點滴滴。

「點解我好似未聽過你叫過我個名？」白玥粼不知第幾次扶起任雪糖時問。

任雪糖害羞的抓抓頭說：「我唔知點叫你好，直接叫你全名好似好惡咁，叫你阿粼或者阿玥又唔係幾尊重。」

「哈哈，你都真係幾怕醜。」白玥粼會心一笑，拍一拍他後腦勺。「叫我阿 Moon。」

人生中總有白月光，只是我們捉不住躲不開。

第五章

F1

凌晨時份，一萬一千三百米高空。

香港飛往洛杉磯的航班，國泰航空頭等艙。

「唔好意思，任先生，你想唔想依家用餐？如果可以，我依家幫你準備。」空姐彎著腰，聲線溫柔地問。

任雪糖拉開睡眠眼罩，打開餐牌由上而下掃視。

「美國牛柳，唔該。」蛋白質含量永遠是他的第一選擇。

「好，牛柳想要幾成熟？」空姐續問。

「Medium Rare.」

「好，我去幫你準備。」

坐前排的任行樂站起來，望向後座的兒子說：「要唔要試下依度嘅魚子醬，幾好食。」

任雪糖打個呵欠，搖一搖頭說：「太高鈉。」

「鈉太高有咩問題？」任行樂愕住。

「影響胰島素分泌，而胰島素會影響減肥成效。」

「你咁鬼瘦都驚？整啖啦。」任行樂想親自餵一匙給兒子。

「我體脂要長期保持喺 12% 以下，先可以控制好塊滑雪板，魚子

醬唔啱我。」任雪糖別過臉再三拒絕。

「你食一啖我俾錢你。」任行樂最喜歡打破兒子的固執。

任雪糖傾前一口吃掉魚子醬，向父親攤開手板說：「錢。」

「唉，晏啲轉機嗰陣俾你。」任行樂感覺自己贏了，但又好像輸了。

才坐下不夠兩分鐘，任行樂又突出頭來。

「喂，雪糖。」

「唔……」任雪糖享受著美國牛柳軟腍的肉質。「咩啊？」

「呢條女究竟係乜水，呢排成日好多代言廣告都見到佢。」任行樂指向個人電視屏幕。「佢係幫新款滑雪服做廣告，你應該識佢？」

任雪糖稍稍站起來，瞥了前方的電視一眼，畫面播放著一位長著九頭身完美比例、精緻如洋娃娃的巴掌臉，並且點著顆美人痣的女生給FILA的冬季運動服裝產品代言。

任雪糖一眼就認出她是圈中名人，便說：「高橋瑛子，單板滑雪運動員，美日混血兒，十八歲，冬季青奧拎過兩面金牌、一面銅牌，喺Winter X Game同FIS Freestyle Ski World Cup都摘過幾塊金銀牌，咁啱因為個樣生得靚，所以順理成章成為運動時裝品牌嘅寵兒。」

「哇你成日拎佢打飛機㗎？熟到背書咁嘅。」任行樂非常驚訝。

「……」任雪糖沒有回應，坐回到座椅上。

差不多下機的時候，任行樂又拋出誘惑。

「喂，佢哋送朱古力喎，食唔食？」任行樂兩指夾著塊牛奶朱古力，舉手呈給後排的兒子看。

「咕。」總是忍著不吃甜的任雪糖吞了吞口水。「你自己食。」

「咚隆隆隆隆……」飛機著陸。

「感謝各位選乘國泰嘅航班，祝你有個美滿嘅一日。」

「快啲執嘢行，我有緊要嘢要做。」任行樂動作非常急趕。

「做咩？唔係有成一粒半鐘轉機咩。」本來慢條斯理的任雪糖都加快手腳收拾物品。

「你跟實我就明！」任行樂表情不像說笑。

三十分鐘後。

兩父子在洛杉磯機場內某間快餐店外排著隊，原來任行樂那麼急趕是想趁轉機的空檔買漢堡包。

「仲等我以為有咩緊要事……」任雪糖一臉無奈，但都早已習慣。

任行樂買完漢堡包後大口大口地吃，慢悠悠地走去轉機閘口。

時間再過九個小時，兩父子終於抵達秘魯的首都利馬。

兩人乘搭豪爾赫•查韋斯國際機場外的計程車，前往永蓋省的曼科斯區。

正值七月的秘魯氣溫約 15℃，天氣稍涼。

那裡四周環山，是個只有數千人聚居的鄉鎮，樓房十分簡樸。

到步後任行樂帶著兒子深入山區，走上最接近瓦斯卡蘭山的青年宿舍，方能真正的放下行李背包。

前前後後，總共花了兩天時間。

兩父子先洗頓澡，然後大睡一覺。

任雪糖沒急著上山滑雪，而是先打算留在青年宿舍幾天，因為他所在的地區為高海拔地帶，身體需要時間適應。

這段空閒時間，任雪糖要不瀏覽外國的滑雪論壇，要不做體能訓練。

在青年宿舍居住的多半是來自各國的登山客或攀山家，部份人為了應對高山症會帶備氧氣罐。

平時大家吃午飯時，總會閒談一兩句。

其中有位來自奧地利的攀山家準備離開，但他有用剩的氧氣罐，於是問有沒有人需要。

最後任雪糖舉起手，用自己吃魚子醬賺來的辛苦錢買下那瓶氧氣罐。

抵達秘魯的第五天。

「你自己注意安全啊，有咩問題就打俾我，都係嗰句，山腳下面滑下野雪好啦，唔好走太高滑。」任行樂離開去辦事前先叮囑好兒子要注意安全。

「嗯。」任雪糖遠眺窗外雪峰，平淡地回應。

就是今天了。

兩小時後。

「嗒、嗒、嗒、嗒、嗒、嗒。」一身滑雪裝備的任雪糖正徒步上山。

他看著瓦斯卡蘭山，心中漸漸興奮起來。

腳下由蒼綠、灰白、再到雪白，任雪糖步步為營的走上雪峰區域，所在的海拔也慢慢變高。

在大約海拔五千公尺處，他已感覺到一點點的高山症狀，所以決定坐下來休息。

這裡的雪比想像中要少，更多的是冰、泥巴和碎石，僅餘下薄薄的一層殘雪可滑。

假若想真正滑到雪的話，得走上更高處才行。

有賴他多年來的體能鍛鍊，他未見特別辛苦，但為了減輕高山症都開始使用起氧氣瓶。

正當他起身準備再往上行之際，天上傳來直昇機的聲音，任雪糖抬頭一望發現印著紅牛商標塗裝的小型直昇機，正朝著山頂位置飛去。

「紅牛？」任雪糖心中一愕。

紅牛公司是極限運動界的超級金主，被他們選中可說不愁吃喝，而受他們公司贊助的極限運動員都具備著某項目的世界級水平。

當然紅牛公司不會養閒人，公司不時需要他們表演極高風險的挑戰活動作為宣傳，而白玥粼也曾是受紅牛贊助的滑雪運動員。

任雪糖雖然好奇，但也就止步於 5500 海拔以下了。

因為要走到再上面的高度，幾乎要用到攀冰工具。

他自己在這片殘雪滑一滑，就心滿意足。

與此同時，紅牛公司直昇機停留在瓦斯卡蘭山頂點半空上，艙門打開後一位全身穿著法拉利紅的滑雪服，小麥膚色的平頭男子單腳穿上滑

雪單板，整個人溜前並落到山頂上。

其後，直昇機上的經理人舉起姆指說：「Bonne chance, Julian Simon.」（祝你好運，朱利安 ・ 西蒙。）

此刻，站在山頂上的是滑雪好手名為朱利安 ・ 西蒙，現役世界第一的法國籍職業單板滑雪運動員。他今天偶然到來瓦斯卡蘭山，不是為了幫紅牛公司宣傳，而是自己單純想要在杳無人煙的高山滑雪。

畢竟他是世界知名的滑雪好手，穿著標誌性的法拉利紅滑雪服出現在各大雪場時，總會被一堆人注視和煩擾。

要出動到紅牛直昇機的原因，也是因為高海拔地區空氣稀薄，可能會導致旋翼無法產生足夠的升力保持飛行，因此需要出動到紅牛公司特別為高海拔環境製作的直昇機。

作為全世界影響力強大的運動員之一，朱利安 ・ 西蒙只要出一句聲，紅牛公司就連休班的駕駛員都得叫回來開工。

朱利安 ・ 西蒙俯視山下，很快看出一條可滑行落山的路線。

他呼出一口寒氣，戴上鏡面有如烈陽的滑雪鏡，兩腳雪鞋綁好到固定器上，身體向前挪動高速滑落！

他宛如一輛疾馳的法拉利，踏盡油門直衝山下。

朱利安 ・ 西蒙沒有一絲要減速的意思，僅在需要轉彎時作輕微搓轉。

板尾彷彿安裝了噴射器，雪花如排氣管冒出的白煙，不停朝後側飛濺。

朱利安 ・ 西蒙瞥了眼手腕上的智能錶，它擁有計算平均時速的功能，現在小小的正方螢幕上顯示著 134.7km/h。

留守紅牛直昇機上的經理人 Pierre Morgan，老早準備好航拍機拍攝朱利安 · 西蒙從高山滑降的畫面，像朱利安這樣的世界級選手，每條滑雪影片都是不可多得的流量密碼。

朱利安 · 西蒙中間沒有半秒停頓，高山陡坡滑起來像滑著平坦的雪面，除了一些高低起伏外，滑雪單板幾乎緊貼著雪面滑行。

高低最大的起伏位置，大約也就三、四米高，但假如以鬆軟的粉雪作為緩衝，滑雪手只要姿勢得宜和速度許可，是可以平穩地著陸並持續滑行。

朱利安 · 西蒙一口氣滑落山腰位置，並反覆檢視著智能錶上的計時。

「噔噔噔噔——噔噔噔噔——」

突然間，朱利安 · 西蒙身後出現高速刻滑的聲音。

朱利安 · 西蒙回頭一望，發現後方有位滑雪手轉彎滑入同一條路線，並跟在自己的後頭。

朱利安 · 西蒙本來都不以為然，但過了幾秒後見對方仍牢牢跟緊後方，距離沒有變遠之餘更漸漸拉近，好勝心下令他不得不再加快速度，試圖拋離莫名出現的對手。

追逐著朱利安 · 西蒙的人不是誰，正是獨自滑野雪的任雪糖，他倆不過是在偶爾的時間點，偶爾地滑到同一條路線上，猶如兩輛互相追逐的跑車。

緊接下來的路段是雪面經多名登山者踩踏過的 Z 型路線。

看著眼前較平坦的大直線，朱利安 ‧ 西蒙心裡決定，要在這裡將對手大幅拋離。

就在下個轉彎之際，朱利安 ‧ 西蒙一個不留神，竟見任雪糖突然於旁邊超越自己。

「霍——」任雪糖壓低重心，手摸雪面刻滑轉彎。

任雪糖身上沒半點多餘動作，刻滑時機都非常完美，搶位擋在朱利安 ‧ 西蒙的前面。

對方一定是個職業滑雪手！這是朱利安 ‧ 西蒙的第一個反應。

不過先機佔不了多久，朱利安 ‧ 西蒙很快依靠速度與任雪糖並肩，甚至是重新超越他。

其時，高速滑行著的兩人不約而同望向了對方，雖然在護目鏡和滑雪面罩遮擋下看不見彼此的真面目，但他們都有同一個想法……

對方好強。

朱利安 ‧ 西蒙考慮到對方的轉彎技術了得，於是開始使出只有在冬奧障礙追逐賽才會上演的行為——碰撞。

朱利安 ‧ 西蒙趁下個轉彎前，利用板頭對任雪糖的板尾輕輕一撞，導致高速狀態下的任雪糖出現打滑情況。

任雪糖想以安全為優先的話，急煞是最好的做法，但他任由雪板打轉至一百八十度，然後做出反腳刻滑轉彎，入彎角度依然是最好的路線。

轉彎結束後，任雪糖保持反腳滑行，抬頭與身後追逐的朱利安 ‧ 西蒙對上目光。

任雪糖對朱利安 ・ 西蒙的碰撞作出回敬故施展高速平花，身體順滑地擰轉用板底鏟起路上的雪花大片地濺向朱利安 ・ 西蒙身上。

視線受到干擾的朱利安 ・ 西蒙不得不減速，因為高速狀態少看了一兩秒後的畫面，都可能會引致嚴重的意外。

減速後的朱利安 ・ 西蒙想再追上任雪糖已是不可能，於是他索性停下來，摘下護目鏡銳利地目送那遠去的身影。

作為冬奧的速度之王，今天他在秘魯的瓦斯卡蘭山輸了。

天上的航拍機自然拍攝下這一切，機艙中的經理人 Pierre Morgan 都對畫面中的滑雪手感到好奇。

「C'est qui donc, cet homme？」（他是何方神聖？）

結束短暫的追逐戰後，任雪糖一路滑回青年宿舍，因為再滑下去，氧氣恐怕不足夠支撐身體活動了，他需要休息。

「嗄。」任雪糖脫掉滑雪單板，揹著它行入宿舍。

他對於自己剛剛擊敗了現役世界第一單板滑雪手的事……

沒有任何感覺。

透過對方穿著標誌性的法拉利紅滑雪服，早前看見有紅牛直昇機出現在山頂，加上對方的高速滑降技術，其實任雪糖或多或少都猜到護目鏡下的人是朱利安 ・ 西蒙，但他心目中的最強……從來只有白玥粼。

況且在朱利安 ・ 西蒙滑下來前，他自己就先徒步踏足過滑行路線一次，對地型有著一定的印象，事先就在腦中預演滑行一次該如何滑下去，跟完全即興首次滑行的朱利安 ・ 西蒙比有很大優勢。

如果真的想要挑戰巔峰道，這點事不值得自己沾沾自喜。

任雪糖回到房間前拍打裝備上沾著的雪花，不然溶化後地板會變得濕漉漉。他打開背包拿出一包朱古力粉，撕開包裝把粉末倒落馬克杯上，入面更有點棉花糖作點綴。

任雪糖用熱水沖好，迫不及待喝上一口補充熱量。

「唔……」任雪糖合上眼睛，感到非常安逸。

今次遠赴秘魯滑雪，其實他覺得不怎麼有趣。

因為高山氧氣稀薄的環境，讓他要浪費很多時間來適應，而且雪下得不夠厚，滑起來不怎麼爽快，膝蓋需要比平時彎曲更多。

任雪糖覺得這可以當成是體驗，但應該不會再來滑雪。

同日夜晚，紅牛直昇機上。

朱利安 ・ 西蒙看著窗外入神，回想著其滑行的姿態，突然說出一個名字。

「Bai Yuc Lin.」(白玥粼。)

經理人 Pierre Morgan 問：「Quoi ？」(什麼？)

朱利安 ・ 西蒙目光移向經理人身上：「Il glisse avec une allure qui ressemble beaucoup à celle de Bai Yue Lin.」(他的滑行姿態很像白玥粼。)

「Tu veux dire qu'elle fait son retour dans le milieu ?」(你意思是她復出了？)

「Peut-être.」(可能吧。)

如果白玥粼真的復出，可是滑雪界的超級大事。

Pierre Morgan 嗅到先機更嗅到金錢的氣味，假若能把白玥粼簽下來復出活動，價值甚至遠超鄰座的朱利安 · 西蒙。

他用平板電腦重複回看影片，打算看出端倪。

「Avez-vous remarqué des caractéristiques particulières chez ce skieur ?」(您注意到這位滑雪者有什麼特別的特徵嗎？)

朱利安 · 西蒙不肯定地答：「Elle semble porter un pendentif en forme de lune.」(他好像戴著一個月亮形的吊墜。)

Pierre Morgan 凝神沉思，倏地靈機一觸，迅速用互聯網搜尋什麼。

他很快搜尋到當年白玥粼在蘇富比的一場拍賣中，以一百四十五萬美元成功投得一塊以月亮掉落地球的隕石碎片打造的而成的吊墜。這種價值連城的奢侈品，彷彿更證明了對方的身份。

Pierre Morgan 確信就算對方不是白玥粼，都肯定跟白玥粼關係不淺。

一直以來世界各地都有不少人想找出白玥粼下落，有人說她早於高山滑雪出意外摔死、有人說她嫁給了非洲一位王子、有人說她隱姓埋名在美國某小鄉村餐館當侍應、有人說她加入了光明會，各種謠言和陰謀論滿天飛。

唯獨大家都好清楚，想要答案的話……

就得去巔峰道尋找。

Pierre Morgan 給各大雪場的管理人發送資料，讓他們多加留意以下特徵的一位滑雪手，全為任雪糖當時的衣著和裝備：

一：滑雪服為 Burton AK457 系列的紫白色。

二：月亮形吊墜。

三：Burton 美國原型板工廠專屬量身定制款。

Pierre Morgan對各負責人補充說，雖然資料不多與大海撈針無異，但其單板滑雪技術數一數二，會給他一下吸住眼球。

技術，就是他最好的辨識。

第六章

攀山學會

八月八日，上午八時。

回到香港的任雪糖醒來後，打開自己的電郵查看大學聯招遴選結果。

如同自己所料，成功入讀香港大學。

換轉成其他人多少都會開心得振臂高呼，但對任雪糖而言卻毫無特別，鼠標直接移向右上角按下交叉。

任雪糖支付了留位費並到校完成註冊手續，他看著港大的校徽心中有個念頭，給自己訂下一個目標。

他要在就讀港大的四年間，找到一位可以信任的攀山拍檔。

開學日，任雪糖穿著簡單的素色衣褲上學。

課堂結束後，同課程的學生們都相約一起吃飯，大家非常開朗主動，部份更是在迎新營相識，一拍即合。

「同學，要唔要一齊去食飯啊？順便加你入 group 啊。」一位男同學興致勃勃地說。

「下次食，有嘢做。」任雪糖只給出手機號碼。

課程結束後，任雪糖馬上就前去港大的攀山學會。

任雪糖根據網上資料，找了半個小時才找到攀山學會位置。

一推門後發現學會裡什麼人都沒有，只有位氣質清新的女大學生，穿著黑色飛行夾克外套、純白厚棉質上衣配搭牛仔褲的她冷眼看著進來的任雪糖，眸子凝視間充滿了少年感。

兩人對望了幾秒就互相別過了臉，但女大學生很快又開口問：「搵人？」

「想學攀山。」任雪糖答。

「坐。」對方指一指角落的摺椅。「名？」

「任雪糖。」他把自己學生證交出。

「攀山經驗？」

「零。」

「咁想攀山原因係為乜？」

「想上 K2。」

原本正在忙著自己事的女大學生不自禁笑了幾聲，嘲諷道：「K2 ？」

「喬戈里峰。」

「我知 K2 叫喬戈里峰，只係你一個咩經驗都無，連初學者都算唔上嘅人，話想上 K2 我覺得有啲好笑。」

「……」

「但嗰度都係我嘅目標。」女大學生跟他握手，會心微笑。「南宮妍。」

「南宮……你韓國人嚟？」任雪糖握住南宮妍的手。

「韓國出世，中學後就嚟咗香港讀書。」

「喔……」任雪糖周圍望來望去，見不到南宮妍以外的人。「其他人呢？」

「恭喜你成為第一個成員，攀山學會暫時得我一個。」

「吓！？」向來心境平淡的任雪糖也嚇了一跳。

「我讀 Geology，你呢？」南宮妍問。

「FoodNu.」

「搞掂，登記完，你已經係攀山學會一份子。」

「唔好意思，我純粹有啲好奇，點解成個學會得你一個？」

「講出嚟驚嚇親你，有機會再同你講，你只要知呢度我話事。」南宮妍姿態相當強。

「我哋幾時可以學攀山？」

「你除衫嚟睇下。」南宮妍握著原子筆，試圖撩起任雪糖的上衣。

「原因係？」任雪糖想脫下，但又有點猶豫。

南宮妍搖頭含笑道：「我唔會教一個肥仔攀山。」

「依度無嘢磅重㗎咩。」任雪糖口上這麼說，但還是脫下了衣服。

南宮妍用原子筆輕輕按壓其腹肌，說：「有練開核心？」

「有。」

南宮妍伸出食指摩挲著手臂肌肉，又問：「平時玩開咩運動？」

「滑雪。」任雪糖一答完，南宮妍馬上揑握其大腿。

「果然係滑雪人嘅腳，好結實。」

「我可以著番衫未……」任雪糖全身肌肉都抗拒著南宮妍的接觸。「孤男寡女咁樣唔係太好。」

「著得㗎啦。」

任雪糖用五秒就重新穿回衣服，又再問：「幾時可以攀石？」

「你好急喎，不如依家？」南宮妍即興提出。

「好！」任雪糖表現雀躍。

「去嗰度揀對啱自己嘅攀石鞋，細一兩個碼都得，攀石用嘅鞋越緊越好。」

說到緊緊的鞋子，任雪糖立即想起第一次滑雪時，因為過度較緊雪鞋，而令自己寸步難行。

「我哋去何鴻燊體育中心個攀石場。」

兩人都屬做事話不多的類型，相識不到半小時便一同乘坐的士，前往何鴻燊體育中心。

換轉是別的學會，應該準備舉辦學會迎新。

兩人坐在的士上，沒有半句交流。

尷尬的氛圍，令的士司機都有點不自在。

落車後，南宮妍便帶著任雪糖走到十米高的人工攀石牆前。

攀石牆凹凸不平，有著不同形狀、顏色大小不同的石頭。

「上面嘅石頭叫『手點』，攀石簡單嚟講就係捉緊手點攀爬到最高位置。」南宮妍指著上方，快人快語：「見唔見到最高點？有塊金屬嘅嘢釘喺牆度，嗰塊叫『耳片』係保護支點，總之係防止你跌死嘅嘢。」

「唔……」任雪糖打量著攀石牆。

南宮妍打開帶來的行李袋，把裝備逐一拿出並解說：「主繩、安全帶、你著緊嗰對攀石鞋，鎂粉袋、主鎖、保護器 ATC、grigri、快掛。」

「好。」任雪糖點頭，表示聽懂。

南宮妍手把手教學，把安全帶拋到任雪糖身上，又說：「著住佢，如果你跌落嚟，佢可以幫你承擔下降時產生出嘅重量同衝力。」

任雪糖迅速穿上的同時，南宮妍開始在主繩上安裝 ATC 和 Grigri 保護裝置，這些全是任雪糖未曾學過的新知識。

南宮妍見任雪糖一副好奇的模樣，便對他說：「如果你想知係乜，點解我要裝上去，就返屋企自己上網查，全部嘢夾埋叫做『繩索系統』。」

「收到。」

「做熱身。」南宮妍吩咐他。

任雪糖做好熱身後，南宮妍開始指示他攀上去，她說：「用你方法爬上去，我係你嘅保護者，你失手我會拉實條繩保護你。」

任雪糖雙掌放上手點，開始人生第一次攀石體驗。

由於有體能的基礎，任雪糖相當輕易就爬到五米高位置。

「加油啊。」南宮妍單手握著繩索，抬頭仰望著上方的任雪糖。

攀爬到某個位置，任雪糖突然覺得很難再爬上去，分佈牆上的手點都距離太遠，難以去抓握。

見無路可行，任雪糖隨即對俯視下方的南宮妍說：「爬唔到。」

「攀石除咗一路爬，仲要學識觀察路線，唔好亂爬死路。」南宮妍轉為雙手握繩。「你鬆開手，我慢慢放你落嚟。」

任雪糖放開手點又身體仰後，讓南宮妍慢慢將自己下降到地面。

任雪糖冷不防問：「你表演下？」

他想要看看南宮妍的身手。

「好啊。」南宮妍脫下飛行夾克和換上攀石鞋，雙手沾點鎂粉便開始攀爬。

任雪糖叫住她：「你未戴安全措施……」

「我唔需要安全。」南宮妍像早已觀察出登上最高點的路線一樣，雙手雙腳敏捷地向上攀爬。

而且其抓握的手法和腳法，都似乎有點功架，會動用到全身的力量去輔助身體。

剛才任雪糖只是覺得，自己一雙手臂在發力。

不到三分鐘，毫無繩索系統保護的南宮妍，一口氣爬到最高點。

任雪糖瞪大瞳孔，看見一個畫面。

那個可以信任的人就是她。

那個可以一起登上喬戈里峰的人是南宮妍。

「喂你小心呀！」體育中心的清潔姨姨剛好目睹這一幕，不禁驚叫。

「呃，無事無事，我高手嚟。」南宮妍甚至騰出一隻手，對地面上的清潔姨姨揮手說不。

「啊——好得人驚呀！」清潔姨姨轉身快步跑向辦事處。「我去叫館長叫定消防員嚟救你，阿女你捉實唔好跌落嚟啊！」

「喂……」南宮妍馬上轉瞪任雪糖。「雪糖攔住個阿嬸！」

要是館長得知這種事情，下次肯定不會給南宮妍租用攀石牆。

「點攔？」任雪糖攤開手，一臉愕然。「佢有人身自由。」

「用手用腳用你條——」南宮妍突然語頓：「唔理啦總之攔住佢！」

任雪糖馬上追趕著清潔姨姨哀求：「阿……阿嬸……唔係，靚女！唔好走住啊。」

他以籃球員的防守姿勢，張開雙臂和重心下降來阻擋清潔姨姨前進。

「你唔好擋住我啦哥哥仔！」清潔姨姨不停推開擋在前面的任雪糖。

「你誤會咗喇，佢有戴安全帶㗎，你眼花咋嬸嬸……唔……靚女！」

「無可能！我成日食藍莓對眼睛咁好，點會睇錯。」清潔姨姨亦試圖不斷突破任雪糖的封鎖。

「我同你賭一百蚊好無？」任雪糖掏出一百元鈔票。

「好！」一談到錢，清潔姨姨馬上說好。

兩人重新回到攀石牆前，只見南宮妍已回到地面，並且穿好了安全帶。

「Hi.」南宮妍對倆人揮揮手。

「真係有……」清潔姨姨半信半疑。

「話咗啦。」任雪糖暗自鬆一口氣。

「無可能嘅……」清潔姨姨反覆思考著。

「你賭輸咗喎靚女，你再唔走我收你嗰一百蚊㗎啦。」任雪糖對住清潔姨姨手指指的。

「唉，走啦走啦，真係撞鬼。」

見清潔姨姨走遠，南宮妍嘆口氣說：「個阿姨真係厚多士……」

「咩厚多士？」任雪糖聽不懂這舊時代的潮語。

「好多事啊。」南宮妍直說。

「你身為韓國人居然仲清楚過我……」

「仲爬唔爬啊？」南宮妍單手插腰，手握著繩索問。

「爬，緊係爬。」任雪糖像隻壁虎貼到攀石牆上。「往死裡爬！」

一個充實下午就在何鴻燊體育中心渡過。

兩人離開的時候天色已黑，如無意外的話就各自歸家。

兩人並肩行出體育館，前往乘車的路上沉默了一會，就差誰先說再見。

驀然，兩人異口同聲地問對方：「俾你手機號碼我。」

「我哋加個電話。」

對於問出同一樣的事，兩人相視微笑。

不到幾秒兩人又異口同聲說出自己的電話號碼，讓十六個數字重疊起來。

「點啊，你講先定我講先啊，你玩嘢啊。」南宮妍笑問。

「不如……」雙手插著褲袋的任雪糖羞於啟齒，但還是開口問：「一齊食嘢再走？」

南宮妍思考幾秒才答：「食咩？」

「就食厚多士。」

徒步前往堅尼地城的途中，任雪糖幫手拿著行李袋，南宮妍則拿著尼龍繩索給他展示如何綁各種綁結。

反手結、八字結、雙反手結、雙八字結、BHK、蝴蝶結、雙套結、Double Stopper Knot、意大利半結、驢仔結、MMO、稱人結。

在傍晚醉人的昏黃街燈下，沙灣沿岸的浪聲拍打，涼風輕拂過耳背，兩人在街道上研究著繩結，大家手指於繩索間繾綣交纏，亂成一團。

兩人走到堅尼地城後，進入了南龍冰室。

「要食啲咩呢？」冰室伙記給兩人下單。

「厚多士。」任雪糖餐牌都不瞧一眼。「走牛油走煉奶走花生醬。」

「咁……咁真係得塊包咋喎。」伙記提醒他。

「嗯。」

「靚女呢？」伙記轉問南宮妍。

「我……」南宮妍認真看著餐牌「我要個蝦仁炒蛋飯。」

「兩位飲咩呢？」

南宮妍說：「凍檸茶走甜。」

任雪糖說：「凍檸水走甜。」

「得。」伙記走去把單交給廚房。

「你真係食塊包就得？」南宮妍眼神很是懷疑。

任雪糖小聲地說：「冰室啲嘢好肥，全部都差唔多過一千卡路里，會打亂我飲食計劃。」

「我都未驚，你驚乜。」南宮妍舉起手說：「伙記。」

「係？」伙記走來。

「寫多隻生炸雞髀俾佢。」南宮妍說。

「好嘅。」

任雪糖睜大雙眼，臉上寫滿不情願三字。

「攀咗幾個鐘石都食得一塊包，你對自己有啲苛刻。」南宮妍無端說中任雪糖的心坎。「你係想挑戰『巔峰道』？一個滑雪嘅想攀上

K2，我大概都估到咩事。」

「嗯，而且想搵個可以信任嘅人一齊上去。」任雪糖兩眼誠懇地望著南宮妍。

「我好似同你識咗只有……半日？」南宮妍喝一小口剛到來的凍檸茶。

任雪糖用飲管插著檸檬片說：「我咩都無講啊。」

「K2……」若有所思的南宮妍唸著。

最先送來是任雪糖的厚多士，一塊包對他這種剛成年的男生確實不夠。

第二樣送來是蝦仁蛋炒飯，南宮妍用匙子大口大口地吃下。

「如果有得加泡菜就完美……」南宮妍喃喃自語。

最後送來是生炸雞腿，任雪糖眼中的禁忌食物，吃了彷彿會惡運纏身三輩子。

任雪糖抱臂說：「我死都唔會食。」

他轉望別的地方試圖分散注意力。

「真係唔食？」南宮妍用匙子輕輕挲著雞腿的脆皮表面。「聽下啲聲正唔正。」

任雪糖吞了吞口水，眉頭眼額都抖動著說：「唔……拎開依件邪物。」

「唔食就無㗎啦喎。」

「今日我食咗嘅話跟你姓。」任雪糖放下狠話。

三分鐘後。

任雪糖用紙巾包裹著雞腿的柄部，大咬著雞腿滋味地嘴嚼，油油的嘴唇泛露著滿足的笑容。

「隻雞髀真係香……」

「嘶——」炸得香脆的皮和嫩滑的肉撕開後，全都滋潤著任雪糖那苦澀的舌頭。

「你好，南宮雪糖。」南宮妍跟他打招呼。

「唔？」任雪糖很自然接受了這稱呼。

「無事。」南宮妍抿嘴一笑。

整隻雞髀吃精光後，任雪糖陷入沉思和後悔階段，不斷想著怎消耗掉八百卡路里。

用膳完畢後兩人各自付款，然後走到南龍冰室外頭。

「平時有活動我喺群組叫你。」南宮妍亮出手機。

「好，下次請你食飯，你教我咁多。」

「下次再算。」南宮妍揮著手轉身走。

兩人各自回家，任雪糖乘搭地鐵，南宮妍乘搭電車。

等任雪糖坐上地鐵，無聊查看手機的時候，發現只有兩人的「攀山學會」群組傳來訊息，一打開原來南宮妍傳送了自己吃雞髀時的模樣，當時神情完全陶醉其中，沒發現南宮妍的偷拍舉動。

任雪糖臉色一沉，按下退出群組。

可不到幾分鐘，又被南宮妍重新拉回入群組中。

任雪糖的大學生活平淡簡單，不像其他大學生多姿多彩，參加各種迎新營、上莊、談戀愛、兼職、住宿舍，時間主要離不開讀書、體能訓練和學習攀石。

第一年需要讀書的內容，任雪糖尚算應付得來，因為他有生物科的底子。

到了十月、十一月，便是大學的招莊期，唯獨攀山學會不問世事。

任雪糖遊走港大校園，常常看見不同學會的宣傳，對比下感覺攀山學會特別頹廢。

某天，任雪糖好奇問起這事：「其實我哋攀山學會點解好似缺莊咁，嚟嚟去去都係得我同你。」

缺莊意即學會缺少幹事，沒什麼人處理會務。

「你真係想知？」在手提電腦上打字的南宮妍停下雙手。

「究竟點解？」任雪糖雙手撐桌，凝神傾聽。

「大約係上年嘅事，攀山學會內閣搞咗個『麥理浩徑全走』活動。」

「麥理浩徑全走……」任雪糖緊皺著眉。「行哂十條路段，有成一百公里。」

「可能佢哋以為好容易，成班人柴娃娃咁上去，最後一個成員喺西貢蕩失路、一個患咗低溫症、一個中暑，仲有個失足，中間警都報咗幾次，最後全部人決定喺第五段放棄。」

「大家最後應該都無事？」

「如果係咁嘅話，攀山學會就唔會得我哋兩個。」南宮妍用手提電腦打開一則新聞，是關於一名港大學生的死訊。「一開始蕩失路嗰個，警方五日後先喺西貢嘅山頭搵番佢，嗰陣佢已經無咗呼吸。」

任雪糖牢牢凝視著新聞內容——

「今日下午三時十四分，警方搜索隊喺南山洞一帶草叢發現一具男屍，證實為香港大學攀山學會早前失蹤學生蔡銘浩，身體已經腐爛，警方相信係行山時發生意外，暫時列為屍體發現案處理。」

「佢失蹤嗰陣其他人無報警？」

「大家當時以為佢只係走失，諗住佢會識得路返落山，而且係頭一日心情無咁緊張，就釀成呢單悲劇。」

「真係估唔到……」

「所以攀山學會得我一個，佢哋成個內閣面臨緊停學調查，其他成員唔想惹事都退哂。」南宮妍反手緊扣拉筋。「本身我自己玩開獨攀，唔會亦唔打算加入學會，但見既然斷莊無人，就向學校以臨時組織名義申請暫時接管，多啲攀岩資源留俾自己都好，點不知你條友入咗嚟……」

「原來係咁。」任雪糖恍然大悟。

南宮妍語氣一沉：「好多人以為香港地行下山同散下步差唔多，覺得附近周圍都係市區同人，唔驚會死，但其實佢哋低估咗山嘅危險……」

「但相比起喬戈里峰，麥理浩徑……」任雪糖喃喃自語。

南宮妍插口道：「簡直係幼兒班。」

南宮妍和任雪糖忽然對望，彷彿產生了一個共識。

他們想要挑戰麥里浩徑全走，完成攀山會學上年未完的挑戰。

兩人一拍即合，馬上拉出白板規劃活動。

麥理浩徑全走的難度，主要取決於限制時間。

如果時限是五日四夜的話，那麼挑戰將會變成休閒的走營活動。

如果參考每年樂施會的「毅行者」籌款活動，限定在四十八小時內完成，就會變成具挑戰性的項目，但樂施會毅行者活動中，沿途總共有十多個官方支援點，提供各種補給，非個人挑戰者能比擬。

如果純粹想以兩人規模，在四十八小時內完成，難度不低，除了訓練有素的馬拉松專業跑手外，沒有超常的體能和毅力是很難完成。

因此，兩個人的內心深處其實都是狂妄自大的人。

麥里浩徑全走，簡單而言就是一條由西貢北潭涌行到屯門的行山徑，分十段總長一百公里，中間有二百支標距柱，每五百米就有一支。

兩人一談到這種事情，就有源源不絕的想法和提議。

包括要帶什麼物資、行程安排、出發日子、穿著裝備等。

考慮到假日會有不少市民行山，可能會阻擋到路程，他倆都決定星期二走堂出發，避開人頭攢動的星期六日。

出發當日，任雪糖穿著美津濃的跑鞋、壓縮褲和上衣、厚的羊毛襪、越野跑壓縮背心與長袖上衣出門，跟南宮妍約好早上八時沙田地鐵站等。

南宮妍穿著全黑的越野跑背心和短褲，配搭著太陽帽，有著難以形容的英氣，一種男女都會被她吸引的特質。

男生會覺得她漂亮，女生會覺得她帥氣。

南宮妍的衣著讓她手腳外露，可以看出其攀岩鍛鍊出的紋理，全身練得非常勻稱，沒有一絲多餘脂肪。

「食咗早餐未？」南宮妍一來即問。

「未，你呢？」

「都未，無牌營養師你有冇建議？。」

任雪糖指向就近的便利店說：「七仔，最健康方便。」

任雪糖買了兩條香蕉和能量棒，迅速解決掉早餐。

能量棒一個獨吃整條就過量，所以他們扳成兩節分著吃。

緊接他們乘搭 289R 巴士，前往北潭涌麥理浩徑的起點。

萬里無雲，天清氣爽。

擺脫市區後周圍全是碧綠青翠的樹林，放眼望去一片郁郁蔥蔥，眼眸都特別舒服。

「依家十點零六分。」南宮妍做著後摺腿熱身。「你有冇帶電筒？」

做著前跨步熱身的任雪糖，手指碰碰自己的胸掛式電筒說：「其實我哋係咪應該帶埋行山拐杖？」

「笑咗，行咩山拐杖，老人家咩。」南宮妍原地跳幾下。「好！開波。」

兩人以不快不慢的步伐開始行走麥里浩徑 1 段行山徑。

因為是剛開始的階段，體力非常充足，任雪糖總是不自覺走快幾步，變相令南宮妍走得有點慢。

「唔好咁快啊，如果唔係後面嘅路有排你嘆。」南宮妍提醒他。

第七章

麥里浩徑全走

全走的意義，貴在堅持。

是次活動對任雪糖而言是場小測驗，因為假若他日真的要登上高峰，意志力是不可或缺的東西。全走挑戰有四十八小時限制，所以兩人都不能緩下步伐，大部份風景要走著欣賞，不能停留過久。

陽光明麗，清風送爽。

麥里浩徑 1 段上，為數不多的行山客漫步林區，他們大多是退休年紀的人。

沿途經過的第一個景點是香港儲水量最大的萬宜水庫。

陽光照耀下，水庫反映出水藍色澤，令人心曠神怡。

放眼望去佈滿青山綠丘，盡顯湖光山色。

全程是接近平坦的柏油路，遠離城市化污染，舒服得叫人想睡。

任雪糖和南宮妍體力充沛，走得相當輕鬆自在，花了大約三小時，便到達寧靜的海灣浪茄，同時也是麥里浩徑 1 段的終點。

「休息十五分鐘。」南宮妍呷一口水。

兩人走落水清沙幼的海灘上，遠眺一望無際的蔚藍大海。

這裡有著寥寥幾人駐紮露營，他們在乾淨的沙粒上追逐奔跑，身體的擺動不像城市中那樣拘謹僵硬，想笑也自由地大笑。

任雪糖和南宮妍兩人，就坐在一棵橫倒的樹幹上。

「啲景色真係好治癒。」南宮妍喝一口水。

「你有行嚟過？」

「有。」南宮妍扭好瓶蓋。「試過喺度自己紮營。」

「自己？」任雪糖好奇像她這種女生，應該不缺朋友陪伴。

「我比較中意自己一個人，特別係依啲地方。」

「你都似特立獨行嘅種人。」任雪糖點頭。

「起身喇，我哋其實都走慢咗，不過當係熱身差唔多。」南宮妍站起來，查看手機。「今晚前最少要走夠五、六十公里。」

緊接下來的麥里浩徑 2 段，多以山間小路為主，沿途不少補給點，兩人特別在西灣的士多停下，點了份香腸煎蛋麵和冰涼的可樂，吃飽喝夠才繼續走。

碗中剩餘的麻油湯底，滋味得任雪糖都忍不住喝上幾口。

長途行山是高卡路里消耗活動，吃東西補充能量相當重要，哪怕是任雪糖眼中的垃圾食物都沒所謂。

橫越西灣海灘後再跨過雙鹿石澗，兩人繞著大蚊山腰來到鹹田灣。

當行到大浪坳位置，本來大好天色竟漸漸陰沉起來。

任雪糖抬頭一望，竟見大片烏雲籠罩著上方。

「唔會想落雨呱，明明天氣預告……」

南宮妍突然插口說：「你知唔知自己做得最錯嘅係咩？」

「係咩？」任雪糖愕然道。

「信咗天文台。」

任雪糖真的自我反省起來，不禁反問自己為何會相信天文台，明明從小至大都被它非故意地陷害過十數次。

「不過行山就係咁，天氣捉摸不定。」南宮妍步行速度倏地變快。「加快腳程。」

兩人快步穿梭著陰暗的林間小道，經過赤徑口石灘再到北潭凹，幾經辛苦去到麥里浩徑第 3 段，前前後後花了四小時。

「唔經唔覺五點鐘……」任雪糖輕擦著額上的汗。

「有冇開始掛住屋企？」南宮妍也一身汗。

「開始掛住滑雪，如果可以喺麥里浩徑滑雪落山……」任雪糖幻想著那畫面，都不禁笑了出聲。

「你個腦咩構造……」

麥里浩徑第 3 段，全長 10.2 公里，預計晚上九點鐘才走完。

天空下起毛毛細雨，反而為汗流浹背的兩人帶來些許涼快。

開首的山路需急攀至牛耳石山，接著山徑相對平坦。

由於下雨會導致泥地濕滑，每步都不可急促，鞋底需要牢牢踏實地面，才可以邁出下隻腳前進。

半小時後，變成大雨傾瀉。

剛好抵達營地的兩人，為防出現危險決定暫留原地。

「要等到停雨……」南宮妍視線尋找著可躲雨的地方。

「嗰個得唔得？」任雪糖指著營地中一個被棄置的露營帳篷。

「好過喺樹下面嘅……」南宮妍跑過去。「去睇睇。」

露營帳篷的支架雖不怎麼穩固，頂部更有半塌的狀況，但作為休息擋雨的地方尚可接受。

於是乎兩人一起躲進露營帳篷中，等待雨勢停下。

「咁大個營都唔帶落山……」任雪糖打量著營內環境，發現不少食物包裝亂放在內。

任雪糖試圖撥開營內垃圾，給自己騰出更多休息空間。

「咩嚟……」任雪糖突然摸到手感很怪的東西。

南宮妍打開手機的電筒一照，驚見任雪糖手中東西是已經用掉的安全套。

「哇！」任雪糖嚇得急忙揮臂甩開。

安全套從其手臂上一甩，不偏不移的飛到南宮妍臉頰上。

南宮妍緊閉著眼睛，咬緊了牙關，全身皮肉都憤怒地跳動。

「我頂你個肺……」

任雪糖呆住了，不斷道歉：「喂……唔……唔好意思……」

南宮妍迅速拿開臉上骯髒的東西，然後抽住任雪糖的衣領說：「你同我食咗佢！」

「呃。」任雪糖雙手舉高示意和平，安撫南宮妍情緒。「你塊面無

傷口唔會造成感染，而且大部份性病存活喺空氣超過一粒鐘就會死絕，唔洗驚……」

「我淨係要你食咗佢呀！」南宮妍按住任雪糖的後腦，逼他貼向用掉的安全套。

「無事無事……」任雪糖拿出自己的水瓶，倒在南宮妍中招的右臉頰上，並抽起自己的衣服給她抹乾淨。

「噁！」南宮妍有作嘔的反應。「我係咁聯想到啲腥臭味……」

南宮最終妍忍受不住，衝出露營帳篷，接受大雨的洗禮。

「淅淅淅淅——」

「除你件衫俾我。」南宮妍向任雪糖伸手。

任雪糖二話不說，脫下上衣拋給南宮妍，讓她擦乾淨臉龐。

南宮妍不願再回到露營帳篷，唯有走到某棵樹下躲雨。

這樣子無可避免會弄濕自己和身上物品，但總比剛才的情況要好。

任雪糖也總算知曉為什麼露營帳篷的主人沒把它帶回去。

「請你食條朱古力。」任雪糖拿出一包 TWIX 拖肥夾心朱古力。

南宮妍冷眼盯著拖肥夾心朱古力，然後伸手取走。

「原本真係要打你一身先下到啖氣……」

撕開包裝後她隨即吃了一條。

南宮妍門牙一咬，焦糖味的拖肥就像拉絲般延伸。

「又幾好食，邊度買？」

「其實間間七仔都有，但佢哋從來都係貨架上冷門嘅朱古力，大部份香港人淨係識揀 Kinder、M&M's 同明治。」

「好有研究咁嘅樣喎！ FoodNu 人，平時食開朱古力雞胸啊？」南宮妍揶揄他。

任雪糖不好意思說自己家族生意正是跟糖果食品有關。

「知己知彼，百戰百勝，要了解自己的敵人，先可以預防佢哋。」

「索性再了解深入啲啦。」南宮妍把另一條拖肥夾心朱古力遞給任雪糖。

任雪糖吞一吞口水，準備接過拖肥夾心朱古力享用。

殊不知，一旁突然出現一把陌生的人聲。

「好……好想食嘢……」

任雪糖和南宮妍並沒有嚇一跳的反應，只有脊椎陣陣湧上的刺寒。

任雪糖轉頭望向說話的人，他是個年齡跟自己差不多大，面色蒼白的男性青年，他身上穿著有點破損的行山服裝。

「你同我哋講？」任雪糖問。

「係……我真係好餓……」外表虛弱的青年人向他攤開手。「可唔可以俾我食。」

「可以……」任雪糖把拖肥夾心朱古力轉贈給不速之客。

「你都係嚟行山？」南宮妍打量著對方。「係咪仆親。」

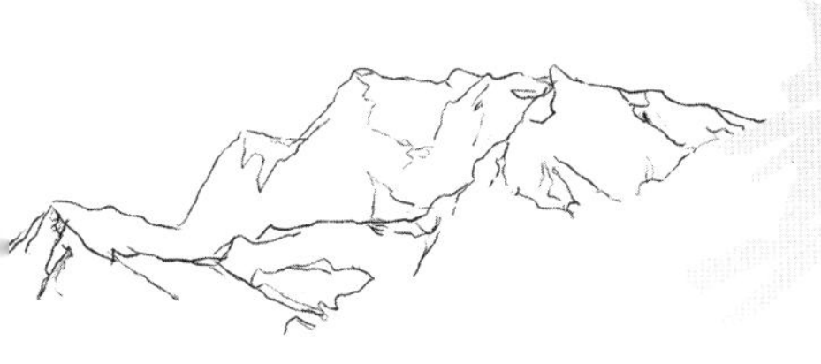

「唔……」青年人不停地啃著朱古力，彷彿十天沒吃到飯。「我係同朋友嚟，但暫時失散咗。」

青年人很快吃完整條朱古力，但樣子看上去遠遠未夠飽。

「仲有冇……」青年人跪倒地上。「我就快餓到郁唔到……」

「呃。」任雪糖以眼神跟南宮妍交流。

「先生，你似係要入醫院多。」南宮妍說。

「我食飽就自己落到山……但依家真係無力……」青年人說。

「雪糖，你留喺度睇住佢，我記得嶂上前面有間許林士多，睇下有冇開。」南宮妍指示他。

「得，我睇住佢。」

南宮妍快步跑去許林士多，看看能否買點食物回來。

「你等下，佢好快返。」任雪糖對青年人說。

「你哋好好人……好彩遇到你哋……」

「你同朋友本身諗住行到邊？」

「我哋本身打算玩全走……」

「麥里浩徑全走？」

「係！哈……但好似無想像中咁易。」

「係㗎，頭嗰一兩段可能走得好舒服，但之後嗰幾段嘅痛苦就係以倍數咁增長。」

「……」

任雪糖無意間發現青年人的衣服印著香港大學的校徽：「咦……你都係讀港大？」

「係。」

「我哋同校。」

「好。」

青年人的回答變得簡短……

不一會，南宮妍真的帶著食物回來，而且是最經典的燒賣和魚蛋。

食物一到手，青年人馬上吃過不停。

「好彩間士多有開。」南宮妍雙手插腰呼氣。

待青年人飽餐一頓，雨勢都漸漸減弱，不過其時天色已黑。

「多謝兩位啊……我食得好飽，我準備上路。」青年人對他們作出感謝，自行轉身離開。

「原來佢都係讀港大，都係嚟玩全走。」任雪糖跟南宮妍說起。

南宮妍臉色一變，表情有些不安地問：「吓，佢叫咩名……」

「喂！同學點叫你啊？」任雪糖追問。

「姓蔡……」青年人身影漸漸消失於雨中。

任雪糖和南宮妍不其然打個冷顫，手腳起了雞皮疙瘩。

兩人沉默許久，南宮女妍才強忍恐懼開腔：「應該只係咁啱啫。」

「我……我不嬲唔信鬼神依樣嘢。」任雪糖用力吞嚥口水。

「行囉。」南宮妍打算急步離開。「依度有啲凍。」

「等埋！」任雪糖慌忙跟上。

對於這單詭異的小插曲，兩人只能以巧合來解釋。

雨後經雨水滋潤的土讓揮發出一種森林獨有的氣息，瀰漫在整座山頭。

兩人打開胸掛式電筒，展開了夜間徒步。

「喂，講下嘢。」領頭的南宮妍語氣顯得緊張。

「仲可以講咩……」任雪糖擦拭雙臂，變得神經兮兮。「連嗰啲嘢都俾我哋撞到。」

「咩都好啦，都係分散下注意力。」

「你點解會玩攀石？」

「你要問點解我又真係答你唔到，因為我攀石好勁呱，勁咪中意玩，玩得廢嘅你都無癮玩落去。」南宮妍轉問他：「咁你點解中意滑雪？」

「因為我偶像都係滑雪。」

「即係人玩你又玩？」

「每次滑雪嗰陣，都好似……」任雪糖以手勢比劃。「同佢無形中連結咗咁。」

南宮妍輕笑道：「你形容得有少少變態。」

晚上，十時正。

兩人邊談邊行，終於走完麥里浩徑 3 段。

走了大半日的山路，兩人終於脫離西貢郊野公園，準備經西沙路踏入馬鞍山郊野公園，挑戰麥里浩徑第 4 段。

「依段路差唔多係全麥里浩徑最難，沿途都唔會有補給點，你頂唔頂到？」南宮妍香汗淋漓，汗珠都晶瑩剔透。

「嗄……可以……」任雪糖喝口水濕潤口腔。

麥里浩徑 4 段中，兩人都不想再說話，寧願留口氣上攀馬鞍山。

一到夜晚，畏光的昆蟲都周地爬。

每級石梯上都滿佈蟑螂走來走去，如果不小心摔倒地上，肯定會有心理陰影。

走到匯流涼亭的位置，兩人無需言語，有共識地坐在涼亭的長椅上。

「喺度抖陣？」任雪糖直接躺在長椅上。

「嗯……訓陣。」南宮妍亦疲倦得不想多說。

兩人躺在涼亭長椅上閉目養神，累得什麼鬼也不怕。

沒有城市光的污染下，天上銀河繁星都可清楚望見。

任雪糖特別鍾情於月亮，夜闌人靜時總喜歡望月。

「喂，你話想上 K2 度滑雪，你滑雪肯定有咁上下……」南宮妍突然問起：「咁你滑雪有冇拎過咩獎？」

「無參加過比賽。」

「無參加過比賽，你點知自己夠資格滑到 K2 ？」

「有衝突嚟咩？」

「我咁講喇，上 K2 係要使好多錢，郁吓就使上百萬，你呢種未出社會做嘢嘅後生哥係負擔唔起，除非你話有爸爸媽媽俾錢你啦？但你阿爸阿媽會唔會出咁大筆錢俾自己個仔上 K2 滑雪？咁同送個仔去安樂死無分別，我估應該無咁喪心病狂嘅父母……」南宮妍說出要登上喬戈里峰的現實困難。

「所以我嚟緊最好參加比賽，得到贊助商青睞先有錢上 K2。」

「嗯，極限運動界一向係呢種模式，你要做最頂尖先有用。」

「就快開始新嘅雪季，到時……我睇下邊度有比賽參加。」

兩人躺在長椅上，一躺就是六個小時。

清晨六時。

南宮妍在手機上設置的鬧鐘響起，宣示著要準備起行。

兩人起身後做了些熱身動作，便繼續開始完成接下來的路程。

昂平的高地上，兩人看見西貢海平線盡頭的日出，它如同兩人一樣正不斷攀升。

看到眼前景色，兩人頓時覺得值了。

接下來連續幾小時的徒步，兩人於九時到了大老山，準備迎戰麥理浩徑第 5 段。

兩人穿梭在蟬聲響徹的林蔭，不同的軍事遺跡處處可見，諸如發射台、圍牆、戰壕、地洞等。

陽光化成一縷縷光線透射在樹林，兩人熱得透紅的皮膚上全是光斑的掠影。

攀越山脊後到了沙田坳，緊接前往獅子亭的士多補給。

兩碗豆腐花、兩盒杯麵、兩罐可樂、兩隻烚蛋，消耗大量體力的兩人像來開大食會一樣，暴風吸入桌上的食物。

跟他們昨日的消耗量相比，桌上的食物微不足道，特別是以他們的年紀而言。

不過為防吃得肚子太撐而嘔吐，他們抑制住進食的衝動，繼續上路去。

下午一時，兩人走到大埔公路，示意麥理浩徑第 5 段的終結。

麥理浩徑第 6 段位於大埔公路和金山路的交界，要說沿路的最大特色莫過於金山中生活著大量獼猴，由於牠們習慣受到遊人餵飼的關係，目光總是盯著路過的每個人。

「我哋無嘢食喺身，馬騮應該唔會搞我哋。」任雪糖橫視樹上每隻獼猴。

話音剛落，就有隻獼猴飛掠兩人的頭頂上，奪去了南宮妍的太陽帽。

「嘩。」南宮妍目瞪口呆。

偷掉太陽帽的獼猴迅速攀爬上樹，露出狡猾的笑聲，並向下方的二人攤開手掌。

「你頂帽用朱古力整？」任雪糖還有心情開玩笑，畢竟被偷的不是他。

「哈哈哈，佢向你哋勒索啊。」一位目睹情況的老登山客笑著說。

「勒索？」南宮妍不明所以。

「呢班馬騮已經越嚟越醒喇，近幾年佢哋都唔會再等人餵佢哋，而係直接偷人地身上嘅嘢，除非你肯俾食物佢哋，佢哋先會俾返你。」老登山客說明情況。

「但我身上都無嘢食……」南宮妍懊惱地搖頭。

「我有喎，洗唔洗幫下手？」換成老登山客露出奸詐的笑容，舉起五隻手指。「我個袋有條蕉可以賣俾你哋，但要呢個價。」

「五蚊？得……」任雪糖掏出銀包。

「五蚊食懵你啊！」老登山客感覺被侮辱。

「五十蚊丫嘛，好……」南宮妍打開自己的銀包。

「五舊水呀！」老登山客大喊。

「五百蚊？你都似勒索緊我……」南宮妍收起銀包。

「唔要罷就。」

南宮妍打量獮猴所在的樹，冷冷一笑道：「我自己拎。」

「哼，拎？你可以點拎。」老登山客抱起雙臂，一副坐看好戲的模樣。

「你唔會係想……」任雪糖猜到她的意圖。

南宮妍直接助跑，踏上樹身用兩手快速向上攀爬，如同蜘蛛般靈活俐落，沒有半刻停頓或遲疑。

獼猴都來不及反應，就被南宮妍拿回自己的太陽帽。

「嘰……嘰！」偷帽獼猴嚇得馬上跑掉。

南宮妍把太陽帽拋給地上的任雪糖接住，然後自己才慢慢爬下來。

「搞掂。」南宮妍拍拍掌上的木屑。

老登山客急急腳走人，沒面目逗留此地。

「你爬之前講聲，等我影低。」任雪糖把太陽帽交回她手上。

「好型咩？」

麥理浩徑 6 段只有 4 公里，路程相當短。

約莫一個半小時，兩人就完成整條山徑。

下午兩時三十分，二人並肩踏上麥理浩徑第 7 段，由城門水塘出發，開始漫長的上坡路。

登上針山的石梯一條接一條，想由山腳登上山頂得花費近一小時，登上山頂後能飽覽整個沙田區，其後支路上要靠右依循馬路登上草山，走至最後會到鉛礦坳，全程約三個半小時。

傍晚六時，和風習習。

不經不覺間，夜色再度降臨。

身處郊野公園超過二十四小時，草行露宿的二人已脫離日常的喧囂。

平日所擔心的大小事情，這刻都消失不見。

頭髮受風吹拂而凌亂、衣服因汗水沾濕而發臭、皮膚暴露野外而披上塵土，身上一切都變得不加修飾。

麥理浩徑第八段需攀越全港最高的大帽山，等待他們的仍然是石級。

過程中南宮妍雙腳已開始叫痛，她不像任雪糖般為了滑雪而經常練腳，下盤耐力自然不及他。

「唉！」南宮妍身體靠向欄杆，不停喘息。

「點樣？」任雪糖跟著停下來。

「我覺得再行落去會抽筋……」南宮妍咬住下唇。

「抖下？」

「抖三分鐘。」

「三分鐘你夠？」

「頂硬上。」

短短休息過後南宮妍再接再厲，以意志力強行堅持踏上大帽山。

晚上十時正。

兩人雙腳像被石化一樣，每次提起都有如千斤沉重，哪怕不走動都彷彿被麻繩緊緊捆綁著，繃緊的腿部肌肉壓迫著神經。

幸運的是他們終於抵達荃錦公路，即將要走的麥理浩徑第 9 段相對輕鬆簡單，全程為林務車路，不像大帽山幅度落差巨大。

主徑大部份景色是林蔭大道，兩旁長滿野生花草樹木，但礙於晚上環境昏暗關係，兩人無緣欣賞。

成功在望，兩人腳下速度自然加快，開啟了慢跑模式。

凌晨十二時正，兩人終於迎來麥理浩徑最後且最長的一段路。

麥理浩徑第 10 段於田夫仔露營場起步，而最終目的地是屯門。

難度不高，但相當的長。

這兩天一夜中，兩人無形中建立了默契，互相碰個拳便出發。

他們朝著大欖涌水塘方向走，沿路會經過建於一八六八年的老古董——吉慶橋。從吉慶橋望去，東江的水勢洶湧，源源不絕地流入大欖涌水庫。

全程主要圍繞水塘走，與流水為伴。

最後的行山徑可以說是與自己的戰鬥，因為盡頭看似相當遙遠。

南宮妍和任雪糖中間不時休息，不時互相鼓勵前行，又不時彼此搭膊同行。

由髮梢流下來的汗水持續滴落，早已濕透他們整張臉，視線因而模糊。

無論擦拭多少遍，都好快會沾濕眼睛。

他倆索性低著頭行，盡量讓自己精神集中。

走著走著前方的一塊資訊牌讓他們怔住了，資訊牌上寫著六隻大字「麥理浩徑終點」。

噪鵲的叫聲打破死寂，彷彿迎來新生。

兩人沒有高興得大呼小叫，喜悅的心情盡顯臉上，沒多餘氣力說感言，但兩人即時互相擊掌，清脆的掌聲就說明了一切。

湛藍的天色微亮，黎明的朝陽漸漸升起。

兩人在限時內，完成了麥理浩徑全走。

「好鬼肚餓……」南宮妍捧著腹。「去周圍睇下有咩食。」

「咁夜都係得七仔……」任雪糖拖著疲倦的身軀行走。

「聽講有間廿四小時點心店喺金銘大廈，大概行多一公里。」

「咁我寧願食七仔……」對任雪糖而言，多走幾步都徒添痛苦。

二十四小時便利店中，兩人像非洲難民一樣，見到合口味的食物便拿，好像不用錢一樣。

瑞士汁雞髀、燒春雞、吞拿魚玉子飯糰、皇牌點心拼盤、星洲咖哩魚蛋、小籠包、溏心蛋、滿漢大餐和兩罐可口可樂。

店內的微波爐像是給他們包起來，食物加熱完一包又一包，沒頭沒腦地大吃。

平時眼尾都不瞧一下的便利店食物，在完成艱苦的旅途後是如此美味。

當滿足一切肚中需求後，兩人便乘坐輕鐵各自歸家。

回到家中洗澡，他就大睡到第二日。

經過麥理浩徑全走活動，南宮妍和任雪糖就算不是朋友，也算得上戰友了。回到學校後兩人如往常一樣，下課後假若租到場便去攀石，租不到就留在學會中打發時間。

今天，正是打發時間的日子。

「睇緊咩？ Ski & Snowboard⋯⋯」剛沖了杯熱黑啡的南宮妍，偷看任雪糖瀏覽著的網站名稱。

「外國嘅滑雪論壇。」任雪糖說。

「香港無咩？」

「有⋯⋯但資訊無依個咁專業同新，依個網係全世界公認，最多滑雪愛好者會睇嘅網站，論壇入面好多受認證嘅滑雪高手喺度蒲開。」

「你都係會員？叫咩名。」南宮妍覺得一個人創立什麼樣的網名，可反映出其個性。

任雪糖愣了愣後說：「呃⋯⋯唔太重要。」

南宮妍見任雪糖有所隱瞞，便突襲撲到手提電腦前，強行把鼠標移向「帳戶」一欄。

不看還好，看完後南宮妍再也壓抑不住自己的笑聲。

「哇！哈哈哈哈哈哈哈——」南宮妍大力拍打任雪糖的背，心想他怎麼可以這樣好笑。

「我初中嗰陣起。」任雪糖嘆氣。

任雪糖在 Ski & Snowboard 的網名為——內向的健身男孩。

南宮妍斷斷續續笑了幾十分鐘，神態才稍為回復正常，但每每與任雪糖對望，就會聯想起其網名，然後引發出不受控制的笑意。

任雪糖也不是因為無聊而瀏覽，而是正如南宮妍早前所說，想要賺取足夠的金錢上喬戈里峰，那就需要參加不同比賽增加知名度。

「上喬戈里峰大概要幾多錢？」任雪糖查閱著網站上林林總總的大小比賽。

「基本你預一百萬。不過無論咩人都好，都無可能第一次登峰就係上喬戈里峰，所以你要計埋上其他山峰拎經驗需要用到嘅錢，加加埋埋保險估計，三百至五百萬左右，中間價錢嘅分野就係睇你玩『喜馬拉雅式攀登』定係『阿爾卑斯式攀登』……」

「依兩樣咩嚟？」

「喜馬拉雅式攀登，簡單講就係會用到大量人力同物資，喺目標路線設立多個營地，請雪巴人帶路陪行損嘢，總之就係用錢堆砌出嘅攀登方式，香港登上 K2 嗰個乜鬼鍾晉傑就係用呢種方法。」

「阿爾卑斯式攀登就係相反？」

「嗯，自己負起所有裝備，自行攀山，一次性攻頂，相對上就會平好多，但危險程度自然都增加。」

「你覺得邊種比較好？」

「依我哋攀石人嚟講緊係玩阿爾卑斯式，因為咁先算係靠自己能力挑戰到座山，但依種方式唔係人人做到，需要專門嘅知識、技術同裝備。外國好多嘅山都因為緯度同海拔高，好多山體喺林線之上，大部份得岩石同冰雪，同依家我教緊你嘅攀石係完全兩回事，但你想學到嗰啲攀山技巧，首先要學識攀石嘅基礎。」

「假如我真係要上 K2，有咩嘢係我要學到？」任雪糖認真地問。

「你要學……繩索管理技術、沿繩下降、多段式攀登，裝備要識用冰斧、冰爪、繩索、岩楔同防護器。」

「又要用錢又要技術又要賭命。」面對重重難關挑戰，任雪糖反而輕聲笑出來。「我仲要做依種事，聽落真係……吃力不討好。」

「所以會挑戰高山嘅人，都係勇者。」

第八章

自由式

孜孜不倦的任雪糖跟著南宮姸學習攀石，一轉眼已學了四個月。

他由本來小心翼翼地攀石的人，漸漸轉變成會放膽攀石的人。

另外，大部份繩索管理技術都學好學滿，差不多可以踏入中階的領域。

在攀山學會的活動室中，兩人一如既往打發著時間。

「嚟緊放 sem break 有咩搞啊你。」南宮姸拿著玩具籃球，單手投擲掛在牆上的玩具籃框。

「去賺錢。」任雪糖答。

「返咩工？」

「去比賽賺錢。」任雪糖把話說清楚。

「你咁有信心贏到？」

任雪糖暗自一笑，轉問她：「咁你又有咩做？」

「返首爾探親，順便去行下雪嶽山。」

「到時影相嚟睇下。」

「考慮下啦。」

十二月，位於北半球的日本，正式踏入新雪季。

買好機票的任雪糖收拾好滑雪裝備，便開始前往機場。

落機取回行李後，任雪糖乘搭巴士前往岐阜縣，目的地是高鷲滑雪公園。

該滑雪場可稱得上是西日本最大，總面積達 180 萬平方米，山頂部份與鄰旁的 Dynaland 滑雪場相連，兩者加起來有多達三十二條雪道。

四面環繞著雄偉的日本北阿爾卑斯山脈，周圍覆蓋著厚厚的白雪，顯得份外潔淨。

公園內的雪質細膩，如同細砂般柔軟，在陽光的照耀下閃耀著晶瑩的光芒，讓人有拋下行李，大字型躺下去的衝動。

高鷲滑雪公園外停泊著多輛旅遊巴及汽車，滑雪場的工作人員熱情地招呼每位客人，讓他們有賓至如歸的感覺。

甫踏入木質裝潢為主的大堂內，空氣中就瀰漫著雪景咖啡廳「TAKASU TERRACE」所提供的獨家熱飲的香氣，正如眼前中年男人手中捧著的一杯海鹽焦糖拿鐵，香得令任雪糖胃部發出一記悶響。

抵受了半天寒冷的任雪糖，決定先去點杯熱牛奶加冬甩。

玻璃瓶注滿了白色的熱牛奶，巴掌小的冬甩則套在飲管中，五百日圓換算下來約三十港幣便可以邊吃邊喝。

熱牛奶沿喉頭流入肚中，寒意立刻便驅散，令任雪糖可以更安逸地排隊。

售票處前是條蜿蜒數百米的隊伍，來自世界各地的人正耐心等待購買滑雪套票，職員們能夠在中、英、日語間反覆切換，非常了得。

有人靜靜的拿著手機觀看、有人分享著滑雪場的趣聞、有人安撫著嚎啕大哭的孩子，任雪糖也無意中聽到一點情報。

「網上有人說在U型道看到高橋瑛子出現。」前方的中國旅客與朋友交談著。

「媽的！電視上那個滑雪公主！？」他的朋友很震驚。

「對……你別那麼大聲。」

「很想跟她合照啊。」

「她是美日混血的！」中國旅客突然擺出一副憤青的模樣，指責自己的朋友。

等待的過程相當漫長，畢竟套票內容很多東西要詢問，諸如滑雪課程時間、纜車的使用以及租借裝備等。不少滑雪愛好者會在排隊期間調整自己帶來的裝備，有的會檢查雪鞋的扣子，有的豎立著貴價滑雪板在炫耀、有的用冷帽和圍巾將自己包成一只粽。

等了大約半小時，終於輪到任雪糖購票。

「Hello！」笑容甜美的女職員用粵語問好。「係咪香港人啊？」

「你香港人？」任雪糖感到十分驚奇。

「唔係，但我識中文，可以叫我憨妮。」她保持甜甜的笑容。

「憨妮……」任雪糖思疑她想說的是安妮，但口音不純正。

「係，想買套票？」

「呃憨妮，我想買七日滑雪套票。」

「可以，請等等……」

憨妮操作電腦的時候，任雪糖問另一件事：「嚟緊兩日後係唔係會有特技賽？」

「喔，係呀，你今次嚟係想參賽嘅？」憨妮笑問。

「算係……」

「不過你想贏應該會有啲困難嘿嘿，因為嚟咗個好勁嘅明星級滑雪手。」

「就係高橋瑛子？」

憨妮張大圓溜溜的瞳孔說：「咦？估唔到咁快傳咗出去。」

對鍵盤一陣敲打下，購票程序完畢，憨妮把儲物櫃的手帶和乘搭纜車的智能卡給予了任雪糖。

「祝你玩得開心！呢張餐飲卷係送俾你嘅。」憨妮送出一張雪景咖啡廳的餐飲卷。

「多謝，你都……」任雪糖收下餐飲卷，跟憨妮禮貌道別：「工作得開心啲。」

「……」憨妮額上的青筋突然暴現。

任雪糖打算拿著免費的餐飲卷先吃東西，再出去滑個雪。

一份香噴噴的辣肉汁碎蛋熱狗，很快便被遞到任雪糖手上。

「唔……」任雪糖大口大口地啃咬，兩分鐘就吃完整份熱狗。

任雪糖到更衣室放置好個人物品，再換好全套個人滑雪裝備，才帶著雀躍的心情踏入滑雪場。

跟之前在秘魯滑雪的裝備一樣，滑雪服為 Burton AK457 系列的紫白色，滑雪板則是 Burton 定制款。

任雪糖帶著滑雪板走向纜車，準備乘搭至山頂上。

隨著纜車緩緩攀升，任雪糖眺望著滑雪場逐漸展開的壯觀景色。

滑雪場就像一幅生動的畫布，滑雪者在畫布上留下錯綜複雜的軌跡，如同手持筆墨於大片的白紙上繪畫。

遠方山巒宛如巨大的波浪，層層疊疊，部份覆蓋著銀白色的雪，猶如滑雪場的一道天然屏障，又像是一位沉默不語保衛眾人的隱士。

纜車抵達山頂後，肉眼可見不少滑雪者聚集在斜坡前，一時討論技術一時觀看雪道狀況。

任雪糖人狠話不多，雙腳固定好到滑雪板，深深吸一口冷澈的空氣，便把身體傾前向下滑落。

他如同一束直來直往的火箭，身姿不作擺動，僅僅保持立直的姿勢衝下去。

闊別多月的雪感，此刻纏繞在他的腳下。

任雪糖閉上眼感受每下顛簸和震動，其後他的身子輕輕向前一靠，讓前刃輕輕切入雪面，又輕輕向後一靠讓後刃也切入雪面，感受那久違的離心力和角度。

就在任雪糖滑過一個雪坡時，人和板儼如一只禽鳥躍空，看似僵直的身體受到激靈而正式啟動。

落地的瞬間，他壓下身子做出前刃刻滑，以前臂擦拭雪面猶如貼地飛行，他靈活地轉動身體，使動作與滑雪板二合為一。

任雪糖時而彎腰，時而挺胸，肌肉的協調感彷彿和雪地互相共舞，留下一條優美的弧線，雪面上的切割痕跡全是他那自由靈魂的自然流露。

旁邊每位被掠過的滑雪者，都總被他行雲流水的滑雪姿態所吸引。

當滑至山腳的時候，他臉上已帶著無比快活的神情。

粉狀的雪讓任雪糖大叫過癮，他滑得非常痛快。

當然，那累積半年的滑雪癮頭，不是滑一次就能解決得了。

任雪糖其後繼續乘搭纜車，登上黑道反覆滑落。

他每次都施展不同的平地花式，使得雪花伴隨旋風飛揚。

到第八次登上山頂的時候，任雪糖發現一位穿著比賽專用的貼身滑雪衣的青年人，衣服上貼滿各種贊助商標，而其配戴的頭盔亦是紅牛公司出品，看上去非常厲害⋯⋯

可惜，他被自己的肉身出賣了。

單看那肚皮撐著滑雪衣的身形，少說都有 30-40% 體脂率，所以肯定不是什麼厲害的角色。

對方目光鎖定到一位剛下纜車的妙齡女子身上，他攜著自己的滑雪板以得瑟的步伐走向女子面前擋其去路。

「嗨。」看似富有的青年打招呼。

妙齡女子被突然搭訕的青年嚇了一跳，隨口回應：「誰啊⋯⋯」

看她的口音應該是台灣人。

「叫我 Richard，移民咗日本嘅香港人，但我自認係地球村居民，不分你我。」Richard 按著胸口，自我介紹。「頭先見你滑雪嘅姿態，你好成功吸引咗我注意，所以諗緊你會唔會有興趣同我落去下面食個冬甩，飲杯 latte 咁啱。」

任雪糖想不到 Richard 外表憨厚，卻是一副油嘴滑舌。

「肥仔，想約我女朋友啊？」突然，一位身穿印有「武士團」三

字滑雪服的男人現身，他伸手搭住妙齡女子的肩膀。

「昱輝，那胖子想撩我。」妙齡女子說。

「哦，原來有仔嘅。」Richard 看了看兩人。

旁觀的任雪糖一眼就看出對方身份，對方是亞洲著名滑雪俱樂部「武士團」的成員。

他們的成員會不時發佈酷炫的滑雪影片到網絡上，吸引不少滑雪愛好者的崇拜，整個俱樂部合共上千人。

其中，擁有高超刻滑技巧的成員會被納入為「刃組」，並獲武士團分發一件繡有「武士團」三字的黑色滑雪服，另外滑雪板和頭盔都會貼有「武士團」三字的貼紙。

簡單來說，等同俱樂部中的精英。

如今眼前的男人，正是武士團刃組成員——宋昱輝。

「武士團……」Richard 留意到宋昱輝衣服上的字，冷哼一聲。「咪即係喺堆滑雪場 MK 仔？」

任雪糖忍俊不禁，因為他內心對此都有同感。

武士團平日聚在一起在各大滑雪場耀武揚威，看多了的確令人心煩。

任雪糖一笑，他們三人都望過來。

宋昱輝稍稍轉頭，呼叫後方其他團員：「兄弟，有個肥仔笑我哋武士團。」

穿著同樣滑雪服的武士團成員，馬上湊到 Richard 的面前。

「點啊，人多蝦人少啊，呢家？」Richard 樣子有些怯懦，但仍表現得毫不畏懼。「唔好以為咁樣我就會驚啊，好威好巴閉呀，我夠有自己滑雪隊喇，我就係『Megalomania』嘅總團長！」

「所以你敢唔敢應戰？鬥快落山，輸咗俾你約我條女。」宋昱輝嘴角保持上揚。

「咁相反呢？雖然呢件事唔會發生。」Richard 抬著頭，保持高傲。

「輸咗？你塊牌睇落幾貴，應該係 BURTON 同 Virgil Abloh ™嘅聯名限量單板？輸咗嘅話俾我。」宋昱輝提出。

Richard 下意識緊抱自己的限量滑雪板。

「呃……」

「驚？」宋昱輝笑問。

「驚你有牙！」Richard 突然走到任雪糖旁邊，大力拍一拍他的背部。「新仔，準備上場。」

「吓？」本來只打算看戲的任雪糖呆了一呆。

Richard 立刻壓下聲量：「喂，睇你個死款都係同鄉，幫幫手，應個戰。」

「關我咩事……」

「你食唔食得蟹㗎？」Richard 繼續問。

「食得……」任雪糖如實回答。

「陣間阿拉斯加帝王蟹任你食，我請。」

在日本吃螃蟹並不便宜，而且蛋白質高，脂肪含量低，正中任雪糖下懷。

「點啊，傾完密傾未？」宋昱輝單手插腰。

Richard 一手把任雪糖推向前說：「想挑戰我？發夢啦，我派我自己隊嘅新仔都夠砌贏你！」

宋昱輝看向任雪糖，看看他有否表示。

任雪糖點一點頭說：「我同你鬥。」

宋昱輝笑一笑道：「Let's go.」

武士團成員馬上用滑雪板劃出一條起跑線，並在下坡的不同位置設監測點。

比賽的兩人戴好滑雪手套、護目鏡和滑雪板等裝備，一同站到起跑線前。

「呼。」宋昱輝表現得相當輕鬆，沒把任雪糖當成一回事。

相反，任雪糖時刻留意著下坡狀況，想著要如何最快下山。

「各就各位。」武士團其中一名成員負責倒數。「三、二、一！」

兩人緊閉呼息，同時向前滑下。

二人猶如鯉魚躍出，一同往山下高速滑降。

一開始兩人速度上沒有太大分別，保持著並肩滑行。

兩人最高時速持續上升，但任雪糖已明顯快了半個身位。

以直線的滑雪比賽來說，主要考驗滑雪板的性能，專門競速的滑雪板速度較優。

但當到了要轉彎的位置，考驗的便是滑雪者的個人實力。

真正的高手可以保持轉彎的同時，不會損耗速度。

可能不少人存在疑惑，為什麼滑雪手經常要左轉右轉，不直衝落山。

畢竟直線落下，總比弧形要快。

但其實轉彎不單單是為了避開障礙物，更多時是為了控制速度，到這裡又會有人提出，競速比賽不是越快越好嗎？

首先，自身速度越快，避開前方障礙的反應時間就越短，風險會大大提高。

其次，有時候滑雪為了執行精確的技術動作，如重心轉移和姿勢轉換等，是需要保持適中的速度，假若太快可能會導致動作不準確，繼而摔倒。

再者，持續高速滑行會快速消耗體力，因為空氣中阻力會加大，為了克服阻力身體得更努力保持穩定和平衡。

而且就跟賽車一樣，滑雪需要尋找最佳路線，例如在結冰的坡面滑行，可以加快自身的速度，在厚粉雪的坡面滑行則會減慢速度，因為會增加摩擦和阻力。要如何滑出最好的成績，是需要不停集中觀察前方坡面狀況，制定好最佳的戰術。

滑雪，不是閉著眼滑下去就行。

有速度優勢的任雪糖，轉頭瞥了宋昱輝一眼，立即使出封鎖的技術，滑在宋昱輝的前頭，以防止他有超越機會。

宋昱輝為了超越對手，開始尋找能超越的空間。

任雪糖時刻回頭觀察對手動靜，宋昱輝一決定改變軌跡，任雪糖就馬上跟著改變，不容許他超越自己。

宋昱輝不禁一笑道：「就睇你有咩能耐封得住我。」

宋昱輝見山坡陡峭，雪質完美，正是施展八字刻滑的時機。他的滑雪板輕輕傾斜，身體與雪面幾乎平行，劃出一條連續性的完美「S」形印記。

八字刻滑產生的加速度，讓任雪糖有隨時被超越的可能。

任雪糖自然感受到背後氣流的變化，他預見宋昱輝會借助彎道的外側超越自己。

任雪糖迅速調整滑雪姿勢，同樣使出八字刻滑試圖擺脫對手，大家各不相讓。

兩人下坡時速已高達 110km/h，雪道上的人都看得目瞪口呆，紛紛讓路到一旁去。

兩人的互相交鋒，瞬間成為滑雪場內一眾高手的焦點。

任雪糖搶盡了每條最佳路線，宋昱輝拼了命想要找出突破的可能，可惜到衝線那刻都沒有這機會，由任雪糖一路帶領到最後。

抵達山腳後兩人雙雙煞停，以防再滑會衝出圍欄。

「嗄……」宋昱輝原地大口喘氣。

任雪糖彎腰解除固定器，攜著滑雪板準備離開。

「你係職業滑手？」宋昱輝回過神來，趁任雪糖未走遠幾步便追問。「每次你都拎到最好嘅路線，將我可以超越嘅路封死……」

「我只係個愛好者。」突如其來的比賽讓任雪糖滑累了，正要回去更換衣服並稍作休息。

「……」宋昱輝彷彿未能接受戰敗，愣在原地無話可說。

更衣室中，任雪糖脫掉全身裝備，換回正常的衣服。

「喂喂喂！どけ！どけ！」笨笨重重的 Richard 推開更衣室中擋路的眾人，兩眼尋找著任雪糖的身影。「咪走住呀，螃蟹大餐啊。」

「你真係請我食㗎？」任雪糖喜出望外，以為他只是隨便說說。

「我呃你有獎咩，你等我換埋衫先。」

Richard 坐到長椅上打算先脫掉雪鞋，但看他要脫掉的過程都有點辛苦，肚腩上有如車胎的脂肪，阻礙著他伸展四肢。

「嗄。」Richard 抬頭嘆口氣，脫隻雪鞋都要使上好多力氣。

「伸隻腳埋嚟。」任雪糖半跪下來，給他握著雪鞋扯出來。

有外人的幫忙下，他馬上輕鬆不少。

「呼。」Richard 接著脫掉頭盔等裝備。「唔該晒你，次次拆隻鞋落嚟都麻鬼煩，但你滑雪又唔可以綁得唔緊喎。」

Richard 換上 Louis Vuitton 的羊毛圓領上衣，十分酷似土豪。

「嚟，我哋去邊食邊傾合約嘅事。」Richard 把手放在任雪糖背上，帶他一起離開更衣室。

「合……合約？」任雪糖一頭霧水。

「我嘅滑雪隊『Megalomania』呀，你啱啱先代表完我出戰，仲拎到唔錯嘅成績，我覺得我哋合作可期。」

「我無話加入你滑雪隊……」

「喔，原來係需要哄嘅，明！依啲可以慢慢再商討。」

螃蟹餐廳位於滑雪場不遠處，甫踏入店內就有身穿和服的女子招待。侍應給兩人安排到可以望見雪山的座位，然後呈上以黑漆所寫的餐牌，順便倒出一杯暖暖的熱茶。

「我發板？」Richard 說。

「好。」任雪糖雙手揣入外套袋中。

Richard 以日文給侍應下單，貌似點了很多東西。

等侍應離去後，Richard 就湊前凝視著任雪糖，讓他不敢直視前方。

「你望咩？」任雪糖忍不住問。

「你話世界幾奇妙，點估到今日會撞到你咁嘅高手，居然打敗咗武士團嘅刃組。」Richard 側身對著任雪糖耳朵說：「話我聽，點做到？」

「一路滑，滑到尾……搞掂。」任雪糖簡短說明。

「我緊係知，但實際係點樣贏到嗰隻武士，大家都係踩住同一塊滑雪板滑落去。」

任雪糖嘗試回想，然後解釋：「高山速降好講求減震性能，無記錯佢嗰塊雪板係德國 F2 Race Titanium 嘅 SILBERPFEIL 系列，減震性能比其他板弱，主要玩自由刻滑，直路無咩發揮空間。」

「咁你嗰塊又咩名堂呢？」

任雪糖想了想後說：「機密。」

「噓！有咩好秘密。」

「我嗰塊係自己搵廠度身訂制，入面嘅參數唔係個個都啱。」

「仲諗住跟你買添……」Richard 喃喃自語。

「做咩頭先唔自己應戰？」遞到機會，這會換任雪糖發問。

「你真係要知？」

「有咩咁神秘……」

「你湊隻耳埋嚟。」Richard 招手。

任雪糖一副困惑的樣子，把耳朵湊過去。

「我唔識滑雪。」

任雪糖大吃一驚。

「……」

「我由細學到大，搵唔同教練上堂學習，前後都搵過廿幾三十個，但我總係學唔識。」Richard 長嘆一口氣，語氣中恨鐵不成鋼。「但我真係好中意滑雪！」

「我明你嘅無力感。」任雪糖想想都覺得可怕，學不懂滑雪卻愛上滑雪。

「你明就好……」Richard 表情頹然。

「但你個紅牛頭盔係真定假？」

「緊係真嘢，係我向一個俾紅牛公司贊助過嘅世界級選手高價買回來，使咗我幾皮嘢。」

「你睇落好有錢，係做咩行業？」

「咪兒子囉，同 Bill Gates 啊、馬克斯啊、普京啊呢啲比，稱唔上有錢嘅，但我屋企係賣滑雪用品，全日本有唔少分店，叫食到兩餐飯啦。」

「厲害……」

「你呢，啱啱畢業嘅窮酸大學生？加入我滑雪隊，每個月出兩、三皮俾你，淨係同我滑雪就得。」

「仲讀緊書。」任雪糖喝口熱茶。

「依個世代讀書無前途啊，做 KOL 就有前途啦！」Richard 拿出自己的手機，給任雪糖科普一下自己社交平台帳號中的照片。

Richard 社交平台上每張照片都跟滑雪有關，大部份是拍攝自己擁有的昂貴滑雪板、由雪場黑道往下坡拍攝的風景、或是跟不同滑雪愛好者的合照，儼如一副滑雪圈中人的模樣。

「我粉絲都有 9999 個㗎，仲差一個，不如你幫手 follow 埋。」

「我好少用 IG。」任雪糖簡短回覆他。

「咁你用開咩？」

「咩都無用開。」任雪糖如實直說。

「咁好浪費你天賦啫，你求其擺一擺自己玩平地花式嘅片上去，應該都吸引唔少人喇。」

侍應雙手捧著螃蟹套餐過來，小心地放到二人面前。

「お待たせいたしました。本日のカニコースをご用意いたしました。」侍應禮貌地微笑後離開

精緻的螃蟹套餐一上桌，兩人都顧著進食不再說話了。

清酒煮蜆、金目鯛刺身、甲羅燒、茶蒸碗、蔬菜天婦羅、阿拉斯加帝王蟹，每一樣都讓他們食指大動。

到吃完整桌美食，天色已入黑，到了差不多該回酒店的時候。

「啊，都未知你叫咩名？」Richard 問。

「任雪糖。」

Richard 一愕後說：「真名嚟？居然會有人答全名……」

「唔得？」

「得，咁我都只好講自己真名出嚟，表達我對你嘅尊重，聽住啦……」Richard 神情認真，逐字吐出自己全名。「吉、川、大、輔。」

「喔，大輔……幾好聽」

「既然都知大家嘅真名，大家情投意合，彷彿水乳交融，都係時候傾下合約嘅事喇！即管講你有咩條件？」

「你認真？我以為個滑雪隊係你臨時作出嚟。」

「唔怕同你講，自從我中學畢業知道自己無滑雪天分，就決定咗改變方向，要成立滑雪隊做經理人，我唔想放棄滑雪，而你今日就會係我第一位成員。」

「我仲想讀書，唔想俾合約綁死。」

吉川大輔馬上改口道：「其實合約都好閒㗎啫！我自己都係啱啱新手上路，都想拎下經驗點做經理人，我哋之間可以無合約咁合作住先。」

「你需要咩？應該無免費午餐。」

「我主要需要你嘅實力，幫我打響『Megalomania』依支滑雪隊，簡單嚟講就係做我宣傳人物，而我就會負責安排你一切衣食住行。」

「我考慮下。」任雪糖不怎麼想答應。

「咁不如交換個電話先呢？」

用餐完畢後兩人交換了電話號碼，走出餐廳後在積雪茫茫的街道上分別。

「期待你會同我合作啊，任雪糖。」吉川大輔打眼色。

任雪糖報以微笑，點個頭便離去。

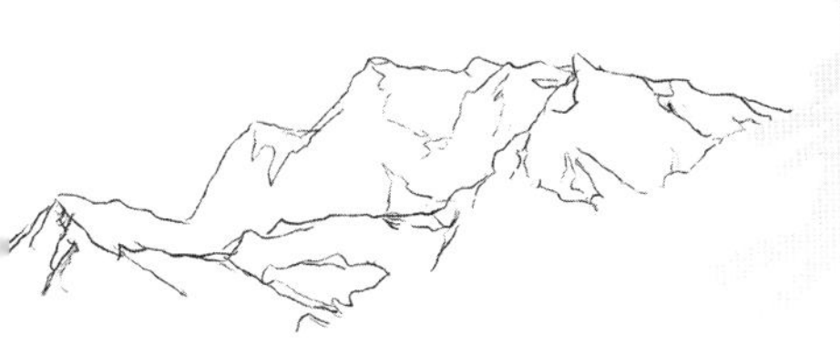

任雪糖按著手機地圖指示，在茫茫雪路上徒步前往預訂好的酒店。

當辦好酒店的入住手續，已是當地時間八點鐘。

「嗶」

任雪糖拍卡進房，首先打開暖氣。

待房間和暖起來，他才脫掉衣物去洗澡。

當任雪糖關掉水籠頭，起霧的鏡面反射出其透紅的肌膚。

他抹乾身子後穿上睡衣，做個睡前拉筋，最後到洗手間塗些保濕的護膚品，因為寒冷地方相當乾燥。

等到十點正，他便蓋好被子安然入睡。

一直都是充滿規律的生活。

直到兩天後的特技比賽前，任雪糖都會朝早到滑雪場，傍晚才離開，

同樣是高鷲滑雪公園，但特技比賽當日人流特別多，甚至部份媒體和攝影師都前來採訪。

無他，作為西日本最大的滑雪場，今天進行一年一度的特技比賽自然備受觸目。是次比賽並非由專業的機構舉辦，而是公開給任何人參與，因為專業賽事不是一般人可以參加，任雪糖只能先參加這種滑雪場自己舉辦的草根級別賽事，用來拿取更高階比賽的入場卷。

當越闖越高級，獎金獎品自然越豐富。

比賽在滑雪場的地形公園區域進行，那裡充滿了箱子、欄杆、跳台、吊臂、坡面，是滑雪者摔斷骨頭最多的地方，也是全場最酷炫的地方。

穿著不同顏色和牌子的滑雪服的觀眾們，早已聚集在塑膠圍欄外等

待比賽開始。

其實參加特技比賽的滑雪者，技術上肯定超過了全世界八成的滑雪者，但要跟冬奧級別的怪物相比，就是天和地的存在。

通常特技項目都會歸納為「自由式滑雪」。

高超的滑雪技巧是基本，最講求擁有空中的感知能力和創造力，以創新特技組合來競爭。

高鷲滑雪公園是少數擁有與冬季奧運會相同規格的超級 U 型池，也是今回比賽的重點項目。其主要比賽內容為，於溝壁高 8 至 23 英尺的半圓形溝渠上，在管道的兩側表演空中特技，由五名評判根據難度和技術評分決定排名。

大會雖說任由滑雪者參加，但其實都會淘汰連踏上 U 型池都沒資格的人。

參加資格簡單直接，只要完成一次滑雪大跳台即可報名。

玩這種空中特技會被扣分的情況大體來說只有一種，就是身體任何部位比滑雪板先著地。

任雪糖觀摩了大跳台和超級 U 型池一會，便開始排隊等待通過大跳台獲取資格。

「任、雪、糖，你果然都喺度。」

任雪糖一轉頭，發現竟是吉川大輔。

「你都嚟參賽？」

「純粹嚟扮下嘢。」

「扮嘢？」

「話哂我喺網上面都係個滑雪高手，唔出嚟打個卡都對唔住自己。」吉川大輔即場自拍一幅，背景包含跳台。

「咔嚓」一聲，吉川大埔發佈照片後便離開此地。

任雪糖排隊的時候，順便觀察其他參加者的實力。

通常直飛跳台是最基本的動作叫 Ollie，中文叫作豚跳，是許多跳躍動作的奠基石。

豚跳的關鍵有五個口訣：下蹲、推板、平行、拉板頭、收腿。

單單跳起實在太單調，所以多數滑雪者滯空時候，會做另一個動作——Grab。

中文叫作抓板，顧名思義是用手抓住滑雪板，除了增加觀賞性外，亦可以增加空中的穩定性，練得較為純熟的時候，更可以用自己的風格和姿勢抓板。

任雪糖眼前想要參賽的滑雪者們，技術也就如此。

懂得豚跳和抓板兩招，在各大地形公園上已可稱得上高手，但對真正的高手而言這些僅僅是皮毛技倆，但亦充其量只會加個空中旋轉。

下一個，就到任雪糖了。

任雪糖做好最後調整準備挑戰之際，圍欄外突然傳來陣陣尖叫聲。

大家都下意識看向尖叫聲那處，只見一位身穿白色衛衣，白色滑雪褲的女生走過來，重點是她的奧地利紅牛頭盔，那頂貨真價實的紅牛頭盔。它就像極限運動的皇冠，能戴上的都是滑雪界一等一的王者。

「高橋瑛子！」有日本人驚嘆地喊出其名字。

身高一米七三的高橋瑛子雖然戴上了滑雪鏡，但其皓齒朱唇展現出的輕笑，足以俘虜在場的絕大部份男女生。

高橋瑛子無視排得長長的隊伍，直接走到最前頭直視任雪糖，跟他說：「すみませんが、急いでいますので、先に行かせてもらえませんか？」*（不好意思，我有點急，可以讓我先走一下嗎？）*

任雪糖完全呆住，因為他根本不懂日文。

任雪糖不會聽日文，但讀得懂空氣，她大概猜到高橋瑛子的意圖是想要插隊，於是用粵語說：「大……大丈夫。」

任雪糖知道「大丈夫」在日文的意思，代表沒問題，可他犯了個嚴重的錯誤，日文中「大丈夫」的讀音，跟粵語完全是兩回事！

「は？」高橋瑛子都不明白他在說什麼。

「大、丈、夫……」任雪糖繼續用粵語說同一樣的話，卻沒為意日文發音完全是兩回事。

最後任雪糖打個「ok」手勢，對方才明瞭是什麼意思。

高橋瑛子轉問身後排隊的滑雪者：「皆さんも気になさらないですか？」*（你們也不介意吧？）*

全部人都笑得見牙不見眼，恭恭敬敬的說：「もちろん、問題ありません！」*（當然沒問題！）*

更有一位極度高興的男性滑雪者喊：「高橋さんの滑り、楽しみにしています！」*（我們很期待看到高橋小姐您的表演！）*

利用名氣插隊的高橋瑛子沒有引起人反感，大伙兒反而拿出手機拍攝。

「Music time ？」高橋瑛子掏出便攜式藍芽喇叭，隨意將它扔到雪地上。

接著藍芽喇叭開始播放美國嘻哈樂團「Fugees」的歌，歌名叫《Fu-Gee-La》。這是首混合了 Hip-Hop 和 R&B 元素的歌曲，高橋瑛子原地坐下，邊跟著節奏搖擺身子，邊給自己那雙雪鞋固定到滑雪板上。

任雪糖瞧一瞧她的滑雪板，馬上辨識出牌子的系列，脫口而出：「Burton Talent Scout ？」

高橋瑛子頓一頓，對著任雪糖豎起姆指。

一切準備就緒，高橋瑛子穩定地滑向跳台，眼光盯緊著起跳位置。

觀眾們都不敢發出半點聲音，生怕會騷擾到高橋瑛子。

滑至起跳邊緣瞬間，高橋瑛子以精準的力量將自己推向空中，身體迅速向前旋轉，作出兩次扭曲翻轉，期間同步進行三個半圈的旋轉，王者與凡人的差別一下子出現了……

高橋瑛子於空中緊抱著滑雪板，在著陸前把身體攤平，雙腳伸展後完美落地。

儘管現場的觀眾看得眼花撩亂，都立馬報以雷鳴般的掌聲。

「Cab Double Cork 1260……」任雪糖不自覺揚起嘴角，一股爭勝心浮上腦海。

Cab Double Cork 1260，是單板滑雪大跳台極其高難度的一個動作，當中包含兩次翻轉和三個半圈的旋轉，即 1260 度。

這組動作最困難的地方莫過於要滑雪手做翻轉同時進行快速的旋轉，對空中感知有著極高要求。

任雪糖盯著大跳台，心中已預演出一會要做的高難度動作。

哪怕自己可以輕鬆做個簡單的豚跳和抓板來獲取參賽資格，他都毅

然決定要做出那個充滿危險性的動作。

等到滑雪道清空，職員說明可以開始時候，任雪糖馬上滑向大跳台，做出另一個驚為天人的動作—— Cab Triple Underflip ！

這組動作在起跳時候利用雙腿力量推蹬，將肩膀帶向胸前引導身體進入第一次翻轉，其後緊縮身體以獲取更高轉速，進行這些複雜動作時視覺畫面大多天旋地轉，所以更多時候是用腦袋去計算自己轉了多少遍，當任雪糖確定自己完成翻轉三圈後，才解開緊縮的身體用雙腳著陸。

這個動作可稱作三重翻轉，比高橋瑛子的 Cab Double Cork 1260 多出一個翻轉，雖然沒有要求旋轉，但翻轉是橫軸的動作，滑雪手需要頭部和腳部在空中輪流向上和向下移動，定位感要求較高，失誤讓頭部著地可能會導致頸椎斷裂，所以比旋轉動作更難。

初學者可能會有疑問，翻轉不應該是縱軸動作嗎？實際上空中技巧的運動中，翻轉和旋轉的軸線是相反。

所以就複雜性而言……

任雪糖的動作稍勝一籌。

不過，外行人不會覺得有什麼分別就是。

觀眾們同樣報以掌聲和吹哨聲，熱烈程度跟剛才有過之而無不及，令正在報名參加超級 U 型池大會的高橋瑛子，好奇轉頭瞧往後方完美收官的任雪糖。

恰好，滑雪場職員憨妮正揹著圓筒形的紅牛款式背包，給通過資格賽的滑手派發著紅牛能量飲料。

於是高橋瑛子向憨妮問：「どんな特技？」*（做了哪種特技？）*。

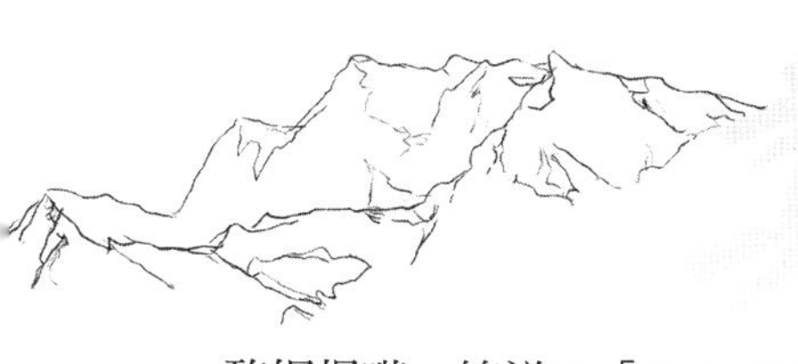

憨妮抿嘴一笑道：「Cab Triple Underflip.」

看來除了多國語言，她也會不少滑雪知識。

聽見特技名稱的當下，高橋瑛子成為全場唯一收起笑容的人。

一山不能藏二虎，心中無可避免地產生了敵意。

到了滑手的休息區，大家坐著等待下輪的正式賽事。

待任雪糖前來休息區後，他尋找著哪個座位較為孤僻，而最後排的角落位置，能讓任雪糖有安全感。

高橋瑛子在滑雪鏡的反光塗層掩藏下，眼神犀利地斜盯著任雪糖，心中盤算著下回該用什麼空中特技應付。

「你好型啊。」一罐紅牛能量飲料遞到任雪糖面前。

任雪糖朝派發者望去，說：「憨妮？你做咩喺度派紅牛……」

「公司叫囉。」憨妮和藹可親的笑容下，好像隱藏著尖刀。「唔通貼錢請你哋飲咩。」

「真係辛苦，咩都要做。」任雪糖接過紅牛能量飲料後拉開封口。「多謝。」

「你專玩特技㗎？」憨妮有點好奇。

任雪糖搖搖頭說：「唔係，但特技表演嘅比賽最賺錢。」

「唔係都咁勁……」憨妮愣住。「咁你專攻？」

「競速。」

「哦……」憨妮點點頭，若有所思。

良好的溝通源於有問有答，任雪糖中學的時候就常常做話題終結者，所以他嘗試著與對方進行可持續對話。

「你呢？讀酒店管理定係翻譯學。」

「我識嘅嘢俾你想像中多哈哈。」憨妮見下位獲得資格的滑手進來休息區，便繼續工作去。「唔講啦，做嘢喇。」

雖然任雪糖的座位經已位處相當角落，但圍欄外的閃光燈和相機鏡頭，總讓他有一點點不舒服。那些鎂光燈全部集中在高橋瑛子身上，她是天生就集萬千寵愛於一身的公主。

「兄弟！好兄弟！」吉川大輔好不容易擠到圍欄最前，右手半掩嘴巴假裝小聲地向著任雪糖大喊：「望依度呀！」

任雪糖望過去，只見吉川大輔向著自己招手。

「咩事？」任雪糖走過去。

「拎住！」吉川大輔給他一個可攜式藍芽喇叭。

「俾我做咩？」藍芽喇叭被強行塞到手中，任雪糖想扔也扔不掉。

「係阿瑛子小姐㗎，佢啱啱留咗喺上面，幫我還俾佢。」

「你自己俾。」任雪糖像收到炸彈一樣，馬上把它扔回到吉川大輔身上。

直至大跳台資格賽結束，共有三十二名選手入圍。

接下來即將要進行超級 U 型池大賽，所有人都移師到另一公園場地。

人們較常看到 U 型池的地方是滑板場，可是用雪製作的 U 型池則賣少見少，因為其造價相當昂貴，為了保持其形狀需要常常維護，而且能夠入門使用 U 型池的人不多，不符合成本效益。而超級 U 型更是罕

有，高鷲滑雪公園就是為數不多擁有它的雪場。

U 型池比賽評分標準有五項：難度、完成品質、高度、多樣式、創新性。

單板滑雪的線性發展跟其他運動比賽相比，每年都總會有巨大幅度級別的突破。

很大原因是基於當一個新的高難度特技動作面世以後，其他職業滑手紛紛會模仿學習，而為了取勝又會研究更高難度的動作，造成每年職業滑手的動作進步指數都高得恐怖。

因為只要一旦滿足而不思進取，很快就會被其他人淘汰和拋離。

哪怕只要在世界最高紀錄上多轉半個圈，就能成為名留青史的第一人。

第一場U型池比賽，將會挑選出十六強，每人僅有一輪表演機會。

第二場U型池比賽，將會挑選出八強，每人有兩輪表演機會。

第三場U型池決賽，將會挑選出冠軍，每人會有三輪表演機會。

每輪表演中，滑手都要做出五至六個技術動作，一旦發生失誤這輪動作就宣告結束。

因此，整項賽事很大可能會橫跨到晚上。

雖然共有三十二人參賽，但在任雪糖和高橋瑛子眼中，他們真正的對手只有彼此。

頭一回合中，兩人都使用簡單的技巧進入第二場賽事。

他們兩人的動作技巧相對上簡單，主要以品質取勝。

一般滑手未到決賽，都不會輕易使出自己隱藏的高難度動作。

中午迎來第二場U型池比賽，滑雪場播放著「Coolio」的《Gangsta's Paradise》，滑手在U形滑槽上施展的不同特技和失誤，加上觀眾的情緒起伏，都彷彿以蒙太奇手法在放映著。

十六強能夠入圍的滑手，大多滑雪有十年以上。

基本的轉體720度的動作對他們來說，只是手到拿來的事。

當中，高橋瑛子成套動作中，最主要做出了名為D-crippler的高難度動作，即站立空翻兩周720度。

至於任雪糖成套動作中，最主要做出Frontside 1080，即三圈空中旋轉，同樣以流暢的動作奪得高分。

這次高橋瑛子牢牢凝視著任雪糖表演，其行雲流水的動作不自覺讓她暗暗吞了一口口水，感受到更強烈的威脅。

本來高橋瑛子在海選的資格賽中使出Cab Double Cork 1260的高難度動作就是為了打心理戰，打算一開始就用高超的技巧折服眾人。

但萬萬沒想到，任雪糖成為了漏網之魚。

兩場比賽過後，滑手們開始顯露疲態，大會方面宣佈出能進決賽的滑手名字後，給予各滑手充分的休息時間，待晚上再舉行決賽。

任雪糖在更衣室脫下裝備後，急步走到雪景咖啡廳中點了份和牛漢堡。他左手握著漢堡，右手拿著薯條，拼命地大吃來補充熱量，打算讓食物盡快下肚消化殆盡，以免影響晚上比賽時的發揮。

就在這時，他的手機突然響起。

任雪糖發現，南宮妍竟然對他發出FaceTime邀請。

FaceTime 是視訊通話軟件，一按接受前置鏡頭會立即啟動，任雪糖不想露面，也不想用後置鏡頭影到別人，畢竟在日本偷拍痴漢定罪率很高，於是他把手機平放桌子上才按下接受。

「嘩，搞咩黑媽媽。」南宮妍一來就問。

「廢事出樣。」任雪糖說。

「影下周圍都得㗎啫。」

「廢事影到人。」

「你不如廢事做人啦。」

「……」腮子填滿食物的任雪糖思考著這句話是什麼意思。

「睇下我。」南宮妍說。

任雪糖望向手機畫面，只見南宮妍左手握著岩石，右手拿著手機，雙腳懸空在一個看似很高的地方。

任雪糖看呆了，大叫：「哇，你喺邊……」

「山囉。」

「你唔驚隻手無力？好危險下……」任雪糖相隔數千公里都在替她擔心。

「所以我打過嚟就係叫你睇一睇就收線，拜！」說罷，南宮妍真的結束通話了。

任雪糖呆若木雞。

才剛收線，手握冰鎮牛奶和烤豬肉腸的吉川大輔便坐到對面說：「我要玩單板特技。」

「嗯？」任雪糖怔住。

「我話，我決定咗要玩單板特技。」

「但你直線都未識滑……」

吉川大輔提出莫名奇妙的問題：「有冇可能唔識單板滑雪，但係識單板特技嘅呢下？我見你頭先都係喺半空飛嚟飛去咁。」

任雪糖想了想，決絕地答：「無可能。」

「但真係好型。」吉川大輔眼神充滿無奈，打量著任雪糖。「假設我終於學識滑雪，要幾耐先變到你咁？」

「你指要識得玩單板特技？」

「係。」

任雪糖認真地給他分析：「我諗雪齡最少要有三年，或者滑雪時數超過 1500 小時。」

「咁我就可以變到你咁？」吉川大輔睜大眼睛。

「咁你就有資格行入地形公園……」

滑雪的終極之一，地形公園。

地形公園是難度最高，危險性最高的一種。

亦是最賺錢，最吸引眼球。

「咁你喺跳台同 U 渠飛嚟飛去嗰啲招式難唔難學？」吉川大輔仍未肯放棄。

「正常人嚟講，練到可以水平旋轉 360 度已經唔錯，練到 720 度已經係常人嘅極限，再對上可以轉到 1080 度已經可以入到國家滑雪預

備隊，有能力轉多個圈去到 1260 度就差唔多係國家隊主力。」

「咁再上呢！？」吉川大輔眼裡有光，像是看見自己的未來。

「再上就係全世界 1% 嘅單板滑雪特技菁英。」任雪糖詳盡說明。

吉川大輔突然傻笑起來，說：「到時候個個都識我，個個都叫我個名，知道我係個滑雪天才……」

「阿滑雪天才……」任雪糖不好意思提醒他：「你流鼻涕。」

「啊，係喎。」吉川大輔直接用手袖拭去。

一轉眼，黑夜漸漸降臨。

冬季的日本大約五時左右，太陽便會悄然下山，溫度都會冷上不少。

高鷲滑雪公園的射燈會繼續亮著，直至到真正的夜深。

花式特技決賽開始，八強的滑手都重新回到超級 U 型池的預備區等候。

哪怕是滑雪場舉辦的草根級比賽，能夠入到八強的滑手都是擁有滑雪天賦的人，接下來拼的依然會是天賦、努力……還有運氣。

因為決賽有三輪表演機會，正如真正的冬奧一樣，所以大部份滑手戰術相差無幾，第一輪會先做出保守的空中特技確保成功率，後兩次再針對其他滑手動作的表現作兩次調整，通常會嘗試更大膽的動作，爭取奪得更高分。

任雪糖呼口氣，呼出來的氣冷得起霧。

預備區中，高橋瑛子可謂萬綠叢中一點紅。

儘管賽事不設男女組，但打從十六歲開始，就只有她一位女性。

因為在滑雪層面上，男性體格是比女性有較高優勢。

現時滑雪界的世界紀錄中，男性最高轉體紀錄為 2340 度，即六圈半。

女性最高轉體紀錄為 1800 度，即五圈。

這就是男女體質上的差距，難以逾越。

高橋瑛子的最高個人紀錄是 BS Triple 1440。看起來好像跟最高紀錄有些差距，可實際上全世界能做到這程度的女性，恐怕不超過十位。

觀眾跟早上一樣多，甚至可以說更多。

一想到等會有大量目光聚焦到自己身上，任雪糖就忍不住緊張得作嘔。

第一輪表演，首位出場的高橋瑛子率先入池，面對第一次騰空她做出 Seatbelt 1080，用右手抓住板尾同時水平旋轉三圈，身體就像踏在斜坡上。

等雪板落回 U 型渠，馬上又向另一側的溝壁衝刺，立即騰空執行第二套空中特技—— Method 結合 Frontside Air 720。

半空中，高橋瑛子雙膝彎曲做出跪著的姿勢，用前手抓住雪板後刃，開始下墜時前手鬆開，換後手抓住前刃位置，並將雪板調整成與身體呈水平落地。

任雪糖本人都看得入神，瞳孔完全被高橋瑛子的表演所吸引。

四個字——

技驚四座。

現場每位觀眾都被高橋瑛子的這招組合技震驚，沒想過滑雪的空中特技能夠這麼美麗。

以往自由式滑雪發展的最初，就是為了讓人們展現自己的風格，但當被納入冬奧變成一項競技後，就無可避免變得標準化，因為人人的審美觀不同，並不可能以風格來評分，所以漸漸出現量化和標準的評分規則，將圈數看得特別重，轉得越多圈就會越高分數，如同考試那樣出現了標準答案，卻失去了自由式真正強調的風格和美感。

因此，往往任雪糖在網絡上看別人玩大跳台或是 U 型池，都總會覺得索然無味，認為單純只是毫無意義的轉圈，不過這是大世界潮流，滑手只能跟著評分的準則走。

但在這刻，任雪糖心中莫名感動。

因為高橋瑛子的動作真的很酷。

哪怕只是轉體 720，僅僅轉了兩個圈⋯⋯

都比什麼 1440 和 1980 的轉體，要美得多。

奈何這是指標性比賽，所以高橋瑛子緊接要來爭分了。

高橋瑛子眼神無比銳利，折疊和壓身以最高速姿態衝向溝壁，使出自己在國際賽事 X Games 美國站的 U 型池成名摘金的絕技—— Triple cork 1440 ！

意即斜向翻騰 3 周，轉體 1440 度，而斜向的旋轉叫作「偏軸轉體」。比起水平或垂直的旋轉更高難度，形態類似 45 度角的傾斜旋轉，令身體呈傾斜的姿態，大大增加視覺效果。

動作完成，雪板落地，現場觀眾炸出一片歡呼的聲音。

其他滑手看見高橋瑛子使出的空中特技後，多半都呈現失望和嘆氣

的表情。

這個動作難度超高且危險，他們根本做不來。

在單板滑雪賽事上，最講求「穩」字。

始終滑雪特技是極限運動，摔斷骨頭無可避免要躺床多個月，失去練習的時間。

如果其他人沒什麼高難度動作的話，冠軍將會毫無懸念由高橋瑛子奪得，但滑雪場舉辦的賽事中，是不會出現冬奧級數的滑手能來打破局面的。

其餘七個男人，只能互相在 U 型池中打鬧爭奪第二。

除非有人願意玩命，敢在未訓練到純熟的情況下……施展比 Triple cork 1440 難度更高的動作。

任雪糖？他猶豫著。

要安全，還是要放手一搏？

曾經他在電視上看見有滑手失誤，導致屁股率先坐地，使得整個骨盆碎裂，在 U 型池中流下大片淋漓的血。

任雪糖的理性告訴自己，鬥不過高橋瑛子很正常，始終對方是冬季青奧的金牌得主，能夠並列同一賽事已了不起。

但感性又告訴自己，這是一次……

超越的機會。

超越……

想要戰勝一切，包括自己十年都在想的巔峰道。

這就需要超越死亡。

任雪糖看似平和的眼神中，沒人想到正發生著激烈的天人交戰。

就算大會叫到自己的名字，他都渾然不自知。

直到一名日本藉滑手叫了叫他，任醒糖才回神過來。

第一輪表演，任雪糖決定先穩打穩紮拿分數。

他以壓身姿態入池，滑壁飛躍到半空中彎膝作出跪姿，扭身面向板尾以交叉手方式抓住雪板兩側前後刃。不過動作不包含水平旋轉，因為他想盡可能垂直落地到 U 型池的邊緣位置，以便於給下一個動作 FS double 1080 Indy 加速。

第三擊是 BS 900 Melon，在空中抓板轉兩圈半。

部份招式的名字前面，都加了個「FS」或「BS」兩字，其實兩者意思代表著轉體方向，前者可理解為外轉，後者可理解為內轉，一般而言外轉比內轉要難掌握。也不厭其煩多說幾次，數字是代表旋轉多少個圈，通常最後的英文則代表抓板的動作。

現今的 U 型池技巧比賽中，想看誰較大機會勝出，其實只要看招式中間的數字便可。

數字越大勝率越高，當然這得在完美著地的情況下。

只有在圈數相同情況下，評判才會在其他點上評分。

第四擊，FS double 1260 Indy。

每次半空旋轉滯空的幾秒間，任雪糖簡直要窒息。

有股無形的壓力緊緊包裹著自己，令他要牢牢咬緊牙關。

任雪糖心中甚是不快，因為他現在的招式，最多只能用來爭奪亞軍

或季軍，他感覺自己在浪費時間！

儘管如此，他仍然忍受著這份不耐煩，滑出第五個空中特技 FS double 1080 Indy。

表演完畢，任雪糖直滑出池。

觀眾們紛紛拍掌，但任雪糖腦中仍然想著致勝的方法。

到第二輪表演時間，勝券在握的高橋瑛子同樣地使出了 Triple cork 1440，而且比上一輪的動作轉得更凌厲更狠勁，落地過程更為絲滑，分數又多了上升的空間。

在自身決意驅使下，任雪糖決定臨陣磨刀。

打算在沒有練習的情況下，模仿高橋瑛子的 Triple cork 1440。

對於職業滑雪運動員而言，每在空中多轉一個圈都是巨大的鴻溝。他們會為了能多轉半個圈，不惜一整年時間投入滑雪練習，練得自己五勞七傷。

哪怕是高橋瑛子這種天驕，每天都會至少鍛鍊五小時，每周跑一次半馬，特別是她的成名絕技 Triple Cork 1440，練成前每日都會練七十次以上，累計摔斷的雪板加起來都有六位數字的價錢。

俗語有話：天才不可怕，可怕是努力的天才。

如今，任雪糖想要第一次就挑戰 Triple Cork 1440 動作。

毫無異問，這是對努力的人一種侮辱。

滑雪天賦高的人比比皆是，但高到如斯狂妄自大之人……

任雪糖是第一個。

滑完第二輪的高橋瑛子回到預備區中。

自覺經已勝出比賽的她，拿出耳機聆聽「Led Zeppelin」的《Whole Lotta Love》，享受著音樂帶來的節奏。

然而，當高橋瑛子無意中望見獨坐椅子上出神的任雪糖，不知為何心中生出不安……

任雪糖腰骨微微傾前而坐，手指和腳趾不停輕微地抖動，但並不是刻意的郁動，而是神經反射下那種快，其眼神放空視一切為無物，彷彿進入到另一個世界中。

在腦中模擬姿態的人多的是，但像任雪糖完全投入到身體出現反射訊號，高橋瑛子是頭一次見。

差不多到任雪糖出場前，面無表情的他突然揚起嘴角，彷彿終於於在腦內練成絕技。

可想像出來的畫面，真的能轉化成肌肉記憶嗎？

能。

只要天賦能像任雪糖那麼獨特。

任雪糖精湛的滑雪技術，有一部份原因來自其大腦的想像力。

小時候第一次接觸滑雪的任雪糖，因為當時穿錯雪鞋導致腳踝受傷，礙於傷勢沒法滑雪，當時他只可以在窗口觀看別人如何滑。

從那時候起，他就有了種習慣，會觀察別人滑雪的動作，其後無時無刻的回想著，最後化作一種思想上的肌肉記憶。

不過隨著人越大，他的想像力已不如童年時代。

今次僅是在高橋瑛子的推動下，偶然喚起了本能。

當大會叫到任雪糖的名字時，他已有覺悟的眼神走向起點前。

高橋瑛子眼也不眨，定睛看著任雪糖如何表演。

「嗄！」任雪糖嘆出霧氣，全身向前挪動。

偏偏到了這一刻，高橋瑛子卻不忍去看他表演。

她生怕……

怕任雪糖真的做得到。

雪板在 U 型池清脆滑行的聲音、與池邊摩擦的聲音、滯空時的寧靜、再次落地的割冰聲……最後是觀眾喧嚣的驚嘆聲。

不用看了。

他做到了。

高橋瑛子如是想著。

這一刻，高橋瑛子的情緒終於產生波動，她摘下自己的耳機，眼神鋒利得可穿透一切。

接下來，將會是最後一輪表演。

高橋瑛子開始逕自分析，現在任雪糖僅比自己低一兩分，為了勝利……他必然會冒險多做一次 Triple Cork 1440。

這相等於，要互相比拼誰的 Triple Cork 1440 做得更好更多。

就像女人討厭跟別人撞衣服一樣，高橋瑛子對於模仿自己的任雪糖生出厭惡，她容忍不了同一賽事上有對手做著相同的空中特技。

於是，高橋瑛子心中產生一個念頭……

把自己在瑞士訓練營練出的新絕技呈出來。

但這無異是向全世界同級的滑手公佈自己的底牌，對日後參加單板

滑雪特技賽事有著嚴重的影響。

那些專業的滑雪隊會從影片中慢慢拆解她的動作，再花點時間練下來。

現在，高橋瑛子必須要作出選擇。

理性上她絕對不會公開自己訓練營練成的新絕技，感性上她接受不了自己會落敗。

大會整理分數過後，即將進入第三輪表演賽。

賽事亦迎來白熱化階段，今輪八強選手都會盡地一搏。

當高橋瑛子被呼叫上場時，她仍抬頭望天，猶豫不決。

直到腦中浮出答案後，她才踏出預備區，面向雪場上的觀眾。

高橋瑛子彎腰穿好雪板，整理一下滑雪鏡，按實奧地利紅牛頭盔，側身面向 U 型池……

一旁的裁判以英文告訴高橋瑛子，準備好就可以向下滑。

無論現場乃至觀看東海電視台轉播的觀眾，都全神貫注緊盯著高橋瑛子一舉一動。

高橋瑛子翹起嘴唇，高速滑入 U 型池。

她的答案是……

Triple Cork 1440。

高橋瑛子戰勝了感性，她相信同一招式下，自己能與任雪糖正面較勁。

U 型池上再次施展著驚為天人的空中特技，這種高難度動作看多少次都不會厭，其執行質量、空中姿態美學、降落穩定性及流暢度皆無可挑剔，每個人都驚嘆不已，甚至其他滑手都認定了她是冠軍。

時間渡日如年，等到各個滑手表演完畢，最後方到任雪糖上場。

「呼。」任雪糖凝望 U 型池，自我蘊釀著情緒。

裁判宣告可以開始後，任雪糖從左側高速衝入 U 型池，滑向溝壁扭身騰空做出軸轉動作……

高橋瑛子非常專心，數著他的轉圈數。

「A 360.」一個圈。

「A 720.」兩個圈。

「A 1080.」三個圈。

「A 1440.」四個圈。

高橋瑛子心裡想著結束了，然而……

四個半……圈？

任雪糖旋轉姿勢尚未停止！

高橋瑛子腦中一片空白，整個人原地當機。

太自大了。

高橋瑛子心中這句是在說自己，也是在說任雪糖。

大跳台和 U 型池同為表演空中特技的主要項目，但兩種場地可以施展的空中特技大有不同。前者提供了長長的下坡跑道，而且跳台提供了更多空中時間，讓滑手能做出轉更多圈的動作。

後者 U 型池設計著重連續技巧的執行，滑手每次落地都要迅速準備下次起跳，停留空中的時間相對地短，所以目前 Triple Cork 1440 已是認知中最高難度的動作。

假如能做出比 Triple Cork 1440 更多的圈數，那就是突破歷史。

不過，談何容易？

時間彷彿放慢了幾倍播放，半空中的任雪糖決意多轉半個圈，可是空中姿勢經已變形，作為天才，他的肉體強度跟不上天賦，降落姿勢肉眼可見的失敗……

「呯——」池中一聲悶響，任雪糖墜落地上。

前腳的雪鞋飛脫固定器，整個人平躺在 U 型池中。

「嗄！嗄……嗄啊……」任雪糖視線定格天空上，心臟怦怦跳動。

失敗了。

當下任雪糖痛恨得想大叫洩憤，不過他咬住牙關忍下了。

觀眾們都一副可惜的樣子，要不就是驚呆住。

只有高橋瑛子毫不掩飾自己，開心得露出亮白的皓齒。

等評判們給任雪糖分數，大會方同時宣佈：「皆様のご参加ありがとうございました。これにて競技を終了させていただきます。そして、これから表彰式を行います。」*（感謝各位的參與。比賽現在已經結束。接下來，我們將進行頒獎儀式。）*

任雪糖直到被人扶起，才正式的站起來。

「Are you ok ？」大會職員問。

「Ok.」任雪糖抿著嘴。

「勁啊你，差少少締造世界新紀錄！」憨妮上前鼓勵。

「差少少。」半身披雪的任雪糖垂低頭。「就係差少少……」

「拎第二嘅獎品都好好㗎，準備去拎獎啦。」憨妮拍拍他的背，給他拍掉沾著的雪花。

滑雪場設立了小小的頒獎台，給三人分發獎牌並合照一幅。

合照結束後，亦示意比賽圓滿落幕。

一直沒跟任雪糖說上兩句的高橋瑛子，終於主動對任雪糖說話。

「You're such a fucking egomaniac.」(你真是個他媽的自大狂。)

說罷，高橋瑛子帶著一絲輕蔑的笑意離開。

待大會頒獎結束，時候都不早了，觀眾們陸續回到滑雪場室內，趕著更換裝備回酒店休息。

唯獨任雪糖靜靜走到無痕的粉雪上，悶悶不樂的軟癱下去。

輸的感覺，鑽入任雪糖心坎。

雪場的人漸漸變得稀少，最後只餘下任雪糖一人。

臉蛋水嫩的憨妮抿著嘴，雙頰鼓起像個小麵包，守候在雪場的入口。

五分鐘、十分鐘、三十分鐘，任雪糖仍然一動不動，憨妮開始心生疑惑，於是悄悄走去查看任雪糖。

一看之下，憨妮呆住了。

任雪糖竟酣然入睡。

原來今天的比賽太累，任雪糖不知不覺睡著了。

「喂。」憨妮蹲下來，輕拍任雪糖。「喂喂！」

任雪糖睡得很熟，完全無視外界打擾。

為了早點下班，好給滑雪場入口上鎖，憨妮只好拉著任雪糖離去，於粉雪上拉出一條拖痕。

一直拖拉至更衣室，睡眼惺忪的任雪糖才模糊醒來。

「唔……」

憨妮鬆手嘆口大氣說：「啊，你終於醒喇。」

「我喺邊度……」任雪糖摘掉滑雪鏡。

「天堂啊，你死咗喇，恭喜恭喜。」憨妮拍拍手掌。

「吓？」任雪糖馬上坐起身。

憨妮見他一副驚呆的樣子，得意地笑了笑。

「唔好意思，阻到你收工……」任雪糖自行弄清情況後，馬上更換裝備。

然而，任雪糖坐在長椅上打算彎腰脫靴的時候，他感到強烈的腰酸背痛，肌肉和筋相當繃緊，但又未到骨折拉傷那麼嚴重。

憨妮很懂得眉頭眼額，上前半跪給任雪糖扯出雪鞋。

「真係麻煩你……你真係個超級好員工……」任雪糖除了感謝她，都不知可以怎樣。

「每日滑雪場都有唔少傷者要人幫手除對鞋出嚟。」憨妮好像習以為常。

「憨妮，我想問下第二名獎品係咩？」任雪糖由參加比賽開始，只專注著第一名的獎品，完全沒為意到其他。

「溫泉旅館套票！係位於福島大名鼎鼎嘅『大川莊』，都幾吸引㗎。」

「第三名呢……」

「花之戀壽司美食禮券總值兩萬蚊！」

「食到死……」任雪糖不其然打個冷顫。「好彩拎第二……憨妮，我張溫泉旅館套票你要咗佢，當係我送俾你。」

憨妮愕住，慢慢才說：「咁即興！？」

「反正我對浸溫泉無咩興趣……」任雪糖抓抓後腦勺。

憨妮對天降大禮很心動，但想了想還是婉拒掉。

「但你好需要浸溫泉啊，你身體酸痛最好去浸一浸舒緩下，佢啲溫泉有治療功效。」

「唔……」任雪糖認真考慮著。

「去啦，係你自己贏返嚟嘅獎品。」憨妮鼓勵他。

「喺福島好似有啲遠。」

「好簡單啫，先喺岐阜站搭 JR 東海道新幹線去東京車站，然後轉搭 JR 東北新幹線去郡山站，再喺郡山站轉搭磐越西線去會津若松站，到會津若松站當地有巴士去大川莊，但班次可能唔密㗎，你要預好時間。」憨妮詳細地說明。

「……」任雪糖聽得一頭霧水。

早就聽聞日本的鐵路發達，看來今次能好好領教了。

任雪糖回神過來，開始試著複述：「呃……呃北海道新幹線……東京站，再搭新幹線去郡馬縣然後……」

「Stop！」憨妮聽不下去，因為任雪糖似乎沒有聽懂。

「錯咗？」

「大錯特錯。」憨妮搖搖頭，拿出手機。「一係加個聯絡，你唔介意嘅話。」

手機「叮」的一聲，兩人成為了朋友。

憨妮會說不會寫中文，要以錄音方式教導任雪糖如何前去，萬一路上遇到什麼事，都可以緊急找憨妮問問。

高鷲滑雪公園大門入口外。

「辛苦你、多謝你、唔該你。」任雪糖對憨妮躬身。

「下次見啦。」憨妮揮揮手。

第二天，任雪糖起身刷洗完畢，便馬上出發前往福島縣的大川莊溫泉旅館，除了緩解身體上疲勞，更當是洗滌落敗的心情，反正這兩天是沒心情滑雪了。

就像電視劇情節般，任雪糖前腳剛上車離開，後腳就有部黑色寶馬房車駛至高鷲滑雪公園。

車門打開後走出來一位身穿名牌西裝，外表白髮銀鬚的法國藉男人，他徑直走入雪滑場的前檯，無視排得正長的隊伍。

「I would like to speak to your manager.」*(我想找你們的經理。)*

未等前檯職員回報，高鷲滑雪公園的經理已出來迎接。

「Welcome, Pierre Morgan!」

這名來自法國的不速之客 Pierre Morgan，正是當日秘魯瓦斯卡蘭山上，「人體 F1」Julien Simon 的經理人。

自那次後，他就知會各大滑雪場，留意這號人物。

「Have you found the person I'm looking for?」*(你找到我要找的人了嗎？)*

高鷲滑雪公園經理回答：「Found it, but he's gone.」*(找到了，但離開了。)*

Pierre Morgan 提出不道德的請求：「Can you show me that person's information?」*(你能給我看看那個人的資料嗎？)*

「I'm sorry, I can't do that; I must respect the privacy of each guest.」*(抱歉，我做不到；我必須尊重每位客人的隱私。)*

Pierre Morgan 微笑：「So have I wasted my time coming here for nothing?」*(所以我是白白浪費時間來這裡了嗎？)*

「As a favor to a friend, I can only answer one question for you.」*(看在朋友的份上，我只能回答你一個問題。)*

「Is that person Bai Yuelin?」*(那個人是白玥粼嗎？)*

高鷲滑雪公園經理僅回答一個字：「No.」*(不是。)*

Pierre Morgan 有少許失望，但直覺告訴他對方肯定跟白玥粼有什麼聯繫。

這位世界級經理人，想找尋出滑雪界的這名傳奇人物。

長達半日的沉悶車程上，任雪糖除了用手機瀏覽「Ski & Snowboard」網站解悶外，便無事可做。

不知是出於什麼心態，他特別點進高橋瑛子的認證帳號中觀看。

高橋瑛子的最新動態，居然是將昨日贏得的 U 型池比賽獎金，全數捐贈到兒童癌症基金。

那個疑似嘲諷自己的女人，正做著無比高尚的行為。

「……」任雪糖心裡不是滋味。

電話突然響起，有人致電過來。

「任行樂咩事？」任雪糖接通電話直接問。

任行樂說：「無，打嚟關心下你啫，玩得開唔開心啊？」。

任雪糖想回答「開心」，但這句話像卡住一樣，說不出口。

任行樂問：「嗯？」

「H-a-p-p-y.」任雪糖把字分拆讀出，這樣就能騙過內心說得出口了。

任行樂說：「吓……咩蘋果啊？」

任雪糖差點當場吐血，自己父親居然將「開心」的英文當成是「蘋果」。

任行樂又說：「點都好啦，提下你記住買手信，記得係『虎屋』嘅羊羹！」

「嗯……」任雪糖答應下來。

任行樂這才說：「好啦，雪糖，有咩事就打俾我。」

「嘟」通話結束。

第九章

溫泉旅館

經歷半日沉悶的車程，沿途觀賞盡日本風光美景，任雪糖終於下車，來到溫泉旅館的入口。

大川莊於 1953 年創業，位於大川河畔，周圍環繞的是山脈。

任雪糖拉著行李踏入露天大廳，首先映入眼簾的是溫潤的木質結構，木樑和榻榻米地板散發著淡淡的松木香氣，大廳中央設有正正方方的浮動舞台，上面有位女性在跪坐著彈奏古典的三味線。

配合浮動舞台下的流水潺潺，彷彿能淨化心靈。

任雪糖本來困倦的疲態亦一掃而空，整個人精神了三分。

繼續過橋深入探索，便是以和風裝潢設計的休息室，中間有著外形獨特的五角形圍爐，外觀簡潔實用的座位旁是一道窗口，可飽覽靜謐廣闊的山谷。

任雪糖仔細欣賞旅館的設計一番，接著才前去前檯登記住宿。

旅館前檯職員說：「Hello and welcome!」*（你好，歡迎光臨！）*

任雪糖出示溫泉旅館套票，說：「I have a hot spring hotel voucher.」*（我有一張溫泉酒店優惠券。）*

旅館前檯職員馬上登記任雪糖的護照，然後又說：「We will arrange a VIP room for you.」*（我們將為你安排貴賓室。）*

「VIP ？」任雪糖以為只是標準房。

旅館前檯職員保持親切微笑道：「Yes, please enjoy your stay.」*（是的，請享受你的住宿。）*

五分鐘後，任雪糖便拿到房間的鑰匙。

現時大部份酒店都採用智能卡門匙，而旅館仍採用傳統鑰匙。

任雪糖心情大好說：「Thank you.」*（謝謝。）*

任雪糖乘搭升降機，並直接按下頂層。

到達頂層後穿越素雅的走廊，任雪糖來到自己房間的門口前，他插入鑰匙後走進玄關。

房型為傳統日式風格，裝飾簡約，設有暖爐桌、梳妝間、茶室、會客室、陽台乃至露天風呂，大得有點驚人。

任雪糖脫下鞋子走去拉開格子窗，整個人被外面的景色震撼到。

鋪滿白雪的山丘，有著說不出的神聖和莊嚴。

任雪糖心想泡杯熱茶，單純看著外面風景就應該可以待上整天。

他第一件事決定先洗澡，不想讓外來的灰塵沾污室內環境。

浸了個熱水浴舒緩筋骨後，穿上浴袍的任雪糖打開雪櫃拿了瓶凍牛奶暢飲，事後再吃兩顆房間為客人準備的和菓子，什麼戰敗的心情都已拋到雲霄外。

百無聊賴的任雪糖跟南宮妍 FaceTime。

「嘟嘟嘟嘟嘟嘟……」

南宮妍接通了 FaceTime，還用正面對著鏡頭說：「講嘢。」

任雪糖什麼都不說，拿著手機給南宮妍看看房間的樣子。

「港女咩……」南宮妍眼睛湊近螢幕看。

「第二名獎品就係喺度住三日兩夜。」任雪糖終於開腔。

「本身要幾錢？」

「我估五位數一晚走唔甩。」

「癲……」

電話的另一頭，南宮妍正吃著什麼。

「食緊咩？」任雪糖問。

「章魚辛辣麵。」

「你食嘢唔阻你。」

「嗯，群組講。」

半顆米沒下肚的任雪糖，決定要去吃點什麼。

溫泉旅館的餐廳位於一樓，套票中已包了三餐，所以人去到就可以用餐。

餐廳給有人群恐懼症的他一間廂房，並奉上精緻的懷石料理，包括了藥材火鍋、和牛沙朗肉、刺身紅蝦、鱸魚、鰤魚、鱒魚、炸螃蟹、蒸雞和蕎麥麵。

任雪糖向來最愛吃日本料理，因為蛋白質最豐富。

任雪糖夾起一片牛油把鍋面塗得均勻，再夾起一塊和牛沙朗肉到上面，肉與油交疊時滋滋作響的聲音令人垂涎三尺。

煎至肉身少許透紅，任雪糖便放入口中品嚐。和牛沙朗肉在口腔中停留不到十秒，便像奶油般溶化，滲入口中每個角落。

「唔……」好吃得任雪糖閉上了眼，味蕾集中感受著食物的美味。

其後，他夾起新鮮刺身，細嚐那美味的魚肉。

接下來的六十分鐘裡，任雪糖幾乎沉醉在日式料理的世界，簡單到蘑菇、秋葵、蘿蔔、洋蔥都非常激勵人心。

用餐完畢後，任雪糖離開餐廳，服務生給了他一枚特殊硬幣，說它可以投入自助飲品機中，揀選自己喜歡的飲料。

那些飲品可不是什麼可口可樂和果汁，而是各款類型的酒，包括有清酒、梅酒、威士忌、米酒、果酒、香檳等。

任雪糖揀了梅酒，往杯裡加幾塊冰，喝下後立即涼透心，跟剛剛下肚的藥材火鍋互相抵消。

吃飽喝醉，任雪糖多逛旅館一會，他發現住客大多結伴而行，沒哪個會像自己一樣單獨入住。

回到房間後他打開小雪櫃，拿出不同口味的哈根達斯雪糕。

遺傳了母親的嗜甜基因，任雪糖擁有第二個胃來裝載甜食，儘管他不想攝取過多糖份，但偶然失去理性也不壞。

他拆開草莓和香草口味的雪糕大口大口地吃，回復理智時只餘下包裝紙。

第二天，寒冷的清晨。

經過昨日的懷石料理滋潤，任雪糖的元氣已回復大半。

早上六時半，他穿著浴袍前去旅館的溫泉中浸泡。

熱騰騰的溫泉讓他全身肌肉放鬆弛，水中豐富的礦物質治癒著疲勞。

任雪糖坐在溫泉中，仰天嘆息道：「張旅館接待券好彩無俾到憨妮……」

泡了半小時左右，任雪糖才更衣出浴，準備去吃頓早餐。

早餐以自助形式舉行，任雪糖打算吃清淡點，要了份生雞蛋拌飯。

當地生產的日本雞蛋在熱騰騰的米飯中攪拌，配以一塊即叫即烤的和牛漢堡肉，無需用上任何花巧的處理工序，就能帶來最真摯的幸福感。

以往任雪糖每天醒來，滿腦子都是滑雪的事，但今日他終於解脫。

徹底忘記了滑雪，只管享受著一切。

就當任雪糖喝完杯牛奶，正要離開飯堂的時候，他看見一位飲食習慣非常引人注目的外國男子。

那名男子留著飄逸的金髮，長度及肩，有著張國字臉，而且身材高大。

任雪糖會對他目不轉睛，只因對方吃得相當恐怖。血淋淋的盤子上放著牛肝、牛心臟、甚至是牛睪丸，十分引人不適。

當男子抬起頭大喝自己特調的飲料時，任雪糖整個人都怔住了。

對方竟是位名人！

當然，他並不是歌舞演藝界那種名人，而是滑雪界的巨星，來自挪

威的 Bjorn Hart 比約恩 ・哈特，外號——「雪地坦克」。

任雪糖不禁在想，自己居然會在日本一間小小的溫泉旅館遇上他，到底是上天安排還是命運的作弄？

Bjorn Hart 留意到目不轉睛的任雪糖，便把喝到一半的飲料舉向他，說：「Want a drink?」*（想喝一杯嗎？）*

任雪糖答：「No, thank you.」*（不了，謝謝。）*

Bjorn Hart 豪邁一笑道：「Then you'll miss out on the delicious chicken breast milkshake.」*（那你就要錯過美味的雞胸奶昔了。）*

「Came to ride the powder?」*（是來滑新鮮粉雪的嗎？）*

「Seems we run in the same circles, huh?」*（看來我們在同一個圈子裡跑步，對吧？）*

Bjorn Hart 用餐巾抹一抹沾滿了血的嘴唇，整個人站起來時比任雪糖高出超過一個頭，加上強壯的體格，確實宛如一部行走坦克。

「……」任雪糖感到莫名的壓迫感。

Bjorn Hart 居然主動邀請：「Wanna hit the backcountry with me?」*（想和我一起滑野雪嗎？）*

任雪糖仍陶醉溫泉旅館的舒適中，不確定要否回到那片冰天雪地，只好說：「I'm not sure.」*（我不確定。）*

比起曾經遇過的 Julien Simon 和高橋瑛子，Bjorn Hart 沒有那種運動員的驕傲。明明見面不到兩分鐘，卻又分享雞胸奶昔，又邀請他出去滑雪，顯然相當平易近人。

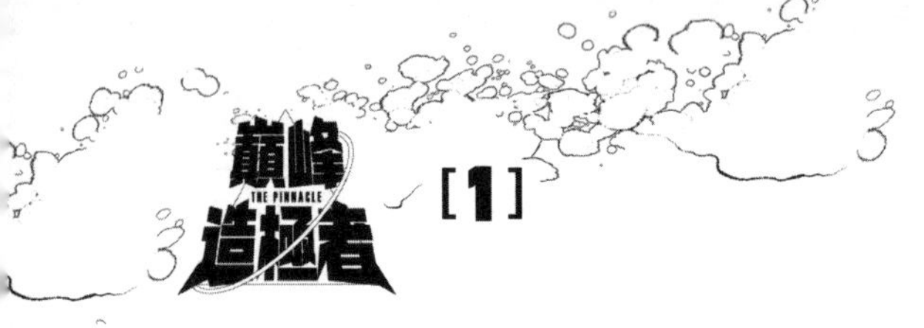

Bjorn Hart 徒手拿起碟子上的不明動物內臟說：「Or would you like to try some?」*（或者你想嘗試一點嗎？）*

任雪糖呆住了，不禁問他：「What is that?」*（那是什麼？）*

Bjorn Hart 如實地答：「Rocky Mountain oysters」*（洛磯山脈蠔。）*

任雪糖聽見有「oysters」字眼，想著是蠔的話嚐嚐也沒壞，畢竟再三拒絕人自己都覺得不好意思。

於是，任雪糖伸手拿過「洛磯山脈蠔」放入口中品嚐。

任雪糖嘴嚼期間，只得一個想法……口感非常怪異。

Bjorn Hart 看著任雪糖慢慢地把它吃掉，開始滿意地點頭微笑。

看著 Bjorn Hart 微妙的笑容，任雪糖心生不安，說：「The texture doesn't resemble oysters.」*（口感不像蠔。）*

Bjorn Hart 見任雪糖吞了大半，終於說出真相：「Of course, it's not really an oyster; it's a bull's testicle.」*（當然，這不是真的蠔，而是公牛的睪丸。）*

實際上「洛磯山脈蠔」是美國西部有名的餐前小吃，雖然它被叫作蠔，其實是用上公牛睪丸製作，換香港思維來理解，就好比菠蘿包裡沒有菠蘿，蟹柳裡沒有螃蟹。

任雪糖臉色鐵青，快步飛奔到廁所嘔吐，留下哈哈大笑的 Bjorn Hart。

一番嘔吐後，任雪糖緩緩步出廁所，只見 Bjorn Hart 靠著欄杆，在外頭等待著他。

「Sorry, my friend, I should have made myself clear.」*（抱歉了朋友，我應該把話說清楚。）*

不久前還吃得滋滋味味的早餐，都跟著吐了出來，任雪糖除了無奈，還是無奈。他不是會責怪別人的人，更不會粗言穢語，只會揮揮手說句：「Let it go.」*（不要緊。）*

「Are you staying at the hotel alone?」*（你是獨自入住旅館嗎？）*

「Yes, I checked in just yesterday.」*（是的，昨日才入住。）*

「What a coincidence, it seems we are both outsiders here; we should stick together.」*（真巧，看來我們都是這裡的異類，應該一起結伴同行。）*

「You are more sociable than I imagined...」*（你真的比想像中熱情……）*

「Hahaha! Everyone's first impression of me is that I'm terrifying, like an ogre.」*（哈哈哈哈！別人對我第一印都覺得很可怕，像個食人魔。）*

「My first impression of you was pretty much the same.」*（我對你的第一印象也差不多。）*

Bjorn Hart 轉換其他話題：「Since you ski, you must use the 'Ski & Snowboard' website, right?」*（既然你有滑雪，肯定有使用「Ski & Snowboard」網站吧？）*

「Of course.」*（當然了。）*

「Let's follow each other.」*（來互相關注。）*

如是者，兩人各自拿出手機，在「Ski & Snowboard」上成為好友。

這小小的舉動對任雪糖而言，實在意義非凡。

因為 Bjorn Hart 是「Ski & Snowboard」上，受平台認證的知名滑雪者，這些滑雪界名人一般擁有大量粉絲，能跟他們在平台上互相關注是莫大榮幸，以現實些的角度來說，就好比陳奕迅突然在平台上關注了你。

「What does your name means in English? I don't understand Chinese.」*（你的名字翻譯成英文是什麼意思？我看不懂中文。）*

任雪糖心中感到萬幸，幸好對方看不懂中文。

殊不知，Bjorn Hart 按下自動翻譯，網站把他的名稱直譯成英文。

Bjorn Hart 瞪大了眼睛：「Introverted fitness boy ? WTF……」*（內向的健身男孩？什麼鬼……）*

任雪糖只好解釋：「It's a name I made up when I was little.」*（是我小時候胡亂創作的名字。）*

「No, what surprised me is your gender.」*（不，我驚訝的是你的性別。）*

「What!?」*（什麼！？）*

「You're not a girl!?」*（你居然不是女生！？）*

任雪糖完全呆住，腦袋一片空白。

「How could I possibly be a girl?」*（我怎麼可能是女生。）*

Bjorn Hart 低下頭，顯然有點失望地說：「It seems I was

mistaken.」*(看來是我誤會了。)*

「……」任雪糖心想，難怪 Bjorn Hart 對自己異常熱情。

「It's alright, it's nice to have friends to ski with anyway. Do you want to go skiing with me?」*(不要緊，有朋友能一起滑雪都很不錯，要跟我出去滑雪嗎？)*

「Now?」*(現在？)*

Bjorn Hart 搭著任雪糖肩膀：「Let's go! I'll wait for you at the hotel entrance in a bit.」*(出發吧！一會兒旅館門口等。)*

Bjorn Hart 再三邀約下，任雪糖回到自己的房間，換上自己的滑雪裝備。

不懂得斬釘截鐵地拒絕人是任雪糖的缺點。

穿好整身 Burton AK457 滑雪服、滑雪鏡、滑雪頭盔、雪鞋的任雪糖，於三十分鐘後去到旅館的門口。

Bjorn Hart 感嘆地打量任雪糖，說：「Wow, you look like a man with all the gear on.」*(哇喔，換上裝備後你像個男人了。)*

Bjorn Hart 全身最顯眼是雪豹紋的滑雪夾克，以及閃亮的奧地利紅牛頭盔。

「You world-renowned skiers all like wearing helmets from Red Bull Austria.」*(你們這些世界著名的滑雪選手都喜歡穿戴奧地利紅牛的頭盔。)*

Bjorn Hart 解釋：「Haha, it's a sponsorship requirement from their company, otherwise I couldn't afford to stay at this kind of hot spring hotel.」*(哈哈，這是他們公司的贊助要求，不然我是住不起這種溫泉飯店的。)*

會津若松區固然有滑雪場，但 Bjorn Hart 是滑野雪的高手，滑雪場的既定路線自然滿足不到他的需求。

野雪，任何脫離滑雪場管控的區域都可以稱為野雪。

可以是山林間穿越，也可以是城市中穿梭。

但可以肯定的一點是……

所需的技術含量極高。

危險程度與滑雪特技相差無幾。

在 Bjorn Hart 的帶路下，任雪糖將雪板綁在背上，踏著鋪滿白雪的山路，費力地向山峰頂前進。

以往在滑雪場要上山峰，大可以乘搭場內纜車，但在野雪區可不會有這麼方便的設施。

走了約三十分鐘，任雪糖已開始感到疑惑。

「嗄……嗄……」他思考著到底何時才能走到山峰。

Bjorn Hart 稍稍回頭，望向比自己慢幾步的任雪糖道：「Tired already?」*(已經累了嗎？)*

任雪糖回答：「Further than I thought.」*(路程比我想中要遠。)*

「This is exactly why I need to eat so many animal organs. They are rich in nutrients that can make you stronger.」*(這正是我需要吃這麼多動物內臟的原因。 它們含有豐富的營養成分，可以讓你*

變得更強壯。)

再過十五分鐘後。

幾經辛苦，兩人終於上到山峰的頂部。

Bjorn Hart 問：「Are you okay?」*(你還好嗎？)*

「呼。」任雪糖打手勢表示可以。

Bjorn Hart 把雪板放到地上說：「Just follow me.」*(只需要跟著我。)*

不出任雪糖所料，Bjorn Hart 所用的雪板是美國的「Jones」出品，但是什麼款式就不得而知，畢竟該品牌是為酷愛大山野雪的人設立。其性能針對陡坡大山，設計厚重，特別考驗使用者的腿部力量，哪怕體重過輕的人都難以駕馭，但對 Bjorn Hart 這種牛高馬大的傢伙，簡直是開鋒破山的利器。

任雪糖對 Bjorn Hart 的雪板分析時候，Bjorn Hart 已將雪靴綁到雪板固定器上，對著曠野大喊一聲後朝山下滑落。

任雪糖立即半跪把雪靴穿到固定器上，並與 Bjorn Hart 相隔五秒距離滑落山下。

自然落下累積的粉雪，讓任雪糖像滑在柔軟綿綿的雲朵上，有著類似雪上沖浪的飄浮感。

滑雪場內的壓實雪大多時候是刨雪面，而野外粉雪因為其結構密度低，粉雪中含大量空氣，讓雪層提供著一定浮力，所以把粉雪視為液體，當成沖浪並不是開玩笑。

Bjorn Hart 回頭快瞥任雪糖一眼，手指著前方的樹林區道：「Revere

nature ！」*(敬畏自然！)*

儘管一個人的滑雪技巧多高，面對天然障礙都不能狂妄自大。

Bjorn Hart 稍為減慢速度，保持著 60km/h 的速度穿越稠密恬靜的樹林。

兩人集中專注前方，於披雪冷杉間的窄隙中穿過，過程盡可能保持安靜，不打擾正在冬眠的老樹。

驚險刺激的林中野雪，沒有大呼小叫，只有雪板滑過粉雪時發出的沙沙聲，乃至滑雪者略微緊張的呼息。

任雪糖在高度集中下，與 Bjorn Hart 一起穿過了整片樹林。

Bjorn Hart 笑得開懷，眼神中認可了任雪糖的實力，他說：「Awesome, buddy!」*(太棒了，夥計！)*

滑雪時，任雪糖不像他那麼愛說話，保持沉默地應對接下來的路線

他們用了快要一小時登上的山峰，滑落山下竟花不到五分鐘。

再滑下去便會抵達一條 S 型的單線行車道上，粉雪接壤行車道的位置都有個小上坡，Bjorn Hart 打算直接在中間穿過整條行車道。

Bjorn Hart 身先士卒，先衝向上坡跳起，一邊叫道：「Jump over it!」*(跳過它！)*

Bjorn Hart 跳過行車道，著地後繼續衝刺。

恰巧，一輛巴士正要駛入行車道。

Bjorn Hart 提醒任雪糖：「Don't hesitate.」*(別猶豫。)*

不知哪來的勇氣，任雪糖居然願意奉陪。

眼見巴士即將駛入行車道，任雪糖壓身折疊衝向上坡，於空中以弧線橫跨行車道，並在空中做出名為「Japan」的抓板動作。

巴士上目擊的乘客個個呆若木雞，目光一時間聚焦到眼前的滑雪者上。

到巴士轉入第一個彎時，任雪糖再次衝上S型行車道的第二個上坡，做出「Stalefish」抓板，工作得麻木的巴士司機視他如無物，對面前飛來飛去的傢伙沒半點反應。

任雪糖著地後，準備做出最高難度的抓板，同時間巴士上乘客紛紛拿出手機，把鏡頭對準他拍攝。

第三次上坡跳起的動作，任雪糖做出的是一個後空翻轉，整個人倒轉著面向巴士中的乘客舉出勝利手勢，這是「Ball Grab Backie」空中技巧的改版，成功換到乘客的驚嘆聲。

著地後任雪糖迅速調整姿勢，與Bjorn Hart一起遁入市區。

多巴胺仍分泌著，任雪糖意猶未盡。

Bjorn Hart轉向滑入小巷中的一條樓梯，直接騰空扭身面朝前方，跳上中間的扶手杆保持滑落。

任雪糖有樣學樣，跟著跳起滑著扶手杆。

一位正要上樓梯的婦人，嚇得連忙側著身子讓位給他們。

他們兩人滑落地面後接著向前滑一小段，再凌空跳起越過行人路上的欄杆，以30-40km/h的時速回到溫泉旅館的門口外，才真正完結整趟野雪旅程。

Bjorn Hart 激動地拍打他的雙肩說：「Now You're a Man ！」*(現在你是個男人了！)*

任雪糖摘下滑雪鏡說：「I have always been a man.」*(我一直都是個男人。)*

Bjorn Hart 說出自己奇怪的價值觀：「To me, if you haven't skied the backcountry, you're still a girl.」*(對我來說，如果沒有滑過野雪，那仍然是一個女孩。)*

任雪糖指向不遠處，某位在旅館外抽煙的男性道：「So, to you, he's still a woman?」*(那麼，對你來說，他都是個女人？)*

「Of course ！」*(當然！)*

任雪糖指著一隻路過的流浪狗問：「Is it, too?」(牠也是嗎？)

「Absolutely.」*(絕對是。)*

「……」任雪糖感到無言。

Bjorn Hart 哈哈大笑道：「You're only a real man if you ski the backcountry, that's my motto.」*(會滑野雪才是真男人，這是我的信條。)*

剛剛在 S 型彎路上偶遇的巴士停到溫泉旅館外，原來大川莊正是目的地。

Bjorn Hart 搭住任雪糖肩膀道：「Bro, let's go get some protein!」*(兄弟，我們去吸收點蛋白質吧！)*

無意間成為朋友的兩人，一起結伴到餐館吃烤肉。

入座後 Bjorn Hart 立即點了不同的肉類，把烤爐調較至最大火。

等肉品送上檯的時候，他直接用烤鉗將圓碟上擺盤精美的肉全都掃落爐中，像大雜燴那樣炒。

看著上好的牛肉胡亂地交疊，任雪糖頓時食慾減半。

牛舌、牛肩肉、牛肋肉、牛頸脊、牛腹胸、國產和牛，油脂的分泌使爐火旺盛，危險的火舌延伸到烤網外。

Bjorn Hart 卻毫不畏懼火焰，手拿著烤鉗把它當成鑊鏟。

肉大概燒得只有三分熟的程度時，Bjorn Hart 就把它們夾到碗裡開始大快朵頤。

任雪糖詫異的看著他問道：「Are you sure?」*（你確定熟了嗎？）*

「This premium beef doesn't need to be cooked too well; it can even be eaten rare.」*（這種優質牛肉不需要煮得太熟； 甚至可以生吃。）*

話畢，Bjorn Hart 徒手握起一塊完全生的骰子牛，當成零食般仰頭拋入口中。

任雪糖瞳孔驟然放大，驚愕難言，傳統的飲食觀念受到強烈衝擊。

Bjorn Hart 大口扒完碗中的烤肉，緊接又將兩碟雞爽肉傾下烤爐，霸佔住全部空間。

有見及此，任雪糖只好將就一下，點些不用烤的素食。

侍應好快送來嫩綠的時令蔬菜，就算不烤直接食用都非常清新甘甜。

Bjorn Hart 以為蔬菜是叫給自己的，又伸手搶過來吃，一邊說：「Thank you ！」*（謝謝！）*

「……」任雪糖到現在什麼都未下肚。

等到 Bjorn Hart 用數盤肉填飽肚子，烤爐騰出多餘位置時經已是半小時後，可憐的任雪糖終於能正常地烤肉。

任雪糖吃了個七分飽就停手，始終烤肉餐廳價格昂貴，叫一碟肉動不動就要上百元港幣，不過根據 Bjorn Hart 的食量看來，結帳金額隨時要上萬元，因為和牛並不便宜。

侍應拿著帳單來之前，任雪糖的心都怦怦在跳，究竟總數要多少錢。

侍應打開結帳簿揭曉答案：「ご来店いただきまして、誠にありがとうございます。お会計は 162,728 円となります。ご希望のお支払い方法をお伺いしてもよろしいでしょうか？」*（感謝您光臨本店，真心感謝。您的結帳金額為 162,728 日元。請問可以詢問您希望使用哪種付款方式嗎？）*

任雪糖腦子急轉，想道：「八千幾港紙……」

兩人除二的話也要四千多元，對仍是學生的他來說數字相當不少。

誰不知，Bjorn Hart 直接遞上一張信用卡說：「Visa.」

任雪糖正想掏出錢包，Bjorn Hart 卻按住他的手說：「It's on me.」*（由我請客。）*

任雪糖也不跟他客氣，不用自己出錢，霎時覺得值了。

付錢過後 Bjorn Hart 再提議一起泡溫泉，促進一下血液循環。

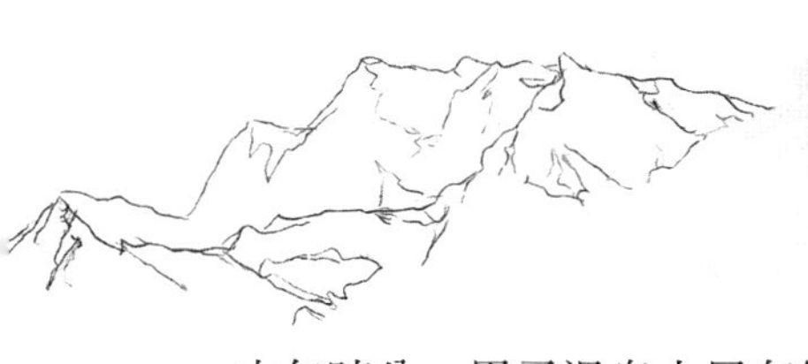

中午時分，男子溫泉中只有他們兩人。

Bjorn Hart 脫下全身滑雪衣後顯露出發達的肌肉，他身上每個可以鍛鍊的部位，都幾乎練到極致，尤其雙腿結實得令人欽佩，任雪糖心中自愧不如，感受到職業滑雪運動員與自己的差距。

任雪糖原以為 Bjorn Hart 會充滿男子氣概地泡溫泉，可是 Bjorn Hart 卻於霧氣氤氳的溫泉中盤坐冥想。

任雪糖問他：「Are you meditating?」*（你在冥想？）*

Bjorn Hart 儼如一位冥想宗師，他說：「Yes, meditation helps my mind calm down.」*（是的，冥想有助我心靈沉澱下來。）*

在餐廳中形象如同食人魔的傢伙竟然會盤坐冥想，這反差感令任雪糖很是意外。

Bjorn Hart問他：「Do you want to learn how to meditate?」*（你想學習冥想嗎？）*

任雪糖反問：「How ？」*（如何？）*

Bjorn Hart 說：「Just focus on your breath.」*（只需要專注自己的呼吸。）*

任雪糖當場學起冥想來，專注在自己一吐一吸的呼息上。

露天溫泉一片祥和寧靜，僅得噴湧出來的流水聲。

看著眼前雪山濛濛的風景，任雪糖身心上的疲意漸消。

不經不覺，十五分鐘過去。

Bjorn Hart 猛然站立，說：「I'm all hot-springed out. Let's

go.」(*我整個人都熱血沸騰了。我們走吧。*)

出浴更衣後任雪糖到外面的飲品販賣機買了兩瓶冰鎮牛奶，並分了一瓶給 Bjorn Hart。

Bjorn Hart 突然跟任雪糖碰杯，又說：「Thanks for making things less dull for me.」(*謝謝你讓我不那麼無聊。*)

任雪糖淺淺一笑道：「You are welcome.」(*不客氣。*)

Bjorn Hart 喝東西很快，一分鐘就喝光整瓶牛奶，相反任雪糖還在小口小口的喝。

Bjorn Hart 打個呵欠，顯然有點睡意，他說：「I'm gonna head back to my room. See ya.」(*我要回自己房間了，再見。*)

任雪糖點頭道：「Bye.」(*再見。*)

不一會，任雪糖自己都回到房間，隨即收到來自不同人的訊息。

憨妮：「玩得開唔開心吖？」

任雪糖：「好玩，多謝你無要到張溫泉旅館套票。」

憨妮：「……」

任雪糖換了下一個對話訊息觀看。

南宮姸：「喂，買咗手信俾你。」

任雪糖：「多謝多謝，係咩手信？」

南宮姸：「學校見嗰陣你就知。」

任雪糖再換下一個對話訊息觀看。

吉川大輔：「兄弟，幾時得閒同我拍片？我幫你包辦所有後製。」

任雪糖：「你仲未死心？」

吉川大輔：「你唔想出名咩兄弟！」

任雪糖：「網絡上好多滑雪片，比我癲、比我型都有，我無觀賞價值。」

吉川大輔：「定係你想要咩條件？我老豆公司間股份夠唔夠。」

任雪糖決定已讀不回。

享受完三日兩夜的溫泉旅館體驗，任雪糖的日本之旅將近尾聲。

多出來的一日，他到了家人指定的虎屋，購買著名的羊羹，順便品嚐日本美食，如壽司、拉麵、章魚燒等，最後在機場留宿一天，等待航班起飛。

任雪糖靠著機艙的窗，回想起這些天來認識的人。

回到香港時，天色都已不早。

他拉著行李乘搭的士，回到位於淺水灣道的獨立屋。

聖誕假期過後，大學的第二個學期正式展開。

相隔不到一個月，對任雪糖來說卻彷彿過了一個世紀。

「嚟，手信。」南宮妍給他一瓶辣泡菜。

「估你唔到。」任雪糖用力扭開蓋子，即場品嚐。

南宮妍自己都拿起一塊來吃，又說：「唔……真係好味。」

「多謝你。」任雪糖舉一舉起裝著泡菜的玻璃瓶。「幾時教我冰攀？」

「冰攀係攀岩嘅延伸，你學識攀岩先，特別係先鋒攀登同傳統攀登，要征服大自然係唔可以急，再睇下有冇機會一齊雪地健行，要俾身體多啲習慣低溫嘅痛苦。」

「依照咁嘅方向，我最快幾時上到 K2 ？」

「假如你真係好努力嘅⋯⋯」南宮妍認真細想，舉起四隻手指。「四年。」

第十章

戶外攀登

「四年……即係大學畢業嗰陣。」

「但你預計依四年其他人上莊、兼職、溝女、旅行、實習、劈酒，你就要不停鍛鍊肌耐力，仲要籌夠幾百萬上山兼賭埋自己條命。」南宮妍說出種種犧牲。

「讀大學就係要搏盡無悔。」

「哈哈哈哈哈哈。」南宮妍像聽到笑話一樣。

南宮妍對任雪糖的攀岩教學，包括了防護系統設置、領攀法、拯救方法、下降技術、攀登裝備等。而任雪糖上手相當快，只是損手爛腳一點，換來攀岩技術有肉眼可見的成長。

有見及此，練習地點由原本的人工攀石牆，轉移到真正的戶外。

飛鵝山，自殺崖。

任雪糖忐忑不安的盯著岩壁說：「佢係純粹個名嚇人？應該唔會真係……」

「得個名嘅啫。」南宮妍身穿黑背心和攀岩褲，漂亮的肌肉線條毫不掩飾。

由於地勢關係，是次保護措施先由崖頂做起。

任雪糖由崖頂被放至崖底後，開始由下而上的攀上去。

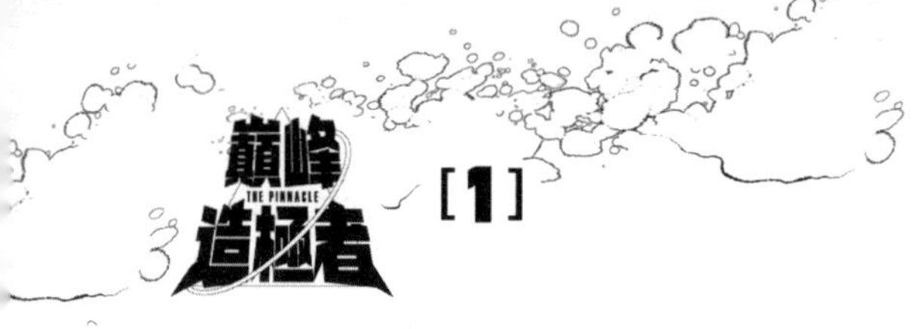

雖然名為自殺崖，但攀岩過程異常順利，任雪糖輕輕鬆鬆的就完成一半。

攀著攀著，就攀到崖頂上。

「你真係進步神速。」南宮妍點頭肯定。「繼續試下唔同路線。」

南宮妍把任雪糖重新放回崖底，來來回回又攀了好幾次，之後就換任雪糖充當保護者，南宮妍當攀岩者。

一面岩壁，不同的攀法，足夠兩人玩足半日。

當在此攀到開始無聊，兩人便轉為前往同樣在飛鵝山的天鷹石。

它也是入門級的攀岩地點，只有大約七米高。

每當任雪糖攀至崖底，再低頭望向下方時，都會有種難以形容的爽快感衝上腦海。

這是征服感。

以後平均每三天，兩人就前往不同的攀岩熱點。

第二個地方是石澳，同樣是初哥的天堂，活動地點位於大頭洲崖邊，更設有飛索，但任雪糖和南宮妍另有計劃。

他們上小巴前往石澳前，先到街市買了燒烤用品，諸如木炭、牛扒、雞扒、腸仔、龍蝦丸、蜜糖瓶、炭精、麵包、雞翼、魷魚等，

來到石澳當然不會攀岩就算，燒烤才是這裡的精髓。

「師兄，你係咪唔識起爐？」南宮妍徒手握著兩塊木炭，看著爐前呆站的任雪糖。

「係。」任雪糖也不加掩飾，因為他確實不常去燒烤。

「教你，木炭搭成井字，然後放粒炭精燒，用身體擋住風吹嗰面，拎打火槍點著佢，再拎隻紙碟撥，撥到個火頭燒向其他炭……」南宮妍幾下功夫就弄出個大火。

兩人拿著燒烤叉，先燒易熟的香腸和龍蝦丸填飽肚子，再慢慢燒其他難熟的扒類。

任雪糖起爐不行，但烤食物了得。

在南宮妍出去沙灘打排球、曬太陽、玩水的時候，任雪糖就呆在爐前專心燒烤。

「有咩食啊……」南宮妍玩累了，回到燒烤爐前。

任雪糖切開了兩片麵包，夾住一塊牛扒遞給南宮妍，又跟她說：「嗱。」

南宮妍拿上手時麵包尚暖烘烘，張口一咬神情便愣住了。

「好好味呀……」南宮妍內心吶喊。

不是百多元一塊的貴價牛扒，單純是街市購買的牛扒，味道卻比高檔扒房的好得多。

任雪糖握著塑膠刀專心給雞扒去皮，去掉的皮充當燒烤爐的燃料。

「試唔試雞扒？」

「你自己食咗未？」南宮妍大口大口吃著牛扒包。

「食咗丸同腸，扒我陣間自己再燒。」

南宮妍看看手上吃了半個的牛扒包，遞到任雪糖的嘴前。

「你食啊。」任雪糖說。

「食你就食啦。」南宮妍把它塞到任雪糖嘴中。

一時間，任雪糖給塞得腮子鼓脹。

傍晚，夜風微涼。

兩人收拾好東西準備離開，在小巴站前發現了賣麥芽糖的老婆婆。

「要一份唔該。」任雪糖本能地購買。

「我仲以為你唔食甜。」

「我買俾屋企人。」

坐上小巴兩人都累得直接睡著，去到總站被司機叫醒後才下車。

「下次去邊練？」

在解散前，任雪糖急不及待問起下一次訓練。

「東龍島，如果你表現好嘅話，基本上可以話達成咗初級攀岩嘅技巧，可以再教進階少少嘢。」

一星期後，東龍島。

兩人乘搭快艇，來到這座群山環繞的偏遠小島。

懸崖峭壁密布於海岸線上，岩壁經年受海浪持續衝擊。

而在空中，海鷗的尖叫聲此起彼落。

小島上繁茂的綠林中，仙人掌高挺，木瓜樹林立，簕杜鵑花怒放，處處散發著亞熱帶的迷人風情跟悠閒氛圍。

在南宮妍在船上的粗略介紹下，任雪糖得知島上攀岩的細節。

東北岸位置坐擁三個主要攀岩區域，每逢假日吸引不少世界各地的攀岩者征服，幸而今天是平日，人流不怎麼多。

第一面岩壁位於東龍洲炮台下方，名為「技術牆」。它為攀岩者提供不同難度的攀岩路線，無論新手或是老手都合玩，所以是島上最繁忙的岩壁。

名為「海溝」的第二座岩壁，位於「技術牆」的南面，矗立於一個狹窄海域通道的入口上方。

第三面岩壁「巨牆」，那是座垂直的懸崖，高聳在一個海蝕洞的正上方，其下方不絕於耳的是海浪的怒吼聲。

還有其他大大小小的岩壁，南宮妍不再多提。

她說，只要任雪糖完成到這三座岩壁，就算是攀岩初級班畢業。

相比起以往等待南宮妍設置好防護措施，現在任雪糖已經能一起幫忙。

安全腰帶、粉袋、確保器材、快扣環，東西都準備好後，任雪糖擔當領攀者，南宮妍擔當保護者。

領攀者的職責是首先完成在攀岩路線架設安全繩，再讓後來的成員跟攀。而以前任雪糖在體育館事先架設好安全繩的叫作頂繩攀登，前者難度比後者高得多。

攀岩經驗較好的南宮妍擔當領攀者，固然才是最好的做法，但她深知如果想要任雪糖成長，他就需要學會和實踐領攀法。

一般來說在經常性和商業性的攀岩地點中，岩壁上都會留有岩栓作永久固定點，提供後來的人們使用，但在戶外的地方攀岩，是不會有這麼貼心的服務，為了保護環境，是不會安裝岩栓，需要領攀者自行設置栓子，該東西名為「岩楔」，用於塞入岩壁裂縫中作固定點，而且事後可以回收，減低對環境的破壞。

岩楔這東西對某些追求自由攀登的人來說是不屑使用的東西，因為有了它便會大大降低路線難度，不過任雪糖本職是滑雪，攀岩只是手段的一種，所以對是否要岩楔毫不在乎。

花了好些時間，任雪糖終於領攀至崖頂，對攀岩這門肢體語言，又加深了不少認識。

單單是「技術牆」他們都玩了三個小時，肌肉像不懂疲累那樣，只懂不斷地向上爬向上爬，挑戰完一條路線，就向再高一級的路線挑戰。

休息前，南宮妍索性玩起徒手攀岩。

在不使用安全繩索和工具的情況下，單憑天然的岩壁手點，她一路攀上到崖頂。

任雪糖在下方全程抬頭看著，心中只覺得南宮妍厲害不已。

「我仲以為攀岩係兩個人嘅運動……」任雪糖扭開蓋子喝水，抱膝看海。

「當你極度熱愛一件事嘅陣，就唔會想受限於人。」南宮妍說。

「你花時間教咗我咁多，肯定無咗好多自己嘅攀岩時間。」

「因為我知無人可以成功獨攀 K2。」南宮妍轉頭，笑著看任雪糖。

「與其去搵人搭檔，不如親手培育一個出嚟。」

「我都估到你都想上 K2。」

「無一個人唔想。」南宮妍低頭笑道。「我想做全世界最年輕上 K2 嘅女性。」

兩個對喬戈里峰心懷夢想的人。

一個想登上山，一個想滑下山。

領攀者一般在裝備帶上，會掛有多款不同形狀大小的機械塞和岩楔，前者組成部份為凸輪、扳機、主杆和扁帶環，只要扣動扳機會令凸輪收縮，此時將它塞入岩石裂縫中鬆開扳機，凸輪便會卡實縫中，形成一個保護點。

天下間每面岩壁的裂縫大小不一，想要機械塞設置恰當相當考究經驗，假如設置不當，發生墮下意外時，好可能會直墜地面。

機械塞設置好後，把繩子扣入扁帶環的鎖中即完成。

至於岩楔沒那麼複雜，只要選適合裂縫大小的塞入去便可，造價也沒有機械塞那麼昂貴，不過經驗良好的攀岩者才能使用恰當。

任雪糖腰上纏掛著的機械塞和岩楔，少說都有二十多款，聽南宮妍說一個專業的德國製機械塞就要價七百多元港幣，一套十件的岩楔也要一千多元港幣，所以他身上正掛著整整萬元的裝備。

不過這些保護裝置是用來保障生命，而且可以回收循環再用，所以也貴得有道理，便宜貨沒人會敢用。

上個世紀的攀岩者普遍使用岩釘，但這東西會令岩壁表面千瘡百孔，才有以上兩種工具的誕生。

南宮妍見任雪糖能夠領攀「技術牆」，便移動腳步到名為「海溝」的岩壁下。

「海溝」岩壁幾乎沒人，他倆可以霸佔整面牆壁。

南宮妍腦中忽然閃過與任雪糖鬥快攀上崖頂的念頭，但想到當中的危險性就打消了。

「一樣由你領攀。」南宮妍把繩子扔給任雪糖。

任雪糖好好打量「海溝」岩壁幾分鐘，尋找出各裂縫的位置，然後開始挑戰這幅垂直的岩壁。

任雪糖可說是愈攀愈得心應手，整套肢體語言看上去已像個攀岩者，很清楚自己下一步要做什麼。

南宮妍在崖下專心的注視著，有時候任雪糖的姿勢錯誤，導致無法抓到下個手點，她就會出聲提醒他如何抓住。

不經不覺，已到黃昏時分。

兩人來到最後一面岩壁「巨牆」前，它位處於海蝕洞的上方，底下是正值潮汐的浪濤。

「巨牆」上有著兩名男性攀岩者在挑戰，他們僅穿短褲，沒有穿上安全帶，甚至沒有用到任何工具。

「依度一失手就會落水，所以佢哋唔驚跌，唔帶裝備。」

「即係佢哋玩緊自由攀岩？」

「係。」南宮妍雙手插腰，仰視著他們。「一個失誤，就會由天堂跌落地獄。」

任雪糖看得入神，突然問道：「我……可唔可以試下？」

「你？」南宮妍認真思量幾秒。「識唔識游水。」

「識。」

南宮妍聳聳肩說：「你想嘅我擋唔到你。」

於是乎，任雪糖解下身上的裝備，只穿著雙攀石鞋挑戰「巨牆」。

開首的六、七米，任雪糖攀得相當迅速和自信，但到八米以上後，每一步便變得猶豫，現在起每步都要慎重思量，否則會落入水中。

海風死心不息地吹拂著緊靠岩壁的身體，任雪糖如同石像一動不動。

雖說下方是大海，但壓力不是沒有。

待心理上準備好，他才繼續往上攀爬。

徒手攀岩是需要孤獨地面壁戰鬥，沒有任何事物可以依靠。

你必須只靠自己。

突破自己。

超越自己。

突然，下方傳來幾聲清脆的掌聲。

「任雪糖，你得㗎。」南宮妍拍著手大喊。

任雪糖深一深呼吸，繼續朝上方攀爬。

當人集中到一件事上面，外界會變得異常寧靜，毫無雜音。

南宮妍拿出手機，攝錄著任雪糖的英姿。

「入咗條死路……」南宮妍瞇起眼。

所謂死路是無論怎麼攀，都無法再往上的路線。

攀岩經驗不豐富的人，很多時候都會入了死路而不自知。

有時候某些路看似簡單方便，但它永遠無法帶你到崖頂。

有些路看似難以觸碰，卻是登頂的必經之路。

當任雪糖快要登頂之際，方驀然發覺再無手點供自己抓握。

「無位可以捉。」任雪糖轉頭俯視下方的南宮妍。

「係啊，所以你可以跳落嚟喋喇。」南宮妍做出招手動作。

「跳？原路落去得唔得，我唔想濕身……」

南宮妍警告他：「唔好呀你，攀岩易上難落，你直接跳啦，踩牆鬆手，記住入水姿勢成個身要完全垂直，會安全好多。」

任雪糖看著上方快要登上的崖頂，又看看下方的浪濤，不甘地喊了聲：「可惡呀……」

南宮妍笑了笑道：「哈，可惡？你以為你喺漫畫走出嚟？」

現實世界沒多少人會用「可惡」這隻字來表示不甘。

任雪糖踩著岩壁蹬出去，在半空做出滑雪特技的三重空翻動作，然後以筆直的姿勢落水。

「嘭——」

任雪糖花了些時間游至岸邊，南宮妍一手將濕漉漉的他拉起。

「呼……」任雪糖把頭髮梳向後。

「你頭先入咗死路，下次攀之前喺崖底睇清楚大概路線先，一路攀上去嗰陣都要保持觀察，攀岩係用腦多過用力。」

「睇你表演。」任雪糖說。

「好啊。」南宮妍沾點鎂粉就直接攀上去。

她沒有什麼思考的過程，像背下了岩壁的路線圖，一股作氣便登到崖頂，令任雪糖心悅誠服。

天黑差不多降臨，持續全日的攀岩活動也在此時結束。

兩人乘搭快船返回市區，海風讓濕身的任雪糖倍感清涼。

「頭先你落水個下玩埋空翻係乜料？」南宮妍給他展示錄下的影片，時間軸不停在任雪糖空翻動作中來回劃動。

「滑雪特技。」

「望住幅牆都俾你諗到要做個滑雪空翻，你真係……好中意滑雪。」南宮妍搭著任雪糖肩膀。「你令我有啲好奇，係咩驅使你咁熱愛？」

任雪糖抬頭仰望澄黃的月光說：「要問人先講自己。」

「我啊？一開始嘅啟蒙係細細個去公園，見到有攀爬架就走咗去玩，嗰陣都唔知點解要攀上去，可能邁向高處都係人嘅本性。後嚟，慢慢踏足依個領域，自然會望見最高處嘅人，我嘅偶像叫 Alex。」

「Alex ？周街都係……」

「你上網打『Rock Climbing』，後面再加『Alex』就十成九都係佢嘅資料……你呢？」

「我……」

第十一章

白月光

「唔？」

「白玥粼係我嘅啟蒙，我細個時遇過佢。」

「所以佢係你偶像？」

「嗯……佢曾經喺電視講過，話只要有人挑戰到『巔峰道』，可以成為嗰個『造極者』，佢就會重新出現返。」任雪糖不自覺低下頭。「我好想見到佢。」

「呃……但你……只係細個時見過下人，就瘋狂到依種程度，會唔會有啲誇張？」

任雪糖會心一笑道：「我仲好中意佢性格。」

「哈哈哈，佢好溫柔？令嗰陣仲係小朋友嘅你神魂顛倒。」

任雪糖首度向外人透露心聲：「佢係個好有性格嘅人，嗰陣喺大眾眼中嘅形象，就係叛逆、倔強、不羈，所以會走上 K2 開創『巔峰道』，下一秒又喺黃金時期宣佈退役，可能我性格正正同佢係相反……令我視佢為偶像。世人都追隨住孝順善良嘅偶像，但我就係中意白玥粼叛逆依點。」

南宮妍聽著任雪糖的描述，都對白玥粼感到好奇，於是即時用手機搜索一條關於她的影片，想看看她是個怎樣的人。

影片是關於一次訪談，節目主持人向白玥粼提問：「好多人都話你代表住滑雪圈嗰種叛逆嘅態度，你自己點睇？」

「唔好標籤我，我就係我，白玥粼風格。」白玥粼一派輕鬆地答。

白玥粼的答覆，一下子讓南宮妍明瞭她是個怎樣的人。

「真係幾型下……」南宮妍點點頭：「不過佢出名，主要因為喺冬奧單板滑雪拎好多獎牌？」

「可以咁講，但賽前嘅故事仲精彩。」

接著，任雪糖主動地跟南宮妍說出滑雪界的前塵往事。

每項運動領域都總會被一個代表性人物統治住，當時的滑雪界同樣不能倖免。

在白玥粼真正崛起前，單板滑雪是被名為 Damon Blackwell 達蒙•布萊克威爾的美國人所統治。

他是歷史上獲得最多 X Game 金牌的三棲運動員，三棲是指衝浪、滑板和單板滑雪，全是極度講究平衡力和身體協調的運動。Damon Blackwell 則在以上三種運動中，都獲得過世界性比賽的金牌，所以人們給他起了個稱號——「魔王」。

當時冬奧中有一個項目叫作「單板障礙追逐混合團體賽」，是由一男一女組成，男選手先登場，女選手以交替出發方式開始比賽，結合男選手給予的時間優勢，最終抵達終點的女選手會贏得冠軍。

Damon Blackwell 稱霸了男子單板滑雪的競速項目，但團體合組項目可不是他一個就能獲取勝利，所以他跟國家教練都物色著具有美國籍的高超滑雪女子選手。

他們很快看中了年紀輕輕已在「Winter X Game」、「世界高山滑

雪錦標賽」、「九騎士」、「沸雪」等大型賽事中大放異彩的白玥粼。由於她的父親是美國人，母親是香港人，符合加入美國隊的資格，於是很快就向她招手。

按正常情況來說，誰都會加入美國隊。

原因一，香港不重視滑雪運動，沒有任何贊助。

原因二，美國隊向來是滑雪強隊，贏得比賽的機會大很多。

然而，白玥粼卻做了一個誰都沒料到的決定。

白玥粼拒絕了美國隊的邀請。

她，向魔王發出了挑戰。

Damon Blackwell 不以為然，並不視白玥粼為威脅。

最後白玥粼在香港另外找了個隊友，參加該項目賽事。

團隊每次晉級，Damon Blackwell 都會瞧分數榜一眼，好奇「Hong Kong」兩隻字會在哪次晉級賽中消失。

可是當法國、奧地利、瑞士、挪威、義大利等強隊都一一被剔除在晉級名單下，唯獨香港隊仍頑固地停留著。

直至香港隊以黑馬姿態，晉身到決賽中。

此時，Damon Blackwell 才驚覺白玥粼的可怕實力。

他翻看了香港隊每次晉級賽的表現，一開始男選手出場時往往是落後，沒有任何優勢可言，但到白玥粼出場時候，戰局往往翻盤逆轉。

Damon Blackwell 頭一次感覺到自己的統治地位受到動搖。

最強和最弱的對決，向來是眾人焦點。

全世界坐在電視機前的人都想看看，一個不會下雪的沿岸城市究竟能否奇蹟獲勝。

Damon Blackwell 絕對不容許這種事情發生，為了自己的女隊友不被白玥粼追上，他鐵了心要拉開時間的差距。

在起跑閘前，Damon Blackwell 緊盯前方……

魔王，正在吟唱。

比賽地點位於俄羅斯索契的山脈中，賽道長約 1300 米，垂直落差 260 米，總寬度 40 米，中間包含的障礙有跳台、凹槽、波浪管、斷崖、半壁，蛇形路線等，而且允許一定程度的身體觸碰，但存心有意拉倒對手則屬犯規。

從起點看去，賽道像一條蜿蜒的冰雪之蛇，沿著山下伸展。

想要完全征服它必先跨越路上障礙，當中每個元素都經精心設計，是對世界級運動員的考驗。

比賽場地的觀眾席上，坐滿來自世界各地的遊客，他們都全神貫注到兩位男選手身上。

美國隊的大家並不陌生，他是冬奧的長勝將軍 Damon Blackwell。

至於香港隊的男選手，大家卻一頭霧水。

場地的大電視螢幕上，顯示著各選手的資料，原來他叫藍冰洋。

隨著起跑閘打開，兩名選手都將自己推出賽道。

藍冰洋的雪板才剛落地，神色就愕然了。

因為……

Damon Blackwell 竟已超越他一個半身位！

兩人保持著低重心，彎腰壓低身體如火箭直衝，令速度漸漸遞進。

滑雪競速有數個重點技巧：

一，盡量減少滯空時間。

二，選擇最快的路線。

三，不要摔倒。

藍冰洋賽前就聽了白玥粼給他的策略，要他做個雪痕小偷。

在滑雪比賽中，選手們會在雪道上留下一串清晰的滑行痕跡，這些痕跡呈現出他們滑過時所走的具體路線。

這樣的路線通常是經過精心挑選的，目的在於選擇最短和最快的路徑衝線，如 Damon Blackwell 滑行時，藍冰洋可以利用前者留下的雪痕來判斷最佳路徑。

這樣做的好處是後來者可以利用前者的經驗和判斷，而不需要自己尋找最優路線。

這就是「雪痕小偷」的隱喻，意指後面的滑雪者在沒有自己尋路的情況下，「偷用」了前面選手的雪痕，即路線。

更重要一點是，該策略不會發生身體接觸和碰撞，摔倒的機會降低很多。

在平均八十公里每小時的滑行競速項目上，假如發生摔倒的情況，雙方差距會瞬間大幅拉開，基本上等同了淘汰，不用再比下去。

白玥粼有預感 Damon Blackwell 會利用技術性觸碰，徹底把藍冰洋放倒，使自己下輪交替出賽時，都沒有任何勝算。

因此，第一輪必須採用保守策略，躲過魔王的襲擊。

白玥粼甚至凌駕了教練，直接告訴藍冰洋要這麼做。

作為冬奧的隊友，藍冰洋相當聽從白玥粼的話，沒有半點突破 Damon Blackwell 的想法，僅跟貼在魔王的背後。

Damon Blackwell 淺淺一笑，似乎洞悉到了藍冰洋的策略，於是他在要穿越蛇形彎道時，刻意緊急煞停雪板半秒！

藍冰洋瞪大眼睛，本能地想要掠過對方，

低沉的笑聲從 Damon Blackwell 嘴中發出，他身體順著扭轉換腳刻滑，令自己沒有真正煞停，流暢度尚高的雪板持續滑行，並對正要掠過自己的藍冰洋進行擋位，如果藍冰洋來不及反應，那麼摔得人仰馬翻是可預見的事。

「呯！」果然，還是撞上了。

藍冰洋撞得半空翻轉，Damon Blackwell 則對撞擊早有預備，而擺出了相應的姿勢去防禦，使被撞的自己給推進得更前。這就是所謂的技術性觸碰，引導對方撞擊自己，讓自己得益。

那一秒間，場上所有觀眾都緊張得站起來，坐在電視機前的香港人都驚呆著。

視線對著天空的藍冰洋，感覺時間放慢著。

要……輸了嗎？

藍冰洋咬一咬牙，於半空一扭身讓上半身朝地，伸出雙手向地面一撐，連人帶板做出一個前翻動作，頃刻間整個人上下顛倒，雪板著地繼續滑行！

「佢……佢居然無跌低呀！！！」香港電視台中的冬奧評述員激烈大喊：「藍冰洋繼續滑緊呀……」

藍冰洋的舉動震驚了觀看這場賽事的所有人，這是一種極限的自救技巧。

可是有苦他自知，剛才撐地的動作帶來了反作用力，讓一雙手腕疑似出現骨裂傷勢。

「……」藍冰洋只得強忍痛楚完成剩下的路。

最終，順利衝向終點的 Damon Blackwell 贏得了五秒優勢，別小看五秒看起來不多，但在任何競速項目上，五秒是巨大的差距。

「對唔住……嗄……」藍冰洋衝向終點後，雙膝不自覺跪了下來。「我……失誤咗。」

「隻手痛唔痛？」白玥粼只是問他這句。

「嗄……」沒面目見她的藍冰洋茫然地抬頭。

「我哋會贏。」白玥粼沒有責怪他，只是輕淡一笑。

五秒差距。

除非美國隊出現大失誤，否則勝負已沒懸念。

畫面轉換到錄影廠中，電視台評述員問嘉賓比利王：「十五分鐘後，下一輪單板障礙追逐混合團體賽即將會開始，到時將會出場嘅係美國隊嘅 Anna Snowdon 安娜 · 斯諾登！而香港隊就係我哋嘅白玥粼！比利王老師你作為專業嘅滑雪評論員，你認為白玥粼有冇機會勝出？」

比利王說：「相差五秒，勝出嘅機會係有，但可能性好低好低，要知道職業滑雪選手喺真正比賽上，都會以穩定為第一優先考量，好似 Anna Snowdon 依種同樣摘過女子項目唔少金牌嘅強勢滑雪運動員，係幾乎唔會發生任何失誤，何況佢哋依家有住時間上優勢。」

「即係話可以贏出嘅機率好渺茫？」

「可以咁理解，如果對方係寥寥無名嘅對手，白玥粼都有好大機會，但遺憾對方經驗高出太多，會係場苦戰。」

「咦，睇嚟選手們開始行向預備區……」

選手預備區。

「阿 Moon，盡可能撞跌佢，搏佢失去平衡。」教練說出唯一可行的方法。

白玥粼戴上滑雪鏡說：「無可能。」

「嗯？」

「Anna Snowdon 佢唔會咁易俾我撞得跌，與其將心機放喺碰撞，不如我用速度取勝。」

「但差成五秒。」除了把對方撞跌，教練無法想像能如何擺脫一個職業滑手超過五秒。

白玥粼釋出爽朗笑容說：「就憑我係滑雪天才。」

「呃。」教練啞口無言。

在起跑閘前，決賽的兩位選手們都已就位，做好心理準備。

Anna Snowdon 是美國那種典型的金髮女郎，早已勝券在握的她甚至主動向旁邊的白玥粼問好。

白玥粼只是輕描淡寫地一笑，沒有給予回應。

隨著時間倒數，比賽即將開始⋯⋯

兩人都擺出起步姿勢，牢牢地專注前方。

電視台評述員給觀眾們倒數：「三、二、一！」

比賽開始！

兩人同時把自己推出起跑閘，雪板落地瞬間壓身衝刺。

起首的十五秒，Anna Snowdon 和白玥粼仍然是並肩的距離，教練非常憂心，不禁緊握著拳頭。

藍冰洋甚至有點不敢看電視畫面，心裡默禱著白玥粼能有超水準發揮。

直到第一個轉彎位出現，白玥粼展現出自己何謂滑雪天才，她憑藉精湛的刻滑技術，切入賽道的邊界線上滑行，接著的每個彎位都做相同的事情，務求以最短的路徑完成轉彎。

其路線軌跡比上一輪的 Damon Blackwell 更為完美，也叫觀眾看得驚聲四起。

冬奧比賽項目上，邊界線是以藍色染料劃出，一旦選手滑出指定賽道界限，就會被判定為「失格」，該輪成績不被計入排名中。

一般情況下，選手為免出界，只會略為靠近邊界線，不會真的緊貼到只有半分距離。

可是白玥粼為了追趕那五秒時間，反而像手術刀般精準切入每條邊界線內，施展出極限的刻滑技巧。

一兩條轉彎的邊界線，可能對拉開距離沒有什麼影響，但是白玥粼打算針對每條內線都這麼滑，時間一點一滴的疊加起來，就相當可觀了。

電視台評述員大聲叫好：「好精準嘅控制技巧！咁樣做只要稍有不慎，都會立即被淘汰……」

Anna Snowdon 明白對方的意圖，但卻無法阻止，因為當她被白玥粼超越後，發現自己無論如何都追不上，距離漸漸越拉越遠。

場外的 Damon Blackwell 看得明白，這乃是兩人速度上有著差異。

在他眼中，白玥粼幾乎不怎麼煞停和控制過雪板速度，她一直在提升再提升自身的時速，並於邊界之間滑行，這種做法容錯率極低，低到哪怕一個動作誤判，都會立馬出局。

因此，追求穩定的 Anna Snowdon 是注定無法追得上白玥粼的極限滑行，她潛意識上恐懼著出界，而萬一滑出界的結果便是落敗，成為美國隊的罪人。

可是什麼都不做，白玥粼只會越滑越遠。

在那一刻，Damon Blackwell 看得心服了。

看著白玥粼颯爽的身影，快要踏入三十歲的他，心中產生出一個念頭。

或許單板滑雪界的下個時代……

將會是白玥粼統治。

比賽最後三百米。

白玥粼以高速絲滑的技術，震撼了所有人的眼球。

現場的觀眾，場下電視機前的市民，每個人都目不轉睛，看著白玥粼那神乎奇技的滑行畫面。

最後她衝落一個大斜坡抵達終點，完成整場賽事。

衝線一刻，引爆出觀眾緊張兮兮的情緒，大家都激動得站起來喝彩。

現場掌聲雷動，萬人吶喊。

白玥粼立刃煞停雪板，感受整個世界的注視。

後來衝線的 Anna Snowdon 遜色不少，光芒被白玥粼完全蓋過。

全場振奮過後，很快變回靜默，因為所有的視線和鏡頭都轉移到分數榜上，等待最終結果出爐。

電腦系統正計算著成績，白玥粼和 Damon Blackwell 速度同樣驚人，誰拿第一仍說不定。

今刻，是 Damon Blackwell 和 Anna Snowdon 兩位明星選手的生涯中，最煎熬的一段時間。

Anna Snowdon 先跟隊友致歉：「Sorry.」(抱歉。)

Damon Blackwell 搭住她肩膀說：「No worries.」*(不用擔心。)*

兩人的衝線時間計算完畢，並顯示到大屏幕畫面上，緊接著成績與上一輪男選手的加起來，得出最終贏出單板障礙追逐混合團體賽的一方是前無古人，後無來者的香港隊。

播報員公布成績：「Ladies and gentlemen, the Hong Kong team has been declared the winners of the Snowboard Cross Mixed Team event ！」*(女士們、先生們，香港隊榮獲單板障礙追逐混合團體賽冠軍！)*

現場炸出狂叫聲，電視機前每位香港人都緊抱一起，熱烈地為香港隊歡呼。

電視台評述員語氣難掩激動：「恭喜香港隊！喺白玥粼同藍冰洋嘅努力下，成功獲得香港冬奧史上第一面團體金！相信電視機前嘅各位都非常開心同高興。」

比利王這時候說：「大家，我哋睇睇美國隊同香港隊成績差幾多！原來只係 0.04 秒！白玥粼以 0.04 秒之差絕殺滑雪界第一人 Damon Blackwell ！最重要係白玥粼二十歲都未夠，簡直未來可期！」

那天，白玥粼成了香港人心目中的滑雪女神。

後來的冬奧賽事上，第一代魔王 Damon Blackwell 漸漸退出滑雪界。

滑雪界的第二代統治者，無可爭議由白玥粼擔當。

「然後……」說不停的任雪糖感覺膊頭一沉。

原來南宮妍已呼呼睡著，頭不自覺靠到他肩膀上。

頓時間，任雪糖覺得自己浪費口水了。

不過白玥粼的事跡無論說多少遍，都能讓他津津樂道。

第十二章

中國行

經過東龍島戶外攀岩的測試，南宮妍認可了任雪糖的資格經已符合「傳統攀岩」的標準，只要他稍加磨練，不是特別困難的懸崖峭壁都能登上頂。

以前在體育館進行的「運動攀岩」，也可以改為轉往「抱石場」。

抱石是攀岩的一種型態，不需要繩索等器材確保安全，因為一般攀爬高度不高，而且路線主要為橫向移動，故可以單獨進行。

因為沒有裝備幫助，抱石主要講求核心肌肉力量和耐力，其難度分為 V0 至 V17，但香港室內抱石場最高只到 V7 等級。

抱石場成人日票大約三百元左右，可以讓你全天候攀到飽為止。

接下來的日子中，南宮妍都常常與任雪糖結伴，不停地抱石、抱石再抱石，然後他們每個星期都找一日進行傳統攀岩，肌肉記憶以恐怖速度提升著。

任雪糖由半年前對攀岩可說一曉不通的傢伙，演變到現在可以征服高山。

過程中他偶有受傷，但都不怎麼嚴重。

不經不覺，即將迎來新年長假期。

「下星期去邊度攀？」任雪糖像個機械人般毫無感情地問。

「去？去你個頭，下星期放假。」南宮妍拿起地質學論文，敲落任雪糖的頭上。

「即係……」任雪糖嘗試理解其意思。「休息？」

「你唔洗拜年咩？」南宮妍反問。

「通常都係人哋嚟我屋企拜年。」任雪糖轉身回到自己座位，瀏覽最愛的滑雪網站。「你唔想攀岩，即係我賺錢時機。」

南宮妍的手指敲著桌面，咬唇思索了一會後說：「如果你真係想嘅，唔係無嘅。」

「嗯？」

「我哋可以試下雪地健行，趁雪季完之前。」

「去邊度玩？」

「無咁多預算一定亞洲國家㗎喇，日本貴到死、韓國我行到悶晒，近近地，平平地，中國啊。」南宮妍拿起手機，幾秒便搜索出地點。「雲南嘅麗江市，嗰度有個玉龍雪山滑雪場，山勢夠高，可以模擬到高山嘅氣候情況，你自己中意可以順便滑埋雪。」

聽到「滑雪」兩字，任雪糖二話不說便答應。

「好！」

「使費每人預五千先？」南宮妍估算出這個數字。

到了新年假期，街上都喜慶洋洋。

出發前，任雪糖特意讓南宮妍來自己家中拜年，希望稍為增加一下旅費。

「爸，媽，依位我朋友。」任雪糖給父母介紹。

「恭喜發財啊，任生任太。」南宮妍一句說話便順利拿到兩封利是。

「哇，雪糖，我印象中你由細到大都無帶過朋友嚟屋企……」任行樂對兒子這行為感到驚訝。

「係啊，利是呢？」任雪糖幾乎毫不掩飾自己的企圖。

「喈，利利是是。」任行樂掏出紅當當的利是。

「走得。」任雪糖替南宮妍一手取過利是後果斷地離家。

任雪糖人狠話不多，直接拆開利是。

「五百蚊，夠食兩餐。」任雪糖感到很滿意。

「師兄，你都幾癲下。」南宮妍哈哈大笑。

「嗯？」

「拎完就走，好似搵你屋企人笨咁。」

「留得越耐，越多誤會，陣間以為你係我女朋友。」

「不過估唔到你係住獨立屋，原來有錢仔嚟嘅，你屋企係做咩咁有錢？」南宮妍回望身後的獨立屋幾眼。

「食品，糖果、牛奶、乳製品個類。」

「吓！」南宮妍想起某些事。「莫非七仔冰箱嗰隻雪糖三明治，就係你家族生意嘅產物？」

「你有食過？」

「緊係食過喇，仲有霜樂雪條。」南宮姸拍一拍他的手臂。「其實旅費你叫屋企人資助你都得喇，搞咩令到自己咁鬼窮。」

「咁樣同開外掛一樣，唔可能挑戰到巔峰道。」

「咩意思？」

「喬戈里峰嘅巔峰道，係唔會容許依種人征服。」任雪糖說著艱深難懂的事。

「我大概明你意思……即係無經歷過磨練，咁容易就上到K2嘅人，心態上係唔會俾靠自己努力登頂嘅人強。」

任雪糖點點頭道：「我一直覺得上K2唔係問題，重點係點樣上去，咁係會影響你嘅心態，從而決定成敗。有錢，你會覺得就算衰咗都無問題，但如果無錢，你會同自己講……依次可能係唯一一次。」

「你都有道理嘅。」南宮姸表示認同。

要從香港前往玉龍雪山滑雪場也得要花上半日，旅程大概如下：

先由香港國際機場乘搭飛機，前往昆明長水國際機場，然後轉機乘坐國內航班到達麗江三義機場。下機後，乘搭市區內的巴士直達玉龍雪山，並在鄰近預訂好的民宿下車。

由於是新年時節，所以處處都擠迫得很，街上行人都比肩繼踵的。

預訂行程的事由南宮姸一手包辦，整個過程裡任雪糖很多時只是站在她身後等待結果。

半日後，兩人終於踏入民宿的房間。

開門的一刻，才能好好鬆口氣。

房間分為上下兩層，各有一張大床。

「我訓上你訓下。」南宮妍行上樓梯。

任雪糖先到廁所洗臉，洗去旅途上所累積的灰塵和油脂。

晚上，兩人外出找點吃的醫肚。

他們一同看中烤羊肉，便買了十串回民宿吃。

南宮妍大口大口地啃羊肉，一邊說：「喂，聽日我哋會去嗰個滑雪場，因為一搭纜車上去就會直上四千幾米海拔，你可能會出現少少高山反應，所以一開始盡量唔好太激烈，我哋玩雪地健行慢慢行。」

任雪糖比出個沒問題的手勢。

第二天，兩人洗澡和熱身後，正式出發前往滑雪場。

乘搭纜車上山期間，南宮妍找了些事來聊。

「你嚟過中國幾多次？」

「第一次嚟。」

「吓？你表現到好似好平常咁。」

「都係普通地方一個，無咩特別，你呢？」

「我以前跟學校考察，只係嚟過兩次。」

「不過依度啲衣食住行真係好平。」

南宮妍莫名奇妙地冷笑道：「咁平係有代價。」

「……」

「你今次嚟係唔係諗住滑雪？」

「應該點都會滑幾下，難得嚟到有雪嘅地方，但盡量完成訓練先，體力都要分配好。」

「咁你唔帶私家滑雪板嚟？」

「廢事……俾人偷。」

「明。」南宮妍含笑點頭，很多事盡在不言中。

白雪皚皚的山峰，開始出現在二人視線內。

纜車的底下是草甸、森林和溪流交匯而成的高原山地畫。

陽光穿透稀薄的空氣，灑落在這片每年持續八個月的雪地上。

「你知唔知依度有座處女峰，叫做扇子陡。」南宮妍說。

「處女峰？」

「即係未俾人成功登頂過嘅山峰，海拔大概五千六百米，好多登山隊都失敗。」

「但 K2 海拔成八千幾。」

「每座山難度都唔同，唔可以睇小。」

「如果第時想學冰攀，要去邊度學？」

「白色少女，白朗峰。」南宮妍用言語來描繪著它的美。「佢係歐洲最高山峰，當你坐喺呢座山嘅懸崖前，而日出正好對住你，你會感受到佢嘅壯麗。比起其他險峻嘅高山，佢相對溫柔高雅，歡迎任何人喺身上留低腳印……幻唔幻想到個畫面？」

任雪糖用手機直接搜索出白朗峰的外觀，然後說：「嗯。」

纜車終於抵達滑雪場，任雪糖呼吸時明顯感覺到空氣變稀薄了。

想要雪地健行，他們需要向滑雪場租借冰爪。

冰爪擁有出色的抓地力，主要用來在雪地上防滑。

單是冰爪一件裝備就有著諸多的學問。

冰爪的爪數多寡，會影響行走時的穩定度，越多爪就越穩定，走上有坡度的路線會比較安全。

跟雪鞋一樣，它分為了綁帶式、快扣式和半快扣式。

南宮妍說雪地最難的不是技術，而是經驗的累積。

經驗能讓你能判斷出很多情況，諸如什麼時候使用冰爪，不同的雪況要用什麼樣的步法，最重要是判斷雪況是否安全或危險。

「至於平時呢，冰爪主要用喺結冰或者雪變得好硬嘅時候。」南宮妍指著裝備租借場中的冰斧櫃。「而在雪攀時點都會配備一把冰斧，佢喺雪地環境幾乎萬用，滑落下坡嗰陣可以用嚟當煞車，滑低嗰陣可以自我確保安全，就算埋咗入雪到可以做確保點，劈入冰雪入面又可以做支撐點，有個累事嘅隊友仲可以拎嚟殺咗佢，不過冰斧技術講究太多，下次我再詳細講。」

給登山鞋穿好冰爪，任雪糖和南宮妍便沿著指引的路線，展開雪地健行。

開首，南宮妍什麼都不教，先讓任雪糖適應高海拔環境和熟習冰爪

走路時的感覺。

走了約四十分鐘，他們面對一條上坡路，南宮妍才教一些步法跟技巧。

「而家教你樣重要嘅基本技巧，叫『踢踏步』，可以用嚟整出一個穩固嘅腳點。」

「點做？」任雪糖專注在南宮妍的腳上。

「你要將身體直立，重心微微前傾，然後用力踢入雪面，踢入去之後隻腳郁一郁整實啲雪，咁就會整到個穩固嘅腳點。再然後將重心轉移到另一隻腳，再做踢踏，梅花間竹咁重複向前，喺斜坡同雪質硬嘅情況下，呢招特別啱洗。」

「好……」任雪糖低頭望著腳，生硬地踢踏著雪面。「然後換另一隻腳。」

「慢慢做，做熟咗你就發覺同平時行路無分別。」

其後的三十分鐘裡，任雪糖都使用踢踏步來走路。

平時長跑氣也不多喘一口的他，今天居然覺得有點吃力。

「覺得攰未？」南宮妍不時回頭查看任雪糖情況。「你開始落後。」

「仲可以……」

「唔係叫你停低抖，係教你第二種步法，叫『休息步』，喺高海拔地區長時間攀登好有用。」南宮妍又即場示範休息步如何使用。「首先踏出第一步，將重心轉移去前腳，然後鎖住隻腳嘅膝頭俾佢伸直，咁樣你就係用骨骼而唔係肌肉去支撐你體重，同時間你後腳嘅腳尖保持喺地面休息一兩秒，等肌肉有機會放鬆，然後前腳膝頭解鎖，轉移重心去後腳再重複剛才嘅動作，最重要係保持穩定節奏……」

任雪糖不禁心想，走路居然有那麼多學問。

「同你講，依招係行山高手嘅絕技嚟，係需要啲時間練先可以行得好順暢，但一精通咗會事半功倍。」

其實步法尚有多種，但任雪糖顯然消化不來，所以南宮妍暫時沒再教其他。

大概連續走了兩小時雪地，兩人才停下來小休十五分鐘，接著回程又花兩小時，健行了總共四小時。

前來時有上坡，回程時自然變成下坡，於是這期間南宮妍額外教了一種步法，名為「踏跟步」，專門針對下坡路。簡單來說，就是以腳跟先著地，並將重心放置腳跟上。

回到滑雪場後，飢寒交迫的兩人馬上找吃的，他們各自買了條香噴噴的豬肉腸，吃得滿嘴是油，再喝杯八角茶暖身。

滿足一時的胃口後，他們才正經去找正餐吃。

兩人在滑雪場經營的餐館中點了碗羊肉麵，外加份蔥牛肉夾饃。

「好似食極都唔夠咁……」平日飲食自律的任雪糖，今日覺得食物特別誘惑。

「唔夠咪再叫。」

「羊肉串，廿串。」

「咩話？廿串？食唔食到啊你。」

「癲啲三十串都得，但好似太恐怖。」

飽餐一頓後，兩人都坐著按手機，好待慢慢消化食物。

任雪糖滑著自己最喜歡的「Ski & Snowboard」網站，打算看看附近會不會有什麼活動正在舉行當中。

因為網站屬全球性質，任何已登記的滑雪場內的大小活動都會列明在上面。

「冬祭特賣會……」任雪糖看中的唯一活動。

「你去，唔洗理我。」南宮妍仍懶洋洋的按著手機。「我飽到唔想郁。」

「咁有咩就電聯。」任雪糖始終抗拒不了滑雪的誘惑，哪怕只是去看看裝備。

雪板特賣會名為「冬祭」，每年都會舉行兩次。攤位區域設置在滑雪場上，商家來自不同地方，由國際知名品牌到獨家工作室都應有盡有，他們場上推銷販賣的主要是雪板，更可享有折扣，甚至提供試滑服務。

任雪糖吃得飽飽的，不怎麼想滑雪，閒逛特賣場倒是可以。

「來來來！工作室製作雪板。買一送一，可以無腦退款，斷了免費更換。」

「購買我們家雪板，可獲享免費打蠟一輩子喔。」

「成為我們會員馬上送你五星蒼天屠龍雪板！」

憑任雪糖多年滑雪經驗，可看出冬祭的產品參差不一，從閃耀著光澤的全新款，到那些打折的輕微瑕疵品都有。每塊雪板都有其獨特的圖案和色彩，豎放在架子上等待它們的未來主人來選購。

攤位區域播放著輕快的英文音樂，加上顧客談天和銷售員推薦的聲音，整個氣氛活躍而興奮。

任雪糖最欣賞的是手工製作的雪板，他們都是來自獨立工作室，雪板的材料、尺寸、形狀全部可以自己調節。

眾攤位中，最吸引人們目光的非趣裝莫屬。

所謂「趣裝」是指那些古怪奇特的裝備，諸如未經打磨的古典木製單板、暴龍充氣衣服、熊貓套裝、聖誕老人服裝、孫悟空造型、超人披風、士的糖外形的雪杖、長頸鹿充氣衣服等。

倏地，一陣鑼鼓聲敲響，大家的視線都被吸引過去。

滑雪場的男職員高喊：「冬祭第一輪活動即將開始，有意欲參加的朋友請盡快報名！」

任雪糖好奇湊過去看，活動規則和獎品就寫在職員身上穿掛的紙牌上。

第一輪活動名為「怪人出沒」。

參加者只需穿著趣裝就可以參加，雙板、單板乃至雪橇，都可以使用，活動內容簡單直接，由起點衝落終點，過程盡量表現自己。

其中最得觀眾喜愛的參賽者，將可以成為滑雪場的宣傳大使。

任雪糖對參與活動不感興趣，但有觀摩的興趣，有時候雪滑久了，都會想看些不一樣的東西。

十五分鐘後，穿著不同淘氣惡搞趣裝的參賽者已聚集到活動的雪道上。為安全起見，活動舉行於綠道，即坡度只有 6%-25%，哪怕摔倒也沒什麼危險性。

當中有踩著長劍外形雪板，身穿仙俠服裝的滑雪者。

有超市特大的手推車，上面站著六、七個人。

有身穿英雄服裝的人，高舉自己的塑膠武器。

少不了令人生厭的「雪媛」，說的是零下十幾度卻光著身子，袒胸露背的不停自拍的女性，她們大部份連雪也不會滑。

當訊號槍響起，身穿趣裝的一眾人就往下坡滑落。

畫面只能說完全是場災難，很多人滑到一半便摔倒。

最終，裝扮成仙俠御劍飛行的參賽者獲勝。

第二輪活動是稍為認真的競速項目，要挑戰玉龍雪山最高難度的路線——「臥龍道」。

是次獎金獎品非常豐富，就是一分鐘內任意拿走冬祭特賣場會的任何裝備，全部費用由雪場負責結帳。

這下子，任雪糖就算多飽都無法坐視不理了。

為參加比賽，任雪糖用試滑服務，問一家自家製的工作室攤位要了塊純手工製作的雪板。

「我能用來參加比賽嗎？」任雪糖用普通話問。

「行，不要撞斷就好。」老闆同意了。

因為「臥龍道」有著相當的危險性，沿途會有著岩石和樹木充當天然障礙，最大特色為「龍洞口」，那是一條很長的岩洞通道，入口處的岩石表面被雕刻成龍的頭部形狀，乃不少人拍照紀念的勝地。

洞口內的通道地面結冰，空間狹窄，像條羊腸小道，靠著頂部的石縫讓陽光得以照進來，而且有多個急彎，如同一條盤踞雪山的卧龍。

由於其危險性，除非滑雪場親自解封，否則大部份時候洞口都給封閉著，沒人能夠事前測試該如何滑。或者應該說，哪怕測試過也無用，該路段需要極精良的技巧才可快速通過，常人只會以低於 40km/h 的速度滑行。

一如許多競速賽事，是次比賽需要簽署生死狀。

直到賽事結束報名前五分鐘，參賽人數仍只有四人，大部份人都不敢貿然挑戰。

起點區域被中國五星紅旗和宣傳標語所環繞，紅與白的映襯下成強烈對比。

雖然只算是小型比賽，但半圓型的充氣起點拱門，上面印著中國蒙牛集團的贊助廣告商標，觀眾們皆獲分發蒙牛的飲料。

「親愛的觀眾朋友們，您們期待已久的時刻終於來臨！僅僅一年兩次開放的神秘『卧龍道』路線，即將再次迎來滑雪勇者的挑戰！在這次的英勇之旅中，我們將有四位滑雪好手同行。他們是來自黑龍江省滑雪隊的高手丁長今，北體大學技巧超群的趙玉華，擁有十年滑雪資歷的經驗老道王子倬，以及從不曾見過雪花的漁港來的滑雪新星任雪糖！諸位，讓我們鎖定視線，為他們加油，見證這場精彩絕倫的屠龍之旅吧！」主持人一口氣介紹所有參賽者。

圍在賽道一旁的觀眾們報以歡呼聲，給在起點線前的參賽者鼓勵。

「中國省隊會係咩實力⋯⋯」任雪糖偷偷瞧向丁長今。

「嗶——」訊號槍響起，四名參賽者都挪動身子向前。

開首四人並肩出發，排位未有太大分別。

仟雪糖不時左右觀察對手的滑姿，因為從一個人的滑姿可大概看出其水準。

三人當中，丁長今姿勢最為標準，身子壓得最低，而且負手腰後，這是典型的高速滑行姿勢。

眼前的路上開始出現岩石等障礙，先後的區分便由此展開。

雪板高速滑行時由於慣性較大，滑雪者需要施加更大的力量才能改變方向，但亦同時會導致轉彎半徑變大，使得轉彎幅度減少，變相無法靈活地閃開接二連三出現的障礙，所以只有以恰當的速度滑行，方可滑出最好的路線。

技術不佳者，會預先給雪板減速，以平穩的速度穿越障礙區。

可是技術精湛者，則會保持高速的姿態，以最少的幅度避開障礙。

掠過幾塊岩石後，最前方位置只餘下那位丁長今。

上方的無人航拍機持續跟蹤拍攝，把實時畫面傳送到滑雪場上，令托著下巴看手機的南宮妍都無意間看見任雪糖的比賽。

「嗰條友⋯⋯」南宮妍愕然地看著電視。

丁今長不時快瞥任雪糖，對於他仍能跟緊自己，感到有些詫異。可以成為國家省隊的他，自問實力已超越全國九成人口。

穿過重重岩石，便到樹冰區。

樹冰即是被冰雪包裹的樹木，它們外形有些許奇特，有時會被叫作「雪怪」，假如高速撞上樹冰的話，多半非死即傷。

為安全起見兩人特地減速，保持在 60km/h 以下，但在外人看來仍相當危險。

離遠看去，龍洞口就在眼前。

那龍頭的口不停湧出寒冷的空氣，彷彿阻止著兩人進入。

原本丁今長以為穿過樹冰區，任雪糖就會消失在自己視線範圍內，殊不知他仍未被拋離。

前方即將滑入龍洞口，丁今長特意略為減慢讓任雪糖超越，反而緊跟在任雪糖的後側，讓對方給自己擋住風阻。

龍洞口內空間不大，稍有不慎就會撞到牆壁，而且地面皆為冰面，雪板在這裡不怎麼好控制，轉彎變得極其困難。

雪板側刃磨擦冰面的聲音，發出駭人的「咔咔咔咔咔」聲。面對如此情況，丁今長大腦發出危險訊號，不由自主的下意識減速，眼見自己跟任雪糖的距離漸漸拉遠，丁今長竟然伸出了手。

任雪糖突然感覺衣背被人拉住，但沒有機會讓他轉頭查看是什麼情況。

在下一個急轉彎中，任雪糖快瞥後方竟見丁今長拉住自己外套。

任雪糖瞪大眼睛，不敢相信對方這行為。

龍洞口中沒有任何攝影鏡頭，所以裡面發生什麼事情都不會有人知道。

「我……」丁今長眼光透出一絲執著，竟用力拉低任雪糖。「要贏。」

話畢，任雪糖被外力拉扯干擾，身體的重心和平衡受到破壞，雪板霎時失控，任雪糖為了不讓自己倒下，強行將身體扭向靠牆的一邊，卻導致右臂撞了岩壁一下，反作用力的回饋使他整個人摔倒冰面上。

任雪糖「啊」的一聲，徹底倒下。

任雪糖記憶空白了三秒多，感覺頭昏腦脹，但落後的感覺更是強烈，彷彿正被整個世界拋離。

「嗄……啊嗄……嗄……」任雪糖拼命想要起來，也顧不得身體有多疼痛。

在正常競速賽事下，若是出現摔倒的情況，只要前方的對手不出任何差池，基本上與落敗無異。

任雪糖迅速重整姿勢，他當然感到懊惱，但最重要是把他追回來。

一離開龍洞口，便是丁今長遙遙領先。

大約四、五秒過後，任雪糖的身影才重新出現。

其時，要穿越一段S型下坡，任雪糖望見坡前有塊小岩石，想都不想便駕馭雪板衝上去，利用它來騰飛到半空上！

原本需要使用大迴旋技巧的路線，硬生生被任雪糖以直飛跨越，為了空中的穩定性，他雙手做出一個火箭抓板動作。

丁今長抬頭望天，一時間目瞪口呆。

「呼！」落地一刻，任雪糖重新回到丁今長旁邊。

丁今長背脊發寒，彷彿看見對方雪鏡中凶悍的眼神。

「啪」任雪糖背部迅速靠向丁今長並作出撞擊。

這看似簡單的一撞，實際是令丁今長鎖緊衝刺的姿勢受到破壞，需要重整姿勢和調整平衡。

任雪糖壓低重心，負手腰後，雙腳下蹲，以最俐落的身姿衝向終點。

「呼——」

衝線一刻，所有觀眾都歡呼起來。

奈何他們沒有看見，龍洞口中發生的黑暗一幕。

「恭喜你！你獲得了冠軍。」玉龍雪山滑雪場老闆上前祝賀他。

「我要投訴。」任雪糖指向第二名衝線的丁今長。「剛才在岩洞中，他蓄意把我拉跌。」

「噫……這……」滑雪場老闆怔住了。

換作是常人，見自己摔得不重，冠軍也拿到了，可能息事寧人作罷。

可任雪糖是誰？其母系家族為符氏製菓集團，紮根香港多年，若果願意上市，市值都至少十位數以上。

家庭背景讓他有自信指出不合理的事情，儘管對方是省隊代表。

任雪糖覺得，他侮辱了滑雪。

「丁選手，你剛剛有拉倒任選手嗎？」滑雪場老闆問。

「我？沒有，我若果真的超過他了，我還會第二名嗎？」丁今長不眨一個眼，手指著 S 型下坡道：「反過來，我倒是想問，他跳過去飛出界線，這不算出界嗎？」

「嗯……」滑雪場老闆很難為情。

觀眾們靜靜地看戲，看著老闆如何處理。

「說實在，岩洞裡沒有攝錄鏡頭，你要說什麼也行。」丁長今彎腰，好讓雙腳離開固定器。「你可不能為了流量，就胡說八道。」

「這樣吧。」滑雪場老闆抿嘴，想要和和氣氣收場。「任選手，我另外提供你免費一年入場門票，如何？」

任雪糖低下頭，想不到真有那麼厚顏無恥的人。

就在此時，第三名衝線的選手，王子倬也湊了過來。

「老闆，怎麼了？」

「你剛剛在龍洞口中，有看到丁選手拉跌任選手嗎？」

「沒有，他們太快了。」王子倬笑了笑，但又忽然說：「但……有段路，我隱約看見到丁把手放在任的背上一段時間，至於後來有否拉跌，我看不見，他倆都很快穿越了急彎。」

「喔……」觀眾們聽到王子倬的說詞，心中都開始明瞭真相，發出感嘆的聲音。

丁長今馬上反駁：「那……那些不過是普通的身體接觸、搶位置、互相拉扯，在競速比賽中是常有的事，不意味著我真的把他拉倒了。」

「別急，我沒說你有拉倒他，只是說你有以上動作，至於有沒有做……」王子倬攤開雙手。「我不清楚，不說。」

任雪糖見滑雪場老闆左右為難，而觀眾都開始清楚丁長今所做的事，便不再追究下去。

「算了，我只是想讓其他人知道，他做了這些事。」任雪糖說。

「那麼來頒獎環節吧！」滑雪場老闆轉移話題。

後續的頒獎環節，丁長今以有要事為由，沒有參與。

頒獎台上，任雪糖對王子倬說了句：「謝謝。」

「哈哈，不用客氣，他們省隊的從小就得跟別人拼命競爭，才有可能擠進國家隊，所以勝負心都特別強，這種事見多了。」王子倬打量著任雪糖，點頭給予肯定。「不過……你能讓省隊的都不得不費盡心思想要拉倒你，你還真是有兩下子。」

任雪糖尷尬低頭淺笑道：「沒什麼……」

「你滑雪多久了？」王子倬問。

「十年左右。」

「我也是十年多一點，但你是哪個官方隊伍的嗎？ 我看你好像不怕危險一樣，死命也要往前衝，也不減速。」

「我沒有。」

「沒有？」王子倬瞪大了眼。「怎會沒有，你競速實力不可能沒有人注意。」

「香港不流行滑雪。」

「喔。」王子倬恍惚大悟。「也對。」

後來，兩人互相關注了「Ski & Snowboard」的社交帳號，成為任雪糖第一個中國人好友。

「有空我翻牆找你聊聊，再見。」王子倬笑著揮手。

「再見。」任雪糖會心微笑。

王子倬一走，一位西裝革履的中年男人馬上接近他。

「先生，你好你好。」

「你好……」任雪糖呆看著陌生人。

「我是『雷碧』公司的廣告主任，想問你會不會有興趣做我們的代言人？」

「女……女逼？」任雪糖聽不懂對方在說什麼。

「這個！」對方即場拿出一罐雷碧汽水，其外表竟和雪碧相差無幾。

「什麼東西……」

「我們公司的飲料，雷碧。」

任雪糖想了想，才了解是山寨飲料，連忙拒絕對方。

任雪糖獲得的冬祭獎品，原來是一分鐘任意橫掃特賣場裝備，在頒獎典禮結束後馬上舉行。

滑雪場職員準備了超市手推車，只要東西放到手推車上，便是屬於任雪糖的了。

任雪糖毫不多想，直接瞄準了滑雪板和固定器，它們都是滑雪裝備中最昂貴的部分。

「三、二、二點五！一！」滑雪場老闆手握計時器，不安地按下開始鍵。「開始！」

雙手搭著手推車的任雪糖馬上衝刺，首二十秒先瞄準了較有名氣的店家品牌，如 HEAD、Rossignol、K2 SOORT 等，更無情地拿下固定器放入手推車，花了大約三十秒。

一位攤位的店主笑著高喊道：「小兄弟，支持我們中國自產的滑雪品牌吧！」國內牌子有 Nobaday、零夏、THE WHIP、Overide Halo 等，但全都受到任雪糖無視，直行直過。

緊接他又鎖定剛剛向店家租借參賽的獨立工作室，因為他是個知恩圖報的人，況且特賣場沒有他鍾愛的 Burton 牌子。

任雪糖向那位老闆打個眼色，特意感謝他給自己借了雪板。

獨立工作室的老闆本來正為生意發愁，預計不會賺到多少錢回鄉下，但在任雪糖的拼命搶購下，門店的貨品一下銳減，全部都由玉龍雪山滑雪場的老闆埋單，霎時間無限感動。

到計時器響起，攤位內六成貨品，幾乎都堆疊到手推車上。

「我盡力了……」任雪糖對獨立工作室老闆說。

「謝謝你謝謝你！」獨立工作室老闆紅了眼眶，想要哭出來。「我能提早回家過年了！」

最後結帳的時候，所有貨品合共八萬多人民幣，可最大問題是如何帶回家。

除了聘請快遞公司，任雪糖都想不到第二個方法。

參加完冬祭的競速比賽，任雪糖打開手機收到南宮妍的訊息，原來她回去酒店午睡了。

任雪糖見狀，也盡早回酒店休息，畢竟今天實在消耗太多體力。

他醒來的時候，天色已黑。

任雪糖打開網站「Ski & Snowboard」，發現新認識的中國雪友王子倬在頒獎台的照片中標記了自己。

任雪糖不以為然，繼續睡了一會。

他再訓醒的時候，差不多踏入凌晨時分。

而且醒來的原因是南宮妍拍打著自己的臉龐，嘗試叫醒他：「醒啊喂。」

「咩……咩！？」任雪糖嚇得瞬間坐起身。

「你羊啊你？咩咩咩。」南宮妍遞上一桶康師傅泡麵。「我啱啱喺出面攤販度買，再夜就無嘢食。」

任雪糖望一望手機後說：「原來十一點幾……」

他雙手接過康師傅泡麵。

「我見你訓到成隻死豬咁，都廢事叫你出去食。」

「但……」任雪糖困惑地看著眼前的康師傅泡麵。「點解你會係出去買杯麵。」

「你打開嚟睇下先。」

任雪糖撕開蓋紙，竟發現是與宣傳圖片相符的杯麵。

一般杯麵的宣傳圖片，上面都是堆著滿滿的肉，但現實卻只得可憐的調味粉。

可是如今他眼前的杯麵中，放滿了惹味的紅燒牛肉，而且加了顆雞蛋，蛋白質十足。

「原來依度啲攤販好中意賣杯麵，但係又會額外煮一鍋紅燒肉嚟俾人加料。」南宮妍說出所見所聞。

任雪糖不知為何食慾大增，很快就夾了幾塊紅燒肉放入口。

「唔唔唔……」任雪糖吃得兩腮鼓脹。

「我今日睇咗你滑雪，滑雪場都有電視轉播。」南宮妍走到沙發躺下。

「有咩諗法？」任雪糖斜眼望著她。

「原來你滑雪時都幾凶狠。」南宮妍微笑道。

「凶……凶狠？我無犯規……」

「我指嘅係形態上，你嗰種壓低身，全速向前嘅姿勢，好似完全無諗過停低，咩都拉你唔住。」南宮妍對著天花板回想。

「……」任雪糖嘗試理解她的言語。

「競速滑雪就係要一直向前，到終點前都唔可以停。」

「係嘅，同攀岩一樣，只可以一路向上。」

接下來幾天中，任雪糖都有跟南宮妍外出進行雪地健行，學會適應高海拔地區的氣候。

就在第五天，任雪糖於滑雪場遇到位認識的人。

「搵你好耐啦，任雪糖。」

任雪糖猛然回頭，只見叫住自己的人身穿滑雪競速服裝，配戴墨鏡

和偽紅牛頭盔。

吉川大輔。

「係你……」任雪糖愕然。「你唔係日本人嚟㗎咩？」

「日本人唔可以嚟中國旅行咩大佬。」吉川大輔上前說。

「但你點解會搵到我？」

「哦，你唔俾我真係嚟滑雪嘅？雖然我真係特登嚟搵你。」

「你點搵我……」

「滑雪網有條中國佬 tag 咗你，我咪睇到原來你喺度滑雪囉。」

「但你搵我做咩？」

「仲問做咩？同你講咗個計劃咁耐！」吉川大輔反應很大，雙手不斷比劃。「拍片出名啊，你唔記得咗我哋小時候嘅夢想喇咩？」

「呃……」

「　句講哂，想唔想要金錢同名利？」吉川大輔豎起食指，指著任雪糖鼻頭。

「想……」任雪糖抿住嘴道。「但邊有咁易出名。」

「好易㗎啫，我已經諗到條橋幫你引起唔同人關注。」

「拍滑雪教學片？」任雪糖猜想。

「唔係。」

「裝備開箱片？」

「唔係。」

「學武士團，亂入人哋活動？」

「都唔係。」

「所以係？」

「挑戰其他知名滑雪好手嘅雪道。」

「你意思係……」

「係……」吉川大輔咧嘴一笑，點點頭道：「滑雪界失傳咗好耐嘅潛規則，挑戰其他人嘅成名路線。」

每個滑雪好手多少都有一條引以為傲，自己開發出來的路線，通常會在「Ski & Snowboard」網站公開，讓任何人來挑戰。

不過這玩法，可說是上個十年以前的事情。

現在新冒起的年輕滑雪者沒有這個傳統了。

「唔……」任雪糖仍然拿不定注意。

「你唔係驚啊？」

「我諗佢係驚出樣。」南宮妍倏地搭話。

「吓，原來識㗎。」吉川大輔以為南宮妍只是剛好站在旁邊。

「佢同學。」南宮妍先說好兩人關係，避免引起誤會。

「好彩……」吉川大輔鬆一口氣。

「上 K2 要好多贊助費，你可以諗諗佢。」南宮妍提醒任雪糖。

任雪糖呼口氣道：「第一條片你想點拍？」

「我俾部 GoPro 你戴在頭盔上影第一身競速視覺，我就控制航拍無人機跟住你嚟影，而中國正好係我哋第一條片嘅發源地！」吉川大輔合上雙手。

「中國？有咩好。」

「中國係個人人都想做直播主嘅國家嚟，所以如果條片有啲轟動嘅話，首先可以震驚中國嘅雪圈，如果佢哋討論得夠火就直頭可以出圈！即係上嗰啲論壇熱門搜索榜上面。」吉川大輔的想法是非常理想。

「唔易喎。」

「我做咗資料搜集，想你第一個挑戰嘅人係中國滑雪隊成員——黃群龍。佢係中國滑雪圈嘅第一人，你贏到佢就點都上熱搜！」

「黃群龍……」任雪糖隱約記得對方也曾是冬奧金牌的得主，拿手項目是平行大迴轉。

一個寂寂無名的滑雪者，擊敗國家隊選手確實很有看頭和討論度，但有那麼容易嗎？

「對方係自小就開始接受國家重點系統性訓練嘅滑雪運動員，我唔係幾有信心可以打低佢。」任雪糖居然自認低威。

雖說他曾在秘魯無意中擊敗現時單板滑雪界第一人 Julien Simon，但優勢是事先了解過地型，才佔了甜頭。

「你要唔要試下？」吉川大輔眼神充滿誠意。

「你特登咁遠過嚟如果仲拒絕你，我都唔好意思。」任雪糖抿著嘴，點頭道：「咁我試下。」

「好！！！」吉川大輔興奮地握緊拳頭。

「黃群龍有冇自己開發嘅路線？」任雪糖問。

吉川大輔馬上用手機搜索出相關圖片，然後說：「河北張家口有條雪道叫做『雪長城』，係條仿照中國著名建築萬里長城整出嚟嘅競速滑雪道，特點係非常多急彎，而且空間狹窄，失誤的話好容易撞向雪牆。」

「唔係天然開發嘅路線？」

「唔係，依條雪道係人工整出嚟，如果你打破黃群龍紀錄嘅話，肯定有唔少迴響。」

任雪糖抬頭計算著日子，然後說：「但我仲有幾日就要返香港，我仲想練雪地健行。」

「你出席率唔會爆嘅，留多幾日囉。」南宮妍單手插腰，給出意見。「再唔係，去張家口個滑雪場再練，反正嗰度唔係無雪，只係無高海拔環境。」

「聽日出發？」任雪糖問。

「你想呢？」

「聽日。」任雪糖點頭。

吉川大輔三顧草廬，終於得償所願能與任雪糖合作。

「耶！」吉川大輔握著拳頭舉上舉落。

「喂肥仔，你都未介紹你自己，你兩個咩關係？」南宮妍轉望吉川

大輔。

「我係『Megalomania』滑雪隊嘅創辦人，日本滑雪裝備連鎖店股東兒子、哈佛大學畢業生、業餘滑雪者、專欄作家、直播主、自由工作者、女權主義者、日本喜劇大聯盟會員、未來門薩學會成員……」

「咩話？哈佛？」南宮妍只對這個感到驚奇。

「你講笑定講真？」

吉川大輔從錢包掏出一張學生證說：「你話呢？」

南宮妍湊近凝視，大叫道：「嘩，堅嗝。」

「你讀咩科？」任雪糖突然覺得吉川大輔是個人才。

「Applied Mathematics，讀數。」

「咁你心算係咪好叻？」南宮妍開玩笑的問。

「兩者係無必然關係嘅。」吉川大輔認真答。

「我哋聽日幾點集合去張家口？」任雪糖問

「等陣，要講啲好現實嘅問題，搭咩過去？」南宮妍瞇眼道。

「搭火車一日左右就到。」吉川大輔說。

「吓？」任雪糖和南宮妍都吃了一驚。

「飛機呢？」任雪糖接著問。

「半日啦我諗。」

「搭飛機，機票你出，如果唔係我寧願留喺度。」任雪糖提出唯一要求。

「好！我當係投資落你身上……」吉川大輔拿出手機狂按。「為展示我嘅決心，我即刻訂。」

翌日下午三時，三人乘搭飛機又經歷轉機，再乘車前往萬龍滑雪場。

車上，吉川大輔不忘補充資料：「依個滑雪場係中國第一滑雪場，做過冬奧嘅比賽場地，國家隊、青年隊同其他頂尖滑雪隊都會嚟依度當訓練基地。另外區內仲有幾個唔同嘅滑雪場，搭車嘅話三十分鐘內就到。」

「會唔會好多人輪住喺條雪長城玩？我見佢寬窄度最多只係容納到四個人。」任雪糖看著窗外城市景色時說。

「依啲高難度嘅雪道，應該唔會有幾多個人挑戰。」

張家口，崇禮區。

正如吉川大輔所言，雪長城確實沒什麼人碰，人數最多的始終是滑雪場中的綠道和藍道。

「全程十公里長……」任雪糖遠距離橫視整條賽段。「呢個係長途型競速，講求極致嘅穩定性。」

「暫時黃群龍佢最佳紀錄係 7：58。」吉川大輔翻查出資料。

「七分鐘……」任雪糖心中暗自計算。「平均時速 80km/h 左右。」

「咁係慢定快？」南宮妍問了條很傻的問題。

「快到無得頂……」任雪糖目瞪口呆。

「練住雪地健行先，晏少少雪場無咩人再滑。」南宮妍說。

「都好。」

任雪糖把握機會在太陽下山前穿著冰爪步行。

待太陽下山後，他則穿好滑雪裝備來到雪長城的起點，卻被攔住了。

「先生，付款了嗎？」

原來雪長城滑十次收費一百元人民幣，難怪沒什麼人在雪道上。

「我來！」吉川大輔高喊著，又展示出手機付款二維碼。

職員同樣用手機掃一掃二維碼，交易迅速完成。

任雪糖穿戴好雪板，站於起跑閘前遠眺整條雪長城，終點就像延伸到無限遠的地方。

「呼。」任雪糖開始滑行。

十公里長的雪長城，幾乎每隔一公里就有不同的元素考驗滑手。

第一次滑陌生的賽道，任雪糖會以休閒模式探查路線。

任雪糖對雪長城第一印象就是它有著大量急彎，可是給予轉彎的空間幅度很少，換言之速度不能過快。另外，雪長城有著不少斷壁，彷彿城牆被砲彈炸開過，滑手需要跳過這裡，而且斷壁是接著而來。

要是速度過太快，結果很有可能是摔落雪長城。

速度慢又會跳不過，結果同樣有機會摔落雪長城。

「依條路對速度嘅掌控要求好高⋯⋯」任雪糖喃喃自語。

反複滑了十遍後，任雪糖最佳成績為 9:26 秒，跟黃群龍比簡直是天與地。

「依條雪道好高難度，FIS 評價係幾星？」任雪糖不禁問吉川大輔。

「國際滑雪總會俾『雪長城』五星難度。」吉川大輔答。

「五星雪道……」任雪糖彎腰解除雪鞋與固定器的綁定。「暫時由 Damon Blackwell 喺白朗山開發嘅世界最高難度滑雪路線『魔王道』都只係七粒星……」

「最高唔係白玥粼喺 K2 嘅『巔峰道』咩？」吉川大輔問。

「嗰條雪道路線太危險，無俾 FIS 認可。」任雪糖說。

「還要滑嗎？很晚了。」守在雪長城的職員舉起手錶看了看。

「我們明天再來。」任雪糖自覺體力不足。

回到滑雪場更衣室內，任雪糖認真檢視自己破紀錄的可能性。

「得唔夠五日時間要返香港，我可能超越唔到黃群龍。」任雪糖神情偏執的盯著地板。

「你大概要幾耐時間？」

「可能三四個月。」任雪糖說出大概日子。

「要咁耐！？」

「你唔好當我真係無所不能嘅男主角，對方係國際級滑雪運動員。」任雪糖提醒他摘下雪鞋。

吉川大輔嘆了口氣，但很快又振作過來。

「算喇，填飽個肚再講。」

接下來的日子裡，任雪糖幾乎放棄了雪地健行，全心全意投入攻略雪長城。

由朝到晚，任雪糖不斷鑽研著最佳路線，甚至無時無刻都會使用意象訓練。

意象訓練指的是在腦海中演練實際進行過的訓練動作，這是任雪糖最拿手的訓練技巧。

在這幾天的驚人努力下，任雪糖紀錄由本來的 9:26 秒，大幅拉近到 8:12 秒，相差黃群龍 14 秒。

只要任雪糖每每破解到障礙的難關，時間就能拉近一點。

直到最後一天，任雪糖的最佳時間已經達到 8:04 秒，與中國滑雪第一人黃群龍只差 6 秒距離。

其實作為一個未經國家培訓的滑手，任雪糖僅憑自己達成這時間，已是超出正常人極限，甚至萬龍滑雪場的一些省級教練都開始留意到這號人物。

一個滑手在雪長城上快速地狂飆，確實是好難不被注意到。

任雪糖這次衝向終點，多了位中年人前來迎接他。

「時間多少？」對方問他。

「什麼時間……」任雪糖喘噓噓地回答。

「衝線時間。」

任雪糖望一望計時器後說：「8：03 秒。」

中年人心中暗驚，但臉上保持鎮定地說：「你……來自哪支省隊？」

「我來自香港，就自己一個來玩玩。」

「真的假的？你這成績能入選國家後備隊了……」

「請問你是？」

「哦，我是國家青年滑雪隊的教練，看你滑得挺快的，所以過來看看。」

「我有什麼能改善的地方嗎？」任雪糖順便征求青年隊教練的意見。

青年隊教練摸著下巴，略顯沉思後說：「說實話……實戰比賽可不會像剛才那麼順利。」

「……」任雪糖聽後面露困惑。

青年隊教練繼續解釋：「你選擇的路線確實不錯，但是真正的比賽裡，別的選手也會搶道，有時候你想佔的位置被別人佔了，那時候你就得臨時換個策略，不然很容易發生碰撞。」

這番話讓任雪糖恍然大悟。

青年隊教練看著任雪糖，笑著打趣說：「哎，我這不過是隨口一說，你別太放在心上。」

緊接的半日中，任雪糖依然滑過不停。

多天持續滑雪下，他雙腳已有些酸軟，免不了影響發揮。

可是他對滑雪有著無比的執著，像是得了強逼症一樣，想在有限的時間內，追趕到對方的紀錄。

最終……

不可能的事情成功了。

任雪糖竟在離開中國前，成功絕平了黃群龍的紀錄！

「7：58 秒！」吉川大輔高興得咬著計時器，像運動員會咬住金牌那樣，不停地大呼小叫：「成功喇！我終於成功喇！」

「嗄……嗄啊……嗄……」

與他相反，衝線後的任雪糖累得直接跪倒地上，頭髮滲出的汗水滴落在雪中。

不一會，吉川大輔拍攝下雪長城與計時器的數字上傳到社交平台，刻意讓人遐想。

任雪糖跪著好一會，想要站起再滑一次，可是雙腳不聽使，像被千斤沙包綁住。

「到咗極限？」任雪糖摸著自己的大腿。

在任雪糖數天時間苦練下，硬生生絕平了黃群龍設下的界限。

「起唔起到身啊你？」吉川大輔走過去扶起任雪糖。

任雪糖拉住吉川大輔身體站起來：「頂唔住，我要抖抖。」

解除固定器後，綁在雪板大半天的雙腳重獲自由。

任雪糖每走一步路，肌肉都會回贈陣陣酸麻，只好像個殘廢般一拐一拐的回到更衣室。

就算是坐著，那種酸麻感覺都沒有散去。

「咁樣你仲拍唔拍到片？」吉川大輔很是疑慮。

「聽日臨走前試下。」

「慰勞下你，今晚食潮汕火鍋！」

「潮汕？」任雪糖未曾聽說過這是什麼菜。

「即係新鮮嘅手切牛肉。」

聽到是蛋白質，任雪糖就放心了。

時間來到第二日，吉川大輔帶備了航拍無人機，準備全程在上方跟蹤任雪糖，而任雪糖本人都戴上 GoPro 攝影頭盔，準備拍下第一身視覺畫面。

任雪糖的肌肉記憶已大致記下雪長城的最佳路線，只需要身體重覆一次就行。

雖然雪長城多的是急彎和斷壁，但任雪糖速度未曾降低過 50km/h 以下，持續地與危險為伍。

相比起前幾日，今天他反而一副平常心。

而是次衝線時間 7：57 秒，甚至比黃群龍快出一秒。

任雪糖看著計時器，淡淡地揚起嘴角微笑。

吉川大輔憑著自身接剪技巧，迅速把影片扔到中國各個主要討論區上。

標題如下：

「震驚！香港來的小伙子居然打破了中國滑雪一哥黃群龍的紀錄！」

任雪糖檢查好影片全程自己沒有露臉，才准許吉川大輔上傳出去。

影片正式發佈後，任雪糖亦啟程回香港。

他沒有太在意影片的點擊量，接下來幾個月裡主要專心學業，假日偶爾跟南宮妍外出攀岩，時光飛快流逝到六月，他們即將步入暑假。

夏季，盛夏如火。

經南宮妍多月的指導下，任雪糖已儼如資深的攀岩高手，手臂線條變化最明顯，上肢肌肉量得到實質的躍升。另外，攀岩令核心肌群使用程度比滑雪要頻繁，使得腹肌變厚實。

與出入冷氣健身房的強壯有異，重量訓練主要練出倒三角身形。

攀岩對身體屬功能性訓練，外表看上去會較為精瘦，不脫衣服都不知真材實料。

至於他那常常看似冷酷的外表，內裡仍帶著半分天然呆。

每年暑假，任雪糖都會出國滑雪避暑。

時值南半球的雪季，任雪糖較常去的國家是新西蘭，今年他的選擇一樣。

以往中學生涯，只要他成績夠好，家人就會帶他出國滑雪，順便當成全家旅行。

有時候如果不是前往滑雪勝地，任雪糖會全程臉如死灰、行屍走肉，整個月悶悶不樂，要靠公公和婆婆另外帶他前去。

雖然任雪糖絕對有能力，可以向家人張手要錢，但他心底裡依舊不屑這種做法。

原因依舊，要是讓事情變得那麼容易的話……

那是攻略不了巔峰道的。

正當任雪糖為旅費煩惱的時候，吉川大輔冷不防傳來訊息。

吉川大輔：「Bro！記唔記得我哋幾個月前拍嗰條片啊？」

任雪糖：「Who are you？」

遠在日本，給父親無聊顧店的吉川大輔，望見這條訊息後差點當場昏倒。

數十秒後，任雪糖再傳來訊息：「記得了。」

吉川大輔：「我哋條片點擊率破咗百萬喇！上載前一兩個月都係得幾千條友睇，但有日突然間大爆發，幾萬幾萬人咁睇，我追查咗源頭，原來有條友將條片扔咗去中國雪友圈上面討論。」

任雪糖：「有錢分？」

他正好為旅費煩惱著。

吉川大輔：「錢暫時就無，但可以靠今次賺錢。」

任雪糖：「？」

吉川大輔：「有啲中國滑雪博主想搵你做訪問，車馬費唔會少，都有啲細牌子想搵你代言，當然係野雞品牌……出價最高嗰間叫

『雷碧』嘅碳酸飲料公司，肯出廿萬人民幣酬勞。」

贊助商和代言廣告，可說是全職滑雪者的主要收入來源。

能找到跨國公司充當自己的贊助商，相當於泊到戶好碼頭，以後再也不用為錢而消愁。同時，贊助商旗下的重點產品，某程度上亦反映著滑雪者的風格，與個人形象攸關。

對滑雪界而言，贊助商和代言廣告主要來自飲料、冬季衣飾和滑雪裝備領域。

其中，最為人熟知是奧地利紅牛 Red Bull，該公司是極限運動類別的主要贊助商。

任雪糖一想到自己要拿著雷碧，站在攝影鏡頭前暢快喝下的樣子，不禁打個抖顫，無論多少錢也不會接。

運動員的個人形象，是很重要的吃飯工具。

任雪糖：「所有都唔接。」

吉川大輔：「咁型棍，有錢都唔賺。」

任雪糖更在意這點：「黃群龍有冇咩回應？」

吉川大輔：「我正想同你講，廣州融創有間室內滑雪場好出名，佢哋想搵你同黃群龍喺嗰度嚟一場比賽，間接推廣佢哋新擴展嘅競速滑雪道。」

任雪糖：「黃群龍有冇應承？」

吉川大輔：「甲方話答應咗喇，佢哋中國人有錢唔會唔賺嘅，而且依間叫『熱雪奇蹟』嘅室內滑雪場喺國內好出名，你要唔要接依個活動？」

任雪糖：「我唔出樣可以？」

他始終想保留神秘感。

吉川大輔：「識玩喎……我諗應該可以，反正大家都唔識你，咁我幫你接咗佢。」

任雪糖：「活動費有幾多？」

吉川大輔：「十萬人仔，我扣除下少少恆常開支，我會過八萬蚊俾你。」

八萬元，這能讓任雪糖在新西蘭滑上一段時間雪。

第十三章

人中之龍

黃群龍身為中國第一滑手，走在街頭上卻可能都沒幾個人認識，始終滑雪這項「貴族運動」在中國尚未盛行。可當黃群龍踏入滑雪場，他就會化身為當地的明星，各個滑雪省隊、青年隊、校隊的偶像，他永遠是全場人的焦點。

中國的國家級滑雪隊伍合共八支，運動員數目接近一百人，其中單板滑雪領域中，黃群龍正是當中無可爭議的佼佼者。

普遍受 FIS 認可的世界大型項目賽事上，一個國家只能揀出四名運動員擔當正選出賽，較次要的人當上後備，以替補因突發傷病退出的正選滑雪運動員，訓練中成績更後的人，甚至沒有當後備的資格。

所以，對十四億的中國人口而言，職業滑雪是無比激烈的競爭。

滑雪界是片藍海市場，他作為龍首引領著中國滑雪界的發展，無論大小商業活動，他都會盡可能接下。

錢自然也是考慮因素之一，但往往不是首要。

任雪糖攻略雪長城的記錄影片，在「Ski & Snowboard」網站的中國雪友圈鬧得沸沸揚揚時，黃群龍自然都有觀看過。

正乘車的黃群龍，握著手機觀看完全條影片，不由得露出笑容。

「等待了六年，終於有人打破了我的紀錄。」

等到任雪糖的答許後，經理人角色的吉川大輔回覆活動主辦方，促成兩方的滑雪場隨即如火如荼地推廣。

是次廣州行任雪糖本應孤身一人，但吉川大輔不辭勞苦的來香港與他會合，並結伴北上。任雪糖攜同自己的滑雪裝備出發，乘搭旅遊巴約兩小時後抵達花都區。

為了預熱身體，任雪糖放下行李便跑到「熱雪奇蹟」去。

甫踏入室內滑雪場，陣陣寒氣即時包圍身體，與室外氣溫形成鮮明對比。

一個極為廣闊的白色空間，滑雪場左側「娛雪區」配備多種雪上遊樂設施，包括雪圈滑梯、雪橇、堆雪人、雪地碰碰車、空中飛索、獨木橋等，大部份孩子都在那裡嬉鬧。靠近牆壁的位置豎立著五顏六色的木屋當背景，儘管是布景板亦讓人有種莫名的溫馨感，令人有置身聖誕老人村的氛圍。

室內滑雪場稍遠的中間位置，搭建著全場唯一的快餐店肯德基，入口區附近亦設立了小食店。

另外，場內也附設魔毯和纜車，皆令任雪糖有稍為被震撼到。

因為他以往都是前去室外滑雪場，頭一次見如此內有乾坤的室內滑雪場。

任雪糖攜著自己的雪板踏上魔毯，緩緩地攀升到乘坐纜車的位置，前往全場最高點的高級雪道。

雙腳著地後，任雪糖彎身摸了把地上的雪，感受著其雪質。

「冰狀雪⋯⋯」跟天然雪無法相比，但也不太差。

任雪糖放下雪板，雙腳踏到固定器中，一邊向雪坡下滑落，一邊彎身綁好雪靴的帶扣。

任雪糖的直線下滑，很快引起雪道上其他人注意，心裡想著哪來的魚雷。

前方不到二十米，需要轉彎進入小隧道，然而他仍在綁扣帶。

「喂！小心！」一旁的滑雪者大叫。

「咔」任雪糖剛好扣完帶子，眼睛向上一抬。

任雪糖身體旋即扭轉，下身跟著轉動，施展出極限的貼地刻滑，轉入隧道之中，有如疾風掠過。

「好快。」那名滑雪者怔住了。

穿越隧道後任雪糖繼續向前壓身，速度明顯與雪道上其他人有異。

由於室內滑雪場的雪質較硬，所以是施展刻滑的最優場所。

任雪糖接連地滑了數十次，評價只有一個——不夠爽快。

室外滑雪場從山頂滑落底下，哪怕再快都得花上數分鐘，室內滑雪場可能因限於空間，對他這種追求速度的人而言，不到半分鐘便滑到底下，需要重新乘搭緩慢的纜車上頂。

可是任雪糖沒有很介意，因為能在三個鐘車程內的地方滑上雪，他就覺得很感恩了。

接下來的三個小時裡，任雪糖無間斷地滑來滑去，而且更傾向玩平花，做出一些別人覺得很酷炫的動作。有些滑雪者覺得他很厲害，更會直接向他請教，不得不說中國人是有些熱情。

消耗掉的能量，任雪糖準備在肯德基補充回來。

快餐店內設有暖氣提供，配上剛出爐香噴噴的炸雞，宛如冰天雪地下的天堂。

吉川大輔穿著鴨綠色的羽絨外套，坐在角落使用著平板電腦，只點了一杯熱巧克力飲料。

任雪糖坐在他對面說：「我叫嘢食，你要唔要？」

「幫我叫隻漢堡雞包啊。」

任雪糖用手機下單，他給自己點了六隻炸雞。

看著皮脆肉嫩的炸雞，任雪糖忍痛撕掉了全層炸皮，只吃肉的部份。

「做咩啊你，停手啊……」吉川大輔瞪眼看著被遺棄的雞皮。

「你想食可以拎。」

吉川大輔馬上收集任雪糖撕下的雞皮，塞到自己的漢堡包中加料。

吃著吃著，有位相貌姣好的中國女生，突然輕拍任雪糖肩膀。

任雪糖有些愕然，回頭望向對方。

「呃……請問，你是不是攻略雪長城影片裡的男生？」對方甚至展示出影片的畫面。「我看你衣服有點像，就不要臉的問一下。」

任雪糖冷笑一聲，繼續專心吃雞。

「呃，唔打擾你啦。」女生尷尬地離開。

「冷笑即係咩意思啊？睇落係你粉絲喎……」吉川大輔低聲地說。

「無咩意思，純粹估唔到真係有人認到我。」任雪糖說。

吉川大輔無語了，有時候真會感覺任雪糖是外星人。

第二天為活動正式舉辦的日子。

為了一睹黃群龍真面目和室內滑雪場的新競速雪道，各地發燒級雪友都特地遠赴花都區，紛紛買一日門票入場。

當日是星期六，熱雪奇蹟前所未有地熱鬧，大家都等待著新雪道開放給大家參觀。

任雪糖在後台等待期間，也終於看見黃群龍本人，他非常易辨認，因為他身穿全套紅色印有五星圖案的滑雪服，相當吸睛。

「你是攻略我的雪道那位？」黃群龍剛進來後台，馬上問任雪糖。

「是。」任雪糖反應不來，只能平淡地答。

「厲害。」黃群龍淺淺地笑，隨即又問：「花了多少天？」

「不到一個星期。」

黃群龍笑容忽然僵硬，只要紀錄存在，總有日會被人打破，只是看看能存在多少天，但被對方由零開始，用不到一星期打破，這就很侮辱性了。

本來任雪糖回答努力攻略了一年半年的話，黃群龍都會以看待後輩的心態去跟任雪糖閒談說笑。

遺憾是……他讓黃群龍感受到危機意識。

爭勝心乃頂尖運動員的本能，對於常常互相競爭的他們來說，出現超越自己的對手，等同損害自己的利益跟地位無異，即使表面上看似沒

什麼，暗地裡也會較勁。

「不到一星期……」黃群龍再問一次：「你確定？」

「應該吧，我沒記錯的話。」

黃群龍坐下來調整呼吸，準備在雪道上動真格。

不一會，後台再走進來兩位選手。

一進來兩人馬上跟黃群龍握手問好，看起來是受照顧的後輩。

兩人分別是來自新疆的阿不都拉 · 賈巴爾，以及來自西藏的扎西 · 洛桑。

滑雪競速賽事為增加觀賞性，普遍都以四人開展，所以大會另外請了兩位滑手參加。

語言文化絲毫不通的任雪糖，只能像個自閉兒獨坐一旁。

「各位貴賓、親愛的滑雪愛好者們，大家好！歡迎來到『熱雪奇蹟』室內滑雪場，今天我們迎來了一個令人興奮的時刻——新雪道的盛大開幕禮！這是一個讓我們能夠在任何季節都能享受滑雪樂趣的場所，讓我們一起為這個令人期待已久的時刻鼓掌！」主持人興高采烈地說。

入場人士紛紛拍掌，或是舉起手機拍攝。

「今天開幕活動，我們邀請了中國單板滑雪第一人黃群龍先生！還有兩位中國單板滑雪隊後備成員，阿不都拉 · 賈巴爾和扎西 · 洛桑，以及最近在雪圈鬧得沸沸騰騰，來自香港的滑雪少年！他堅持不露出真面目，很神秘啊。今天他們會在競速雪道比拼，這裡誰都不曾滑過，所以很講究實力，讓我們拭目以待吧。」

主持人接著開始鳴謝各個贊助單位，感謝到連現場的雪友都有點受不住，後來更藉機會推薦旗下產品，最後令大家紛紛大叫開始比賽。

「接下來，我們有請四位選手出場。」

後台的職員以手勢示意四名滑手出去，黃群龍第一個出場，其後是兩位後備隊成員，最後才是任雪糖。

該室內滑雪場的競速雪道，正式映入眾人眼內。

主持人隆重地介紹：「這是我們『熱雪奇蹟』特地邀請外國團隊製作的藝術品——『大旋渦』！」

大旋渦是一種特殊的雪道，它的設計靈感來自於旋渦的形狀。與傳統的雪道不同，大旋渦的設計是從外部向內部延伸的，形成一個旋轉的環形結構。

雪道的外環較寬，滑雪者可以較高速地滑行，但隨著滑行的繼續，雪道逐漸變窄，要求滑雪者控制穩定。

滑至中心區域會有一條下坡，讓滑雪者們重新提升速度。

由於視覺所限，四位參賽者都沒能看到下坡後賽道會是什麼模樣。

「龍哥，旋渦型雪道是你強項。」洛桑笑說。

「哈，安全第一，你們不要太急。」黃群龍口上這麼說，全身卻預熱好。

他準備以最快姿態衝向終點，讓所有人見證何謂……差異。

一直以來，任雪糖都沒怎麼說話，讓賈巴爾有些好奇。

「兄弟，你怎不說話呢？」

「沒……沒什麼好說。」任雪糖回應。

四人各自站好在自己的起跑線內，全神貫注著前方。

開始前，黃群龍轉頭瞥了任雪糖一眼。

「嗶！」訊號槍響起。

四人如出閘的馬匹，真正落地滑行，踏在潔白無暇的雪道上。

他們幾乎同時間轉彎，彼此之間仍未互相碰撞。

旋渦型意味著未到中心前，一直都會保持轉彎的滑勢，其中黃群龍以卓越的轉彎技巧，稍為領先眾人。越近中心雪道越窄，大家的碰撞變得在所難免，而領先的黃群龍可不受干擾。

好死不死，任雪糖夾在賈巴爾和洛桑之間，他們手肘不停推攘，讓任雪糖無法保持穩定的姿勢。

這下讓向來冷靜的任雪糖，心中都由不得喊了句粗口。

在持續的推撞下，任雪糖感覺自己快被推到後方了。

這些國家隊的選手非常清楚如何把推撞行為偽裝成意外的身體接觸和碰撞，不讓其看起來是故意的。在國家隊中，掌握這些技巧是生存的必要條件，即使只是國家隊的後備成員也不例外。

「好……」任雪糖被推得厭煩，刻意跟他們持續碰撞，這激起兩人鬥心。

直到任雪糖捕捉到賈巴爾和洛桑碰撞瞬間，他立刻急速減速，讓兩人意料不及。

這樣一來，賈巴爾和洛桑都失去重心，彼此撞向對方。

「呀！」兩人雙雙倒地。

任雪糖立時作出一個跳躍，跳過倒地成障礙物的二人，然後向著黃群龍急起直追。

此時，黃群龍已抵達中心，沿著下坡高速滑落。

「螺旋轉……」黃群龍終於看見場地下半部份真面目。

螺旋轉，通過將雪道沿著垂直和水平方向同時旋轉，就好比過山車的三百六十度迴轉，含有顛倒的元素。

滑雪者想要通過此區域，第一個條件是有足夠的速度，不然無法滑上螺旋轉，第二個條件是具備抵抗 G 力的經驗。

黃群龍是傳統的競速滑手，哪裡見過這麼畸形的雪道，沒有信心的他下意識調整了速度，打算以不快不慢的速度衝過螺旋轉。

相反，任雪糖沒有減慢的本錢，他擺脫那兩個傢伙後，就全速推進的朝螺旋轉衝去，在滑上螺旋轉垂直的前部份，他已稍為感覺到 G 力對自己身體的壓縮和拉伸，因為板下的速度實在太快了。

黃群龍滑過螺旋轉要大約三秒，任雪糖一秒即可。

緊繃的氣氛中，螺旋五連轉如同一段編織著危險與挑戰的詩，等待著雪地上的舞者。這是全場的壓軸難題，不僅要在飛快的速度中尋找平衡，更要精確掌握方向，以防雪板一個不慎，滑向禁區之外。

黃群龍的心臟狂跳，眼前這奇異的賽道布局前所未見，彷彿特技表演與競速的異種結合，挑逗著他的膽識與技巧。

「唔……」黃群龍嘴角緊抿著，牙關亦緊咬，不顧一切地衝進這段路徑。

身後，任雪糖的追逐緊湊而執著，每一次旋轉都像是與雪地神明共舞，每秒都在突破極限，黃群龍的身影在他不斷逼近的挑戰下，再次清晰地浮現在他的視線中。

「再前⋯⋯要再前⋯⋯」任雪糖眼珠幾乎要突出來，極速帶來的官能刺激遍佈全身神經，他心中反覆地默唸：「要再前啲⋯⋯」

黃群龍的直覺告訴他，後台中那溫馴如綿羊的任雪糖，已變成了雪豹。

下個螺旋弧度最大的路段中，兩人對抗著重力攀升到螺旋轉的圓弧頂部，再以力量配合速度滑落，其時兩人已齊頭並進入最後大直路，彼此的競爭各不相讓。

觀眾席上原本的歡呼聲驟然降為一片迷人的寂靜，每個人都屏息凝神，生怕哪怕微弱的嘆息也會成為影響賽局的蝴蝶效應。

兩人的雪板如同射出的箭矢，以決勝的姿態劃破最後的距離，只剩下十米至終點。黃群龍，身材挺拔，高達一米八三的他，在終點線的前方突然展開右臂，猶如鷹隼俯衝。

賽事宣告結束。

「嘶——」隨著一聲尖銳的摩擦聲，兩股雪塵隨著雪板的急停揚起。

最終的勝者是黃群龍。

正是在那一瞬間，他巧妙地利用了自己的臂展，伸出手指，率先觸及了勝利的線條。

在冬奧滑雪競速項目上，一同衝線的情況時有發生，視頻助理裁判

會以選手手指觸線為到達終點的標準。

所以不僅是一個比速度的比賽，更是一個比誰手長的項目。

黃群龍站立原地，喘息不停。

他沒有勝利的喜悅，相反……僥倖著自己的勝利。

其驚險的目光轉向任雪糖身上，心中不禁想問一句：「你，到底何方神聖？」

衝線後的任雪糖放空一會，旋即跪地嘔吐。

「嗚噁……」

強烈 G 力引起身體不適，抑壓多時的任雪糖終於忍不住嘔吐。

場館職員們想要上前攙扶，對他說：「我帶你去洗手間。」

任雪糖舉起他的一隻手，掌心向外，示意職員不需要幫助。

嘔吐完畢後他逕自站起，渾身酸軟的攜著雪板走出雪道，準備回到後台之際，胃裡陡然陣陣攪動，任雪糖又嘔吐出來，留下愕然和嘩然的觀眾。

黃群龍跟著入去，只見他躺平在長椅上。

「你一口氣通過螺旋轉的時候速度太快，身體會吃不消。」黃群龍說。

任雪糖無力地揚一揚手，表示罷了罷了。

黃群龍別過頭來，冷笑道：「真是個狠人。」

語畢，他輕巧地打開自己那繡有國旗的背包，從中取出了一瓶色彩

鮮明的力保美達能量飲料，輕手地將能量飲料放在他旁邊。

黃群龍轉身靜靜離開，不作打擾。

任雪糖狀態稍為舒緩，才扭開那瓶能量飲料喝下肚中。

人生第一場被邀請的商業活動，就這麼圓滿結束。

「熱雪奇蹟」官方把比賽片段上載到互聯網，引起部份網友討論，紛紛表示任雪糖技術高超。

第十四章

緊急聯絡人

回到香港後不久，任雪糖已經買好暑假前往新西蘭的機票。

出發前幾天，他如常瀏覽「Ski & Snowboard」的時候，在網站電子郵箱中收到一封震撼的來信。

來信者，是國家單板滑雪集訓隊領隊——李憗揚。

任雪糖以為自己眼花了，馬上點擊到李憗揚的帳號中，只見其社交帳號有藍色的勾號，代表身份已受到官方認證，他是貨真價實的國家隊領隊。

「你好，我是李憗揚，擔任國家單板滑雪集訓隊的領隊。近期我們團隊注意到你在競速滑雪領域上卓越的表現，你比賽中展現的驚人技巧和熱情讓人印象深刻，於是向『熱雪奇蹟』單位取得你的聯繫方式。

經過仔細考慮和多方商議，我們誠摯地邀請您加入我們的集訓，成為國家隊的一員。我們會提供最先進的訓練設施和科學化的體能培訓計畫，如果你有興趣，請回覆我以便安排會談和試訓，另外會在下方附上電話號碼。

不論您的選擇如何，我們都衷心祝福您。」

任雪糖在房間中看完電郵內容，心情久久未能平復。

生於香港的他，雖然對中國了解不深，但他清楚單是能被國家隊邀請集訓，這是某些人努力一輩子都無法做到的事。

可惜任雪糖無法將這份喜悅分享，因為他身邊壓根沒有懂得滑雪的人。

滑雪國家隊主要由國家一隊與國家二隊組成，其中國家一隊的精英將被選拔進入代表隊，直接代表國家參與國際賽事，而其餘一隊運動員則作為替補隊員。另一方面，國家二隊主要由在省級比賽中表現出色的運動員組成，經過專業的訓練後，這些運動員有機會升入國家一隊。

自己能否成為那人中之龍？任雪糖不清楚。

若任雪糖決定接受集訓，這無疑意味著他正式跨入職業運動員生涯的門檻。

然而，在職業運動的世界裡，競爭是極其激烈的。有運動員耗費了大半生的時間投入訓練，卻從未有機會為國家出征一戰。而當運動員年紀接近三十歲時，往往意味著他們的職業生涯即將畫上句點。

他實在無法在短短一兩日內，決定自己今後的人生。

玩單板滑雪的想要進國家隊，可說出的途徑只有三個：

一，運動員從青少年訓練隊伍的 U10、U12、U15 到 U18 階段開始他們的旅程，並在市級比賽中取得優異成績，繼而進入全國青年盃等更高級別的賽事。在這一系列競賽中表現突出，常常位居排行榜前列的運動員，才有可能被國家隊相中。黃群龍正是透過這樣嚴格的競爭機制脫穎而出的佼佼者。

二，國家隊在選拔運動員時不拘泥於單一項目，而是進行跨界選材。他們會從輪滑、滑板、武術、體操等不同運動背景的孩子中進行篩選，因為這些孩子通常具有良好的運動基礎。鑑於體操和武術在國內競爭激烈，部分有潛力的運動員可能會在這些項目中遭到淘汰，這樣的人才若

不加以利用將是一大浪費。因此，國家會將這些孩子引導至其他運動項目，只要年紀尚輕，轉換跑道仍然來得及，俗稱跨界跨項。

三，依靠個人努力自主訓練。但屬於極其罕見，成功的機會微乎其微，任雪糖便是這一類型。

任雪糖背靠椅子，心裡思索著能夠站上冬奧舞台，大概是每個全職滑雪人的終極夢想吧。

真的……

是嗎？

任雪糖的眼神不自覺地，聚焦到牆上貼著的喬戈里峰海報。

他頭腦頓時清醒，閃過白玥粼的臉孔。

他，無意於在世界舞台上嶄露頭角。

他，渴望踏足那被稱為「殺人峰」的雪山。

他滑雪從來不是為了爭名逐利，更多時候僅是出於對白玥粼的思念。

十年來，他都在發同一個夢……

自己終有日能夠與白玥粼重遇。

坐在椅子上的任雪糖淺淡一笑後關掉網站，對於國家隊領隊李懣揚的訊息已讀不回。

正式踏入暑假，香港又變得炎熱。

任雪糖拖著行李，帶著中國行所賺來的酬金，前往機場獨自飛往新西蘭。

七月，卡德羅納高山滑雪度假村。

該滑雪場坐落於皇后鎮與瓦納卡之間，內裡設有八間咖啡廳和餐廳，十五個高山公寓式旅館，以及南半球最大最廣闊的地形公園和半管形雪道。此外，還提供了自行車公園、山地馬車、雪地健行等，令任雪糖可順便練練健行技巧。

抵達新西蘭後，任雪糖換乘國內班機飛往皇后鎮。到達皇后鎮機場後，他叫了一輛車，大約行駛一小時便抵達了目的地。

當任雪糖步入卡德羅納高山滑雪度假村，他立刻仰望天際，感受香港不易擁有的空間感，目睹了細軟如鵝毛的雪花輕盈地飄落，緩緩覆蓋著厚實的雪原。高掛的天空洗練成一片深沉的蔚藍，跟雪地形成了鮮明對比，亦與純白雪峰相映成趣，景色宛若網上的美麗風景照。

如同一貫的流程，任雪糖攜著雪板乘搭纜車，準備上山頂進行高山滑落。

在纜車上觀望風景期間，他發現山頂上有一間咖啡館，棕啡色的木製外牆材料讓它成為雪地上的焦點。

接著，他又偶然發現地形公園上有位平地花式玩得出神入化的女生，腦中響起她上次播放的歌曲。

高橋瑛子身穿 FILA 修身滑雪服，配戴奧地利紅牛經典銀藍色頭盔，於充滿障礙的坡面上滑行。

每跨越一個障礙，朱唇都會露出亮白的皓齒。

著地的姿態擺動輕鬆自如，形態又颯又美。

「咚——」

高橋瑛子躍上一條S形鐵桿，一邊旋轉一邊沿著桿身滑行，完美地呲桿。

呲桿，是指滑雪者在鐵桿滑過的動作，為滑雪「公園風格」必學的技能。

落地前一刻，高橋瑛子甚至採用跳躍翻騰落地，這技巧她已經掌握得爐火純青。

「勁到咁……」纜車上，任雪糖在碎碎唸。

上到山頂，一股冷冽空氣撲面而來。

任雪糖踏出車廂，攜著雪板從山頂眺望，整個卡德羅納高山滑雪度假村一覽無遺。

萬里無雲的晴朗早上，度假村每座建築如同精心製作的甜品，屋頂覆蓋著厚厚的積雪，宛如撒上了一層糖霜。

褐色的外牆讓這冷色系為主的山峰，增添格外的溫馨。

任雪糖橫視周圍的人，發現每名滑雪者人均配備一部GoPro在身上。

GoPro是專門提供給極限運動人士使用的運動攝影機，特點是重量輕，體積小，可以固定在頭盔、胸前扣帶、背包等位置，滑雪時想要拍攝下第一身視覺畫面，這牌子的器材最可靠。

「咁都撞到你！」一把似曾相識的聲音突然出現任雪糖耳邊。

任雪糖轉頭一望，竟然是憨妮！

憨妮戴著Chums藍色針織冷帽，超出她體形的大碼羽絨外套和寬褲。

「嚟旅行？」任雪糖問。

「嚟做嘢啊！」

「你唔係喺日本……」

「原本係㗎，但我表現實在太出色！俾國際獵頭公司鎖定狙擊，轉折地嚟咗依度做產品推廣大使。」

任雪糖打量憨妮全身，看不見半樣產品。

「推廣咩？」

「GoPro！依家我哋有個活動，只要你用 GoPro 拍出精彩或者震撼人心嘅時刻，你就可以得到百萬美元獎金㗎喇，截止時間係今個月底結束前。」

「唔怪得周圍都係戴緊 GoPro 拍片嘅人。」任雪糖恍然大悟。

「你有冇興趣啊？」

「我無 GoPro。」

「買囉，好平咋，計港紙都係二千幾蚊。」

「我無拍攝天分。」任雪糖彎身綁好固定器。「唔啱我。」

「咁唔阻你喇。」

「下次撞到請你食飯。」

說罷，任雪糖站在雪板上直衝下山。

90km/h。

轉眼間，任雪糖已如同一部疾馳的電單車。

一口氣滑上四個小時，任雪糖才滿足這白色鴉片的癮頭。

能量消耗多，食量自然會多。

山下度假村餐廳比預想中多人，其中一家擁有濃厚南美特色，專賣「Asado」的餐廳更是大排長龍，許多飢餓的靈魂被烤肉瀰漫飄出的香氣所吸引。

這家餐廳坐落於一棟由粗獷木材和石頭建造而成的建築內，外觀與周圍的自然雪景融為一體，

任雪糖放眼望入去，餐廳中心是開放式的烤肉區，主要是提供食客打卡，地面上搭建著由木炭和灰燼組成的小山，天花板上懸掛著一隻半剖的牛，主廚不停往其身上撒香料和輕抹油脂，而底下的炭火正發出噼啪作響的熊熊火焰。

食客坐在厚實的木桌和長椅，笑聲和交談聲此起彼伏，桌上不是爽口的啤酒，就是以紅牛特調的飲料。

大家不時拿起手機，對著中間的烤牛拍照。

餐廳其實設有廚房，裡面幾乎清一色是烤爐，燒烤著各種牛肉、豬肉、雞肉、香腸、血腸，這些才是食客真正吃到的，中心區域的烤牛主要是表演、打卡和試食功用。

其實任雪糖還有另一個選擇，度假村外頭有檔攤位正推銷著即食雞胸肉，而且標明「Buy one get one free」，即買一送一優惠。

正當任雪糖想要邁向即食雞胸肉的攤位時，阿薩多的主廚切了些牛肉到圓碟上，拿出來給排著隊的食客們嚐嚐，順便留住他們的胃口。

餐廳的阿根廷主廚對給每位排隊人士逐一分發。

「Here, have a bite!」*（來，嚐一口！）*

就是這麼一個舉動，令任雪糖停留在隊伍。

當他分到一小片牛肉時，覺得它比什麼無價寶都要珍貴。

放到嘴中品嚐後，也沒有讓任雪糖失望，輕微焦脆的外層，滿足了人對嚼感的追求，迷迭香、百里香和粗海鹽的味道與炭火的燻香完美結合，喚醒了味蕾，肉汁隨著咬合流淌出來，既濃鬱又細膩。

一片精心炮製的烤肉，讓任雪糖撐過了飢寒交迫的半小時，只要下一組食客離開餐廳，他便可以投向阿薩多的懷抱。

恰好，一對滑雪情侶結帳離開，如無意外下個輪到任雪糖進入。

殊不知，突然有位不速之客。

高橋瑛子站在餐廳門外，探望裡頭彷彿不用排隊似的。

阿薩多老闆親自出門迎接：「Hey ！ Eiko-san.」*（嗨！瑛子小姐。）*

高橋瑛子直接問：「Got any seats?」*（有座位嗎？）*

阿薩多老闆笑容可掬：「Of course, there is.」*（當然有。）*

任雪糖眼睜睜地看著，無奈地目睹原本屬於他的座位被別人佔去。

可惜滑雪比賽以外的他不是個據理力爭的人，只能默默接受這份不幸，心想再等下一個人離開就好了。

阿薩多老闆帶路：「Right this way.」*（這邊請。）*

高橋瑛子這時才瞧向任雪糖，揚起嘴道謝：「Thanks.」*（謝謝。）*

任雪糖無言以對：「……」

站得有點累的他，索性坐下來。

十三分鐘後，下位食客也結帳離開。

阿薩多烤肉是你的，終究也是你的。

正當任雪糖等到自己可以入去時，阿薩多老闆卻滿臉歉色地說：「I'm sorry, we're closed for a break in the afternoon. I know you've been waiting for a while, but please come back during dinner time.」*（抱歉，我們下午休息。 我知道你已經等了一段時間了，但請在晚餐時間回來。）*

這下子任雪糖就算多麼冷靜，都不由得火冒三丈。

但……

也僅止於此。

「唉。」任雪糖嘆了口氣，攜著雪板尋找其他餐廳。

阿薩多老闆這時又叫住他：「等等！」

任雪糖猛然轉身，眼神重燃希望。

阿薩多老闆拍拍胸口保證：「Next time you come in, the beer is on the house!」*（你下次來的時候，啤酒免費任喝！）*

任雪糖心中欲哭無淚地離開，他是不碰酒精的。

雞胸肉攤位店主仍然宣傳著：「Buy one get one free！」*（買一送一！）*

任雪糖面無表情的拿上醬油雞胸肉、海鹽雞胸肉、田園雞胸肉結帳，然後獨自坐在路邊，拆開包裝苦澀無味地啃著雞胸肉。

以三包雞胸肉充飢填飽肚子後，任雪糖收拾食物包裝跟垃圾準備離開，然而卻有個戴著太陽眼鏡的外國男人豎立在他面前。

男人非常英氣，身穿飛行員夾克，手裡握著以錫紙包裹骨柄的戰斧牛扒。

「You look so pitiful.」*(你看起來好可憐。)*

任雪糖抬起頭說：「Do I know you?」*(我認識你？)*

他笑著搖頭：「No, you don't know me. Eiko just felt a bit awkward, so she sent me to bring you this tomahawk steak.」*(不，你不認識我。瑛子只是覺得有些不好意思，所以她讓我送這塊戰斧牛排給你。)*

任雪糖朝餐廳內的高橋瑛子一瞥，苦笑一聲。

自己就像落魄街頭的乞丐，對方像極城堡裡的公主。

高橋瑛子留意到任雪糖的視線，立馬朝餐廳外澄清：「It wasn't my idea, don't get it wrong.」*(這不是我的主意，別誤會。)*

外國男穩重地低笑幾聲：「She's just like that, speaking with a forked tongue.」*(她就是這樣，口是心非。)*

任雪糖轉而問他：「Then who are you?」*(那你是誰？)*

外國男自信地展出笑容：「I'm Tom Brusen, Eiko's manager and father.」*(我叫湯姆布魯森，瑛子的經理人和父親。)*

任雪糖原本以為是男朋友之類，沒想到竟然是父親，不禁感嘆基因的強大。

「Father? You look very young.」*（父親？你看起來很年輕。）*

Tom Brusen 把戰斧牛扒再遞前些說：「Try it.」*（嚐嚐。）*

既然對方是好意，不是出於嘲諷，任雪糖只好勉為其難地收下。

任雪糖用冷得發僵的嘴巴撕咬戰斧牛扒，本來吃雞胸吃得枯竭的身心，頓時被填滿口腔的肉汁灌注強大的生命力。

Tom Brusen 笑著拍拍任雪糖手臂，轉身回到阿薩多餐廳中。

將近傍晚時分，任雪糖前去滑雪場的公園，打算挑戰一下當地的坡面障礙場地。

高橋瑛子自然也在其中，繼續於雪場翩翩起舞，而他的父親兼經理人手持 GoPro 攝影機，跟拍著女兒。

任雪糖沒記錯的話，高橋瑛子時常在社交帳號中發佈一些經剪接的公園影片，配合音樂讓整件事看起來很帥氣，原來背後功臣正是 Tom Brusen。

任雪糖自己在公園玩了幾轉，沉迷著呲桿的感覺。

每當雪板劃過鐵桿，那一聲清脆的「鏗鏘」聲和平滑移動的愉悅，都會讓人產生出一絲的成功感。

像高橋瑛子那樣，鐵桿可以一條接一條的呲掉，過程不沾雪地，甚至左右鐵桿反覆橫跳，更是賞心悅目。

然而，負責尾隨拍攝的 Tom Brusen 忽地「啊」的一聲，狼狽地捽倒地上。

這下子，鏡頭栽到雪地上。

Tom Brusen 按住腰部，一副吃痛的樣子。

高橋瑛子煞停雪板，轉頭一看後問他：「What's wrong?」*（怎麼了？）*

Tom Brusen 雙手撐起自己，坐起來休息。

「Just a minor accident.」*（只是一點小意外。）*

高橋瑛子抱著手說：「I told you not to push yourself.」*（我告訴過你不要勉強自己。）*

Tom Brusen 微笑道：「How could a winning piece have been shot without me?」*（沒有我，怎麼可能拍出獲勝作品呢？）*

「You're not as good at skiing as I am; how could you keep up?」*（你滑雪技術不如我；你怎麼跟得上？）*

Tom Brusen 是《國家地理》雜誌的攝影師，他鏡頭下的作品盡是霞光豔豔。

高橋瑛子社交媒體上的大多數照片都是由 Tom Brusen 親自拍攝的，每一張都美得可以拿來當海報。

像 GoPro 舉行的拍攝比賽，他自然不會缺席，請纓替女兒拍攝。

「Just give it up.」高橋瑛子呼口氣，想要扶父親起身。「I don't want you ending up in the hospital.」*（放棄吧，我不希望你最終住院。）*

Tom Brusen 恰好看見任雪糖，揮手呼叫他：「Hey！」*（嘿！）*

呲桿上癮的任雪糖注意到 Tom Brusen 對自己揮手，迅即刻滑轉彎滑過去。

任雪糖停在他面前問：「What's up?」*（什麼事？）*

Tom Brusen 遞出 GoPro 攝影機：「Interested in shooting a video for the famous Takahashi Eiko?」*（有興趣為大名鼎鼎的高橋瑛子拍攝影片嗎？）*

高橋瑛子反應很大，第一個站出來反對：「No way! We don't even know this person at all.」*（不要！我們甚至根本不認識這個人。）*

Tom Brusen 哈哈一笑道：「Didn't you say he almost had you beat in Japan last time?」*（你不是說上次在日本他差點把你打敗嗎？）*

高橋瑛子臉蛋湧上尷尬的情緒，別過了臉道：「Anyway, just don't.」*（總之，就是不要。）*

任雪糖攤一攤開雙手說：「You're talking like I'm all for it.」*（你說得我好願意幫你們一樣。）*

Tom Brusen 拋出誘因：「Fancy some Asado barbecue? We know the restaurant owner and can get you a seat, even if it's fully booked.」*（想吃阿薩多烤肉嗎？我們認識餐廳老闆，可以給你安排座位，即使預約座位都滿了。）*

任雪糖愣住了，他問：「Does that mean you're inviting me to dinner?」*（是請我吃飯的意思嗎？）*

「You could take it that way.」*（你可以這麼理解。）*

別人收錢辦事，任雪糖收一頓飯做事，純粹的人就是這麼好收買。

任雪糖接過 GoPro 攝影機：「Deal.」*（成交）*

高橋瑛子有些抗拒，但米已成炊。

任雪糖的任務很簡單，只需要尾隨高橋瑛子背後，拍攝她做出各種高超花式即可。

Tom Brusen 站起身拍掉身上的雪時說：「Once you're done, hit me up at the cafe on the summit; I'm gonna take a break.」*（完成後，到山頂的咖啡館來找我；我要休息一下。）*

高橋瑛子叫住他：「My Bluetooth speaker!」*（我的藍芽喇叭！）*

Tom Brusen 從滑雪服口袋掏出藍芽喇叭，拋到任雪糖身上說：「Catch, buddy! Eiko can't live without her music.」*（接住，夥計！Eiko 沒有音樂會死。）*

如是者，任雪糖和高橋瑛子兩人乘搭吊椅纜車，回到坡上公園的起點。

過程中，兩人沒有半句說話。

高橋瑛子冷不防的說：「Play some music.」*（播點音樂。）*

任雪糖拿出早前 Tom Brusen 交給他的藍芽喇叭，按下播放鍵後「Diddy」的《I'll Be Missing You》輕快的前奏悠悠播出。

歌曲結束後，吊椅纜車剛好上到公園起點。

「Don't fall behind.」*（別跟掉了。）*

說罷，高橋瑛子挪前一點從纜車落下，轉身滑落公園場地。

任雪糖跟著她，手持電池握把跟著高橋瑛子後方。

滑雪拍攝不是單純跟在身後就可，需要按被拍攝者的節奏來調整速度，確保對方身影盡收鏡頭內。

拍攝者同時需要反覆注視鏡頭畫面和現實畫面，不然稍不留神會像Tom Brusen 般摔一跤。

對於任雪糖而言，滑雪如用雙腳走路無異，他大部份時間都集中在鏡頭畫面上。

一般來說，負責拍攝的人不用跨越障礙道具，但是任雪糖有時技癢，會跳上金屬箱或是跟上跳台，令拍攝出來的畫面更有動感。

可是兩人的滑雪節奏，沒有想像中合拍。

例如，高橋瑛子上彩虹桿前，比較著重姿勢的優雅程度，所以會稍為減速調整，視它為其中一個舞台，花心思在鐵桿上做出拉板頭等動作。

相反，任雪糖習慣競速，會視彩虹桿為一個障礙，比較著重如何更快跨越它。

兩人的頻率不一致，會導致鏡頭拍攝主角時，時近時遠，極不協調。

滑到終點後，兩人會停下檢查影片。

「You're too fast. Are you in a hurry to meet your maker?」*(你太快了，你趕著去死嗎？)*

「……」

任雪糖語塞。

高橋瑛子神情嚴肅地說：「Let's do it again.」*（再做一遍。）*

兩人坐上吊椅纜車，再一次滑下山坡，重重覆覆了合共十多次。

其中一次拍攝時，任雪糖把影片拍得相當不錯，可是高橋瑛子還是皺著眉頭，指出不太明顯的瑕疵。

高橋瑛子很理所當然地說：「Go buy me a bottle of drink.」*（去買瓶飲料給我。）*

而任雪糖不知為何，很理所當然地去購買飲料。

任雪糖買來兩罐含糖 Red Bull，兩人坐在雪地上仰頭暢飲。

「咕咕咕咕⋯⋯」

紅牛能量飲料給喝光後，高橋瑛子又把空罐遞向任雪糖。

任雪糖愣然地接過空罐，替高橋瑛子扔到不遠處的垃圾桶去。

第十五次坐上吊椅纜車。

任雪糖好奇地問：「Do you live like a princess on the regular, not having to lift a finger?」*（您平日生活是否像個公主，不用動一根手指頭？）*

高橋瑛子報以一個虛假的笑容說：「You guess.」*（你猜。）*

任雪糖聳聳肩回應：「I guess so.」*（我猜應該是。）*

突然間，歡呼聲從天空傳來。

他們抬頭一看，一個人帶著巨大的飛行傘在空中滑翔，真正讓人目瞪口呆的是，那人的腳下竟然還綁著滑雪板。

Speedriding，中文可以翻譯為「飛行滑雪」，這是結合了滑翔傘和滑雪兩項元素的極限運動。

能夠駕馭 Speedriding 的人，是世上最自由的人。

即使是像任雪糖和高橋瑛子這樣天賦異稟的滑雪高手，當目睹那些在空中翱翔的滑雪者時，也不免心生嚮往。

滑雪結合滑翔，膽子得有多大？

任雪糖無端地問：「Why did you call me a megalomaniac after the last competition?」*（上次比賽完結後，你為什麼說我是自大狂？）*

高橋瑛子側目一瞥，沉思片刻後說：「You, dreaming of shattering the HP aerial rotation record, what are you if not a megalomaniac?」*（你，妄想著打破 U 型管空中旋轉紀錄，你不是自大狂又是什麼？）*

HP 是 Half Pipe Skiing 簡稱，中文為 U 型管空中旋轉。

「喔⋯⋯」任雪糖若有所思地點頭。

高橋瑛子輕輕敲打他手臂說：「Jump.」*（跳。）*

兩人繼續緊湊的拍攝，拍攝距離配合得越來越好，任雪糖常常發生的超越情況沒再發生。

晚上，滑雪場的大燈全開。

大部份滑雪者們早已回到室內去，高橋瑛子匯合從山頂下來的父親，與任雪糖一起來到阿薩多烤肉餐廳中。

Tom Brusen 遵守自己的約定，讓任雪糖在餐廳吃頓飽，兩父女則

反覆重看用 GoPro 拍攝的影片。

討論了半個小時，神情緊皺的高橋瑛子才吃第一口。

Tom Brusen 較為寫意，一邊喝著百威啤酒，一派輕鬆。

Tom Brusen 有感冷落了對面的任雪糖，於是主動認識他：「Which sponsor's rider are you?」*（你是哪間贊助商的滑手？）*

任雪糖如實地答：「I don't have a sponsor.」*（我沒有贊助商。）*

「So, are you a professional snowboarder?」*（那麼你是單板滑雪運動員？）*

「I'm just an amateur snowboarder.」*（我只是個業餘的滑雪者。）*

Tom Brusen 淺淺輕笑道：「That's impossible, I don't know about skiing, but I can tell your skiing skills are on par with a professional.」*（不可能，我不懂滑雪，但你滑雪技術我可以看出，比得上職業滑手。）*

任雪糖心裡暗爽，尷尬傻笑著。

Tom Brusen 把啤酒罐湊到嘴前，突然又放下來追問：「So, are you a snowboard instructor?」*（所以你是單板滑雪教練？）*

「I'm really nothing at all.」（我真的什麼都不是。）

「It's a pity, if you pursued skiing professionally, you would likely have a promising future.」*（可惜，你如果把滑雪向職業化發展，應該會很有前途。）*

任雪糖收起笑容，稍為認真地說：「In Hong Kong, it is

exceedingly difficult for a sport to become professionalized.」*(在香港，一項運動想要職業化，是無比困難。)*

Tom Brusen 瞇眼點點頭：「True, it's not likely to have snows in Hong Kong.」(也是，香港好像不會下雪。)

「Moreover, the thing is, Hong Kong's pretty tiny and the government's all about the finance sector. You're pretty much on your own until you make it big.」*(不單如此，重點是香港地方小，政府重點發展金融行業，在你獲得成功前，不會得到任何幫助。)*

任雪糖自覺相當幸運了，能夠出生在衣食無憂的家庭環境中，每年雪季還可以出國滑雪培訓自己的興趣。

換作收入不是特別高的家庭，每次滑雪都會滑得錢包出血。

「So, do you want to turn snowboarding into a career in the future?」*(那麼你未來想把單板滑雪發展成職業嗎？)*

「I've never considered it as a profession, but if possible, I would like to give it a try.」*(我未曾把它視作為職業，但如果可以……我會想嘗試。)*

Tom Brusen 搭著女兒的肩膀說：「Eiko, give him some advice.」*(瑛子，給他個建議。)*

高橋瑛子目光仍停留在影片上，一邊又說：「Professional snowboarding has only three paths: instructor, sponsored rider, and professional athlete. Those without talent become instructors, those who are fearless and want to make money become sponsored riders, and only the very best become professional athletes.」*(職業單板滑雪只有三種路徑：教練、贊助騎手和職業運動員。那些沒有天賦的人成為教練，那些要錢不要命的人成為贊助騎手，只有最優秀的人才能成為職業運動員。)*

高橋瑛子的世界中，滑雪教練都是沒有天賦的人。

任雪糖思量一番後答：「If possible, I'd like to be a sponsored rider; it seems more liberating.」*(如果可以，我想當一個贊助滑手，比較自由。)*

高橋瑛子繼續問：「So, do you know how to market yourself online?」*(那麼你懂得在網絡上經營自己嗎？)*

「No.」*(不會。)*

「Then let me teach you the quickest shortcut to becoming a sponsored rider: take on the most dangerous routes without hesitation.」*(那麼讓我教你成為贊助騎手的最快路徑：毫不猶豫地走上最危險的路線。)*

「Eiko, don't encourage others to risk their lives.」*(瑛子，不要鼓勵別人冒生命危險。)*

「There are less than a thousand sponsored riders worldwide; to achieve the extraordinary, one must be willing to pay the price.」*(全球的贊助滑手不足千人，想要能人所不能，就必須願意付出代價。)*

任雪糖抿嘴說：「She's right.」*(她說得對。)*

高橋瑛子放下攝影機說：「I'm planning to go down to the base of the mountain tomorrow to shoot by myself.」*(我明天打算去山*

下的地方獨個拍攝。）

Tom Brusen 咬著烤腸說：「Outside the ski resort?」*（滑雪場外面？）*

「Yes, the stuff we've been shooting is just too boring.」*（對，我們拍攝的東西太無聊了。）*

「Do you want me to come with you?」*（要我陪你嗎？）*

「No need, I want to plan the route by myself.」*（不用，我要獨自規劃路線。）*

「Alright, be careful on your own.」*（好吧，你自己小心。）*

阿薩多烤肉之夜，補圓了任雪糖中午的遺憾。

用餐後，他跟兩父女道謝，便回到自己的酒店房間裡。

翌晨，天色尚未放亮，壓雪車已出動輾平雪地。

他拎起滑雪服準備穿著時，仍依稀嗅出阿薩多烤肉的氣味。

昨日吃得太濃味，今早任雪糖想要輕盈些，於是他在酒店餐廳中點了碗甜麥皮、蛋沙律和數片煙三文魚。

任雪糖成為全場最早的人，登上山頂出發。

同一個簡單平淡的直滑降動作，任雪糖十餘年間重覆了無數遍。

當滑雪愛好者技術日益精進，他們常尋求更多樣化的滑雪方式，如刻滑、平花、公園或野雪。這種轉變是因為他們對於傳統直滑或轉彎的技巧已感到不再有挑戰性。

若果想要形容任雪糖的風格，那麼非「直滑降」莫屬。

所謂「直滑降」，是指滑雪者在斜坡上直接下滑，而不轉彎的動作。

這是一種極限滑法，因為它涉及高速下滑且不進行任何減速的轉彎，這樣做會增加摔倒和失控的風險，要求滑雪者擁有極高的技術和控制能力，以及對斜坡條件的深刻理解。

人面對自身速度提升，危險訊號會不停在大腦響起，要求身體馬上執行減速動作，這是源自人體的自我保護機制。

正如你明知前方沒有障礙物，但闔上雙眼向前不停奔跑，心中始終會產生無形的恐懼，感覺有什麼快要撞上，大腦會叫你減慢甚至停下。

這是大腦最好的機制，因為他限制了人類做出危險性行為。

但假如想要突破極限，就必須克服對危險的畏懼，關閉大腦的自我保護機制。

這相等於關閉身體的安全模式。

憑著意志，征服速度。

這是白玥粼教他的。

直滑降另一個鍛鍊特點是適應 G-force。

G-force，中文為重力加速度。

一般單板滑雪項目中，滑雪者無需特別針對 G 力鍛鍊，因為正常滑雪者會懂得控制速度，平均不會超過 100km/h 的界線。

但任雪糖面對的挑戰是獨一無二的，他要征服的是位於世界第二高峰的「巔峰道」。

那兒不僅地形高落差，而且還得在雪崩的追逼下疾行，這讓滑行者無法通過曲線路徑滑行來減速，因此危險的直線高速下滑成為不得已的選擇。

在這樣的情況下，滑下來時的速度驚人，平均時速達到了 130 至 180km/h。

這種速度哪怕出現在高速公路上，也無疑是瘋狂超速的範圍。

其時，他身體將要承受 3.5G 至 4G 的重力。

想理解 G 力是什麼感覺，這裡有個好簡單的例子，那就是你乘坐飛機時，飛機起飛的時候，座位上的你會感覺到有股力量壓在身上，那力量就是 G 力，不過那僅僅屬 1G，乃正常人可接受範圍。

上一級的 2G，大約如同乘坐雲霄飛車無異。

對於常人來說，當承受的 G 力達到 4G 至 6G 時，便很容易因為血液無法有效送達大腦而導致昏厥，尤其是在高海拔地區，空氣稀薄更加劇了這種風險。因此，對任雪糖而言，進行直滑降的訓練遠遠不只是追求速度的刺激，更是一種持續不斷的抗 G 力耐力練習。

每個雪季，任雪糖都會反覆進行這種嚴苛訓練。

因為健身室不會有器材，給予人們用於訓練抗 G 力的耐力。

如今任雪糖的一般時速約 159km/h，白玥粼當時在喬戈里峰上最高時速，有人估算出超過 200km/h。

只要任雪糖尚未突破到 170km/h 的心理關口，他都能想像出自己會如何在喬戈里峰上喪命。

每次持續兩三小時直降滑行，任雪糖平均會脫水 2.5KG 至 3KG 左右。

滑雪服、頭盔和滑雪鏡底下，他是個汗如雨下的人。

「嗄……嗄……」任雪糖喘著氣，步行到山上的咖啡館。「嗄。」

通常中午的時分，他不會繼續練習，因為這是太陽最猛烈的時段。

咖啡館外頭的收納架上，擺放著不同牌子的雪板，這兒就像大家停泊的名車。

任雪糖放好自己的雪板，踏入咖啡館後只想大喝特喝。

這家看似樸實無華的咖啡館其實是一片溫馨的港灣，其木製面板與石質基座跟峰嶺的壯闊景觀相得益彰，巨大的窗框外呈現著令人屏息的景色。

新鮮研磨的咖啡豆香與熱巧克力的香氣相互交織，身穿滑雪服的顧客們靠坐在扶手椅上，享受著口感鬆軟的烘焙點心。

水吧位置上的黑板，被人以粉筆寫有店家號稱的終極提神飲品——「【Red Bull】 Energy Snow Mountain Drink」。

「紅牛能量雪山？」抬頭的任雪糖讀出直譯的飲品名字。

對於高強度訓練的滑雪者來說，單單是水已不能滿足他們身體所需，甚至水喝太多對稍後訓練沒有好處，身體更需要糖分補充能量。

可能 Rell Bull 公司對每個極限滑雪者來說都充滿著憧憬，任雪糖也不能免俗地點了這款能量飲品，並在吧檯的高椅坐下來。

任雪糖全程觀看著職員如何製作紅牛能量雪山飲料，大概是加了利

賓納和波蘿汁，緊接加入紅牛能量飲料和冰塊，最後加入新鮮黑莓及藍莓後大功告成，盛惠二百多港幣。

雖然價錢貴得很，但外觀看上去非常賞心悅目。

任雪糖品嚐第一口，立馬覺得精神抖擻。

Tom Brusen 笑容燦爛地打招呼：「Snowboard Dude ！」*（單板滑雪小子！）*

任雪糖揚起手中飲料，向對方也打了個招呼

Tom Brusen 拍一拍身旁三十多歲的男性肩膀上，又對他說：「Let me introduce you to my friend, Donny. He's a skydiving instructor and also a model buddy of Eiko.」*（讓我向您介紹我的朋友唐尼，他是跳傘教練，也是瑛子的模特兒好友。）*

Donny 是位高大英俊的印度人，輪廓精美得如經雕琢。

任雪糖會心點頭，釋出善意。

Donny 馬上問：「Have you ever tried speedriding?」*（你有玩過飛行滑雪嗎？）*

任雪糖搖頭，繼續小口輕呷飲料後回答：「No.」*（沒有。）*

Donny 一副想邀請他的樣子，說：「Are you interested?」*（你有興趣嗎？）*

倏地，Tom Brusen 收到高橋瑛子的來電。

Tom Brusen 湊到耳邊接聽：「What's the matter, honey?」*（怎麼了，親愛的？）*

電話另一端的高橋瑛子沒有聲音，Tom Brusen 不以為然，按下中止來電。

「Looks like the ski suit pocket-dialed again.」*（看來滑雪服又被口袋誤撥了。）*

某些時候，手機被放入滑雪服的口袋中，會因身體大幅度的擺動，而誤觸按鍵鬧出不少情況。

Donny 問：「Where did your daughter go?」*（你女兒去哪了？）*

「She's somewhere down the mountain, outside the ski area. Said she was looking for a good spot to shoot some videos.」*（她在山下滑雪場外的某個地方，她說想尋找一個拍攝影片的好地方。）*

未幾，高橋瑛子又致電過來，這次同樣沒有出聲。

Donny 笑說：「It seems like the signal is pretty bad.」*（看來信號很差啊。）*

Tom Brusen 說：「Eiko ？」

兩人處於狀況外，唯獨任雪糖眉頭越皺越緊，他一把搶過手機，並按下擴音鍵。

「窸窣窸窣……」電話另一頭傳來不明磨擦聲。

任雪糖眼光越放越大，最後說：「She's trapped.」*（她被困了。）*

Tom Brusen 和 Donny 都呆住了，一副不可置信的樣子。

Tom Brusen 皺眉，面露擔憂地說：「Why did you come to that conclusion?」*（為什麼會得出這個結論？）*

任雪糖續問：「Does Takahashi Eiko use an Apple Watch?」*(高橋瑛子使用 Apple Watch 嗎？)*

「Yes.」*(是的。)*

任雪糖重新穿好滑雪外套後說：「The Apple Watch has a "Fall Detection" feature, so if the user doesn't move for a minute and a half, it'll automatically reach out to emergency services and the emergency contacts.」*(Apple Watch 具有「跌倒偵測」功能，如果佩戴者跌倒一分半鐘後，依然沒有到任何動靜，它會自動聯絡緊急服務和緊急聯絡人。)*

Tom Brusen 立刻意識到問題嚴重性，馬上問：「Did she faint?」*(她昏倒了嗎？)*

任雪糖推測：「She might have fallen into a tree well.」*(她可能掉進了樹井。)*

樹井，乃大自然佈下的天然陷阱。

每年都會發生滑雪者死於樹井的意外，特別是滑野雪的新手。

當雪從天而降並圍繞著樹木積累時，樹冠會阻擋雪花直接落在樹幹周圍，使得樹幹附近的雪比周圍的雪少，形成了樹周圍的一個空洞或井狀結構。

這個井狀的空洞通常被覆蓋著柔軟的未經壓實的雪，外表可能看起來和周圍的積雪無異，但如果一個滑雪者不小心經過，就可能會陷入其中並且很難自行爬出。

跌落方式通常是倒栽葱方式插進積雪中，由於全身被埋在積雪之下，四肢無法擺動，憑個人之力是難以擺脫險境，最後會窒息而死。

這些任雪糖沒跟他們解釋，因為解釋得來高橋瑛子都窒息死掉了。

Donny 打開手機上地圖說：「We've got to ski down a good distance, take a huge detour and cut through the forest to get to where Eiko is taking pictures.」*(我們必須滑雪一段距離，繞一大圈，穿過森林才能到達瑛子拍照的地方。)*

Tom Brusen 非常急切地說：「Will the ski patrol get there fast enough? She needs help now!」*(滑雪巡邏隊能夠快地到達那裡嗎？她現在需要幫助！)*

任雪糖快瞥了地圖一眼，這個距離莫說是別人，就算自己都恐怕得花上一段時間，何況要穿越危險的樹林區域。

由於高橋瑛子位於後山位置，山頂的他們無法直接滑落，因為那裡是懸崖，得滑到山底再繞一大個圈。

就在此時，他腦中冒出一個驚為天人的想法。

任雪糖搶去 Donny 的降落傘包，毅然跑出咖啡館。

Donny 追出來問：「What happened!?」*(怎麼了！？)*

任雪糖迅速將自己的雪板從收納架抽出，雙腳綁好在固定器上，然後簡單地說：「Speedriding.」*(飛行滑雪。)*

「Didn't you say you've never tried speedriding before!?」*(你不是說你從來沒有嘗試過飛行滑雪嗎！？)*

任雪糖開始滑去面向後山的懸崖，說：「Yes, but there's always a first time.」*(是的，但總有第一次。)*

Donny 原地呆住了。「……」

任雪糖稍稍轉身，不忘向 Donny 問：「How do you deploy the parachute pack?」*（如何展開降落傘包？）*

「Pull the handle!」*（拉動手把！）*

知曉降落傘操作方式的任雪糖集中到速度上，以最快的姿態衝向懸崖。

對未曾跳過傘的任雪糖而言，這種行為無容置疑⋯⋯在玩命！

靠近山頂懸崖拍照的一些滑雪者，看見即將疾馳而來的任雪糖都嚇了一驚，紛紛讓路退開。

任雪糖鎖定懸崖邊緣一個梯形的凸位，然後毫無保留地衝過去！

任雪糖心臟怦然跳動，大腦的理智極力阻止他這瘋狂的行為。

但擋不了⋯⋯

他的心，

他已在飛翔。

任雪糖躍起騰空，萬丈深淵盡收眼內。

半空中，時間彷彿緩慢下來。

他的思維慢到足夠自我思考，自己究竟為什麼要這樣做。

自己是真的想拯救高橋瑛子，還是單純有個讓自己做出狂妄行為的藉口？

任雪糖⋯⋯

你到底，在想什麼？

風聲嗡嗡地呼嘯，神經繃緊地捆綁著肌肉。

地心吸力不斷把他扯落地面，飛得越高的人……

摔得越慘。

「嗄！」任雪糖咬緊牙關，拉動降落傘的拉環。

降落傘背包隨即釋出一團緊密折疊的尼龍織物，在空氣的衝擊下，這團織物迅速展開並鼓脹起來，如同綻放的鮮花。

任雪糖俯視崖下的樹林區域，嘗試尋找高橋瑛子的身影，最後在某棵樹下發現部份外露的衣物和雪板。

任雪糖拉著降落傘向下衝，多年觀看影視作品的經驗，讓他明白正確的著陸姿勢。

板刃首先觸碰雪面，減慢持續向前的慣性，等任雪糖穩住了重心後，他自轉一圈，雙手同時拼命地收攏著降落傘的懸掛線和布料，因為它們會因風勢拉住任雪糖，阻礙其前進。

自轉一圈後任雪糖把收回的降落傘緊抱懷中，再轉換回 Regular 滑姿，壓身穿越樹林前往意外地點。

當到達高橋瑛子意外所在後，任雪糖馬上煞停自己。

如同自己的判斷一樣，她誤踩了樹井以倒栽葱姿勢陷入，無法脫身。

任雪糖粗暴地脫掉雪板，雙手不停地挖掘著被埋住的高橋瑛子。

穿戴著滑雪手套挖掘效率不佳，因為觸感太低抓不起大巴的粉雪，如果有帶折疊鏟出來會好很多。

一不做二不休，任雪糖索性脫掉滑雪手套，赤手挖掘粉雪。

以凍傷雙手為代價，任雪糖挖出一個小空間供高橋瑛子呼吸。

任雪糖呼叫：「Eiko ！」*（瑛子！）*

高橋瑛子意識模模糊糊，臉部嘴唇冷得發青，勉強回應：「嗄……」

任雪糖不想讓她睡著，繼續跟她保持交流：「Can you hear me ？」*（你聽得到我嗎？）*

高橋瑛子沒有回答。

任雪糖這下挖掘得更用力，雙手由麻痺轉變成刺痛。

「呀……」中間任雪糖痛得本能地想要戴回滑雪手套，但他苦苦堅持著。

數分鐘的不要命挖掘下，樹井周圍的空間給挖得更大，讓任雪糖有能力把高橋瑛子從中拉出。

「Eiko ！」任雪糖搖晃著高橋瑛子，觀察到她胸部沒有起伏，這代表沒有呼吸或只有很微弱的呼吸。

任雪糖雙手放在其胸骨，開始為其按壓進行心肺復甦術。

任雪糖按壓到第三十次後，摘下了高橋瑛子和自己的滑雪鏡，低頭給她進行兩次人工呼吸。

採用美國心臟協會「30：2」的操作方式，每進行三十次胸外按壓後，做兩次人工呼吸，這過程一直維持到雪地巡邏隊的警笛聲漸漸靠近。

高橋瑛子模糊中張開眼皮，凝望著任雪糖。

「咳……」這一下極其輕微的咳嗽，表示呼吸道中有空氣流動。

眼見高橋瑛子回復自主呼吸，任雪糖方停止心肺復甦術。

任雪糖安撫她說：「Don't worry, I'm here.」*(別擔心，我在這裡。)*

回復意識的高橋瑛子緊張地呼吸，慌亂的目光四處掠過，本能地緊抓著任雪糖的手。

高橋瑛子幾乎湧出淚水，說：「I'm still here……」*(我還在這裡……)*

任雪糖緊緊握著她的手，給予一個平時不怎麼展示的微笑。

「轟轟轟……」雪上電單車駛至，上面的救護員揹著急救包下車。

任雪糖讓出空間給救護員，自己功成身退，摸住凍傷的手走到一旁。

不一會，直昇機都到場了，並使用最昂貴的方式，將高橋瑛子從雪地送往當地醫院。

事後，任雪糖獨自回到酒店，倒了盆熱水，把手浸泡在裡頭，緩和凍傷的不適。

這段時間中，他回想著不久前滑出懸崖的行徑，突然覺得這行為非常可怕，自己到底哪來的勇氣。

第二天，Tom Brusen 聯絡滑雪場職員，讓他們尋找任雪糖並傳達口訊，讓他來到當地皇后鎮的醫院。

當到了他們所在的樓層後，一眼便見 Tom Brusen 抱手站在走廊上。

Tom Brusen 揮手說：「Hey kiddo!」*（嘿小子！）*

相比昨日憂心忡忡的樣子，現在 Tom Brusen 已輕鬆得多。

「How's your daughter?」*（你女兒怎麼樣了？）*

Tom Brusen 拍他肩膀說：「Thanks to you, there were no serious issues.」*（多虧了你，才沒有出現嚴重的問題。）*

「That's really great to hear.」*（聽到這真是太好了。）*

「She wants to see you.」*（她想見你。）*

任雪糖愣住，Tom Brusen 點點頭，指向病房裡頭。

任雪糖小心地踏入病房，慢慢走至高橋瑛子的床邊。

高橋瑛子不受頭盔壓迫的秀髮和滑雪鏡掩蓋的臉孔，少見地完整呈現任雪糖面前。

醫院窗外紛飛的雪花緩緩覆蓋著這世界。

躺在床上的高橋瑛子看見任雪糖到來後，唇上浮現出一絲不經意的喜悅。

昨日生死時刻，任雪糖可以無愧地安撫高橋瑛子，但現在要熱切地關心高橋瑛子，卻有點如鯁在喉，畢竟他們沒有真的那麼熟。

高橋瑛子也沒開腔，只拎起任雪糖的手凝視，接著另一隻手拿出凍瘡膏，放到任雪糖攤開的手掌上。

「……」

任雪糖感到有些意外，瞳孔稍稍張大。

心高氣傲的高橋瑛子，言語中終於放下姿態說：「救ってくれて、命の恩人です。本当にありがとうございます。」*(你救了我，是我的救命恩人。真的非常感謝你。)*

但她用日文答謝，似乎沒有心想讓任雪糖聽得懂。

就算任雪糖日文再不濟，都聽得懂「ありがとう」是謝謝的意思。

任雪糖淡淡一笑道：「Take care.」*(保重。)*

說罷，任雪糖準備離開，不打擾她休息。

高橋瑛子叫住他：「Hey.」*(喂。)*

「嗯？」任雪糖轉身面向她。

「Can you,」高橋瑛子含糊其辭，猶豫了一下才問出口：「can you be my emergency contact?」*(你能……你能成為我的緊急聯絡人嗎？)*

任雪糖腦子一時間轉動不了。

最後任雪糖還是點頭答應：「Okay.」*(好吧。)*

高橋瑛子呈出左手，讓任雪糖在自己手腕上的 Apple Watch 輸入聯絡號碼。

任雪糖小心翼翼按下自己的電話號碼後說：「See you around.」*(後會有期。)*

走出病房後，Tom Brusen 送他到醫院門口。

單手插腰的 Tom Brusen 望向太陽說：「How many more days will you be staying?」*(你還會留多少天？)*

任雪糖回答：「I should be leaving soon.」*（我應該很快就要離開了。）*

Tom Brusen 笑得很燦爛，他說：「I've never seen Eiko take the initiative to meet guys before.」*（我從沒見過瑛子會主動認識男生。）*

「It seems this is my honor.」*（看來這是我的榮幸。）*

能夠結識世界級單板滑雪花式特技金牌運動員，確實是任雪糖的榮幸。

多少人炫耀財力、相貌英俊、投懷送抱，都沒有任雪糖一次英雄救美有用。

Tom Brusen給他一張記憶卡，又說：「This is a gift for you.」*(這是給你的禮物。)*

任雪糖收下記憶卡後問他：「What is this ？」*（這是什麼？）*

「Your parachute harness had a GoPro camera attached yesterday; you captured the entire rescue process. Go ahead and enter it in the competition; you're sure to be the champion.」*（昨天你的降落傘安全帶上安裝了一台 GoPro 相機； 捕捉了整個救援過程。參加比賽吧； 你一定會成為冠軍。）*

任雪糖收好記憶卡，兩人互相擁抱後便道別。

回到酒店，任雪糖在電腦上插入記憶卡，反覆重看救援影片數十次，才心滿意足的上載到 GoPro 攝影比賽的官方網站上。

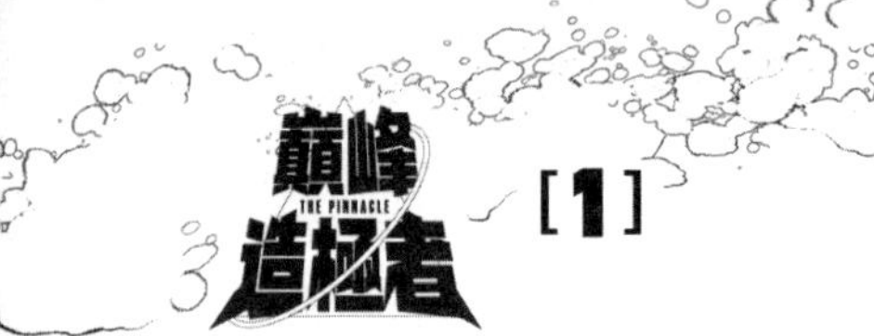

第十五章

非常規特訓

任雪糖注視著 GoPro 官方網頁，距離他上載雪地救援影片已有一個月，今日即將會公佈冠亞季軍。

「嗒」

任雪糖按下重新整理，這次顯示出得獎作品了。

季軍，夕陽下的騎士。

這影片內容是越野單車運動員拼命地往山下衝。

亞軍，無重力者。

這影片內容是跑酷高手在摩天大樓飛簷走壁。

冠軍，被救的世界冠軍。

這影片內容是單板滑雪者拯救一名墮入樹井的金牌運動員。

任雪糖眼睛像凝固住一樣，整整二三十秒沒有眨過眼。

第一名，真的是任雪糖自己。

任雪糖心臟怦然大跳，像裡面有一隻松鼠想蹦出胸口，他全身顫抖得無法控制。

沒有他預想中的大跳大叫，有的是內心的無限激動。

能讓任雪糖震奮如此的原因，主要是獎金金額極高，第一名的他可

以獲得七十五萬港元。

如果這筆獎金運用恰當，至少可以出國攀登兩座高山，為日後攀登喬戈里峰拿取經驗。

任雪糖興奮不久後，遠在日本的高橋瑛子很快便給他傳送訊息，但內容不是祝賀他勝出，而是責罵他為何要改這樣的標題。盡管給高橋瑛子打上了馬賽克，人們根據標題「被救的世界冠軍」和雪板的圖案，雪圈論壇的人都隱約推測出對方正是高橋瑛子。

任雪糖沒解釋太多，只是傳回她一個微笑的表情，便不再看手機訊息。

八月炎炎夏日，任雪糖記得上年的暑假時，跟過父親前去秘魯滑雪，想不到不經不覺又一年。

沒雪可滑的日子，任雪糖聯絡了南宮妍，讓她帶自己去攀山，順便前去購買大堆的攀岩裝備。

旺角，西洋菜南街。

一段時間不見，南宮妍皮膚漸漸偏向小麥色，反映出她依然專注在自己領域上，沒有半點懶惰。

「手信呢？」兩人一碰面，南宮妍馬上伸臂搭到任雪糖肩膀上。

「你有話要咩？」

「即係無喇。」南宮妍揑住任雪糖膊頭。

南宮妍的握力可不是蓋的，任雪糖被揑得頓時酸軟，殘餘陣陣發麻感覺。

「啊……」任雪糖下意識縮開，指向商廈。「你陣間上去揀樣嘢，我埋單。」

「好，上二樓。」

兩人相約地點是百寶利商業中心，那是一幢包羅萬有的商廈。

二樓有間佔據全層的店舖名為「沙木尼登山用品」，這是專門售賣專業攀山及露營用品的店，它是登山者的天堂。

沿著扶手電梯上到二樓，沙木尼登山用品店便納入兩人視線範圍中。

店舖內部寬敞明亮，因為採用了大片的平面照明，讓整個空間充滿了柔和且均勻的光線，淺色的地板與周圍的裝飾形成對比。

甫踏入店舖內，便見中央展示架上面擺滿了各式各樣的戶外用品，包括水壺、導航設備、地圖和書籍，一旁豎立身穿防風外套的假人模特，又附有設置好的露營帳篷和煮食用具，顯然全是店家今期推銷的產品。

這裡每個角落空間都被用到極致，其中一處有不同功能的鞋履，鞋盒像小山給疊得高高的，上面擺有越野跑鞋、高山鞋、攀石鞋等。

木質收銀台上繪有著山的輪廓，並引用了 Walter Bonatti 的句子——

" Climbing is not a battle with the elements, nor against the law of gravity. It's a battle against oneself."

這番話表達了攀岩更多是一場內心的挑戰，而不僅僅是對抗自然或重力的鬥爭。

收銀台後方是金屬鐵架，那裡有序地掛滿各種攀岩和戶外用品，包

括繩索、背包、水壺、頭燈、攀岩器材等，底部的架子上放有護膚霜、消毒藥水、紙巾等被當成購物贈品。

靠右面牆壁掛有戶外服裝的衣架，顏色鮮艷多樣，從深色的防水外套到亮色的運動衫都陳列得整齊有序。衣架之上，各種背包被懸掛起來，它們的顏色和尺寸各異，至於靠近天花板的地方，還有更多的背包和睡袋，與及部份尚未拆除防塵的透明塑膠袋。

左側擺放很多大大小小的陳列架，由鎖具、水樽、行山杖、頭盔、能量食品、照明工具、雨具、求生用品都一應俱全。

貨品這樣密密集集的空間，給予任雪糖莫名的安全感，彷彿置身於一個安全室中，自己周圍全是保護裝備。

任雪糖看得眼花撩亂，也不知從何入手好。

任雪糖不知要買什麼，索性先讓南宮妍挑選。

「你揀，你有咩想做手信，幾貴都得。」任雪糖說。

「你係想我意思意思，定係認真揀？」南宮妍笑問。

「幾貴都得，當係多謝你教咗我攀岩成年。」

南宮妍嘟嘴思考一會後說：「咁我唔同你客氣。」

南宮妍走到收銀台前說：「老闆，有冇 EVOLV 嘅 Shaman Climbing Shoe ？」

沙木尼老闆使用電腦查閱後說：「阿妍？依隻要特登喺外國訂喎。」

「幾錢啊？」

「計埋運費，大約七千港紙你可以？」

得到任雪糖的點頭答允，南宮妍也拍板下訂了。

「訂。」

「好，訂金收你哋二千先，你都係著細一個碼㗎啦？」沙木尼老闆跟長期顧客南宮妍非常相熟。

任雪糖拿出信用卡後說：「俾全數。」

「哇，有錢人，好！」沙木尼老闆幹勁十足。

「你屋企人每個月俾幾多零用錢你？」南宮妍對這顯然很好奇。

「我自己賺㗎，之前參加咗個比賽贏咗筆錢。」

「唔怪得。」南宮妍沒追問下去是什麼比賽。

「不過你買咩㗎？要成七千蚊……」

沙木尼老闆插嘴道：「EVOLV 係美國出名嘅攀石鞋牌子，為咗維持最高品質，所有鞋都只會喺美國本土製作，唔會搵東南亞國家代工，阿妍買依隻係好出名嘅 Shaman 款式，唔訂係買唔到。你唔係玩開攀石？居然唔知依個牌子。」

「佢係滑雪。」南宮妍說。

沙木尼老闆只好換個說法讓他明白，他說：「哦！咁你可以當係滑雪界 Burton。」

「喔。」任雪糖這下真的明白了。

「即係？」這會兒換南宮妍不明白。

「Burton 係單板滑雪界嘅開山始祖。」任雪糖解釋。

沙木尼老闆再次更換說法：「咁計落 EVOLV 無咁勁，佢係千禧年代後成立，真係要同 Burton 鬥，攀石界非 La sportiva 莫屬。」

南宮姸小聲唸道：「兩個裝備 L……」

訂購好南宮姸的夢想攀石鞋後，她開始為任雪糖選購攀石裝備，特別是大量的岩楔。

「你都幾熟滑雪牌子。」結帳時，沙木尼老闆打開話匣子。

任雪糖低頭笑一笑，沒有回話。

「第時我可能會喺間舗搵個位仔賣滑雪嘢，你可以俾個意見㗎。」

「好。」任雪糖說話總是一句起兩句止。

購買好所有攀石裝備後，兩人旋即約好下次見面地點——獅子山。

獅子山某程度上是香港人拼搏向上的象徵，它的難度被喻為香港最高難度。

任雪糖有跟她說過，想要開始攀爬外國的雪峰。

南宮姸卻叫他先攻略好本地的山峰，於是今天就來到獅子山下。

「如果你憑自己可以登頂……」南宮姸驀地打開背包，掏出一把冰斧。「我就可以教你點用佢。」

冰斧，攀登雪山的萬能神器。

「我可唔可以掂下？」任雪糖對冰斧很是好奇。

「唔得。」南宮姸把它收於腰後，瞧向崖頂說：「等你挑戰到先。」

任雪糖轉身抬頭望上去，雙手拉筋開始準備。

任雪糖手掌觸摸著久別重逢的岩壁，重新調整狀態回到攀登模式。

一路上可說相當順利，任雪糖有時望向旁邊，還會見到徒手攀登的高手。

可是天有不測之風雲，先是烏雲密佈，後是強風陣陣，大自然無不說明著自己準備下場酣暢的驟雨。

果不其然，「嘩」的一聲，驟雨降臨。

任雪糖不感害怕，因為他有防墮裝置。

不過，同樣身在岩壁上的徒手攀登者就麻煩了。

由於岩壁變得濕滑，他再貿然前進會相當危險。

任雪糖望了望崖頂，又望了望徒手攀登者後說：「我去拎繩俾你。」

他打算給對方支援，好讓他安全游繩下去。

「唔洗，唔好嘈我……」該名徒手攀登者為年約五十歲的中年男人，依他結實的手臂看來擁有著多年攀石經驗。

中年男思索幾秒，繼續徒手攀爬上去。

任雪糖正想說這樣做很危險，自己卻說不出口……

因為他在滑雪領域上，也是相差無幾的人。

他知道如果有著目標，別人是阻擋不住自己。

「喂，你仲爬！？」崖底下，南宮妍開聲警告對方。

「自己條命我會自己負責。」中年男非常固執。

假如攀登時候遇到驟雨，停留原位已是最好的選擇。

冒雨向上，這是輕視大自然的舉動。

哪怕任雪糖有著整套保護裝備，他都決定停留原地等待驟雨停下，所以全程就看著中年男人的表演。

如果男人再三拒絕幫助的話，最好的幫助就是閉上嘴，以免對方會分心。

「嗄。」中年男人技術果然了得，哪怕冒著雨也再多攀升三米。

緊握著安全繩的南宮妍問任雪糖：「應該仲有段時間落雨，你要唔要落住嚟先？」

任雪糖思考了一陣子，決定暫且撤退。

在南宮妍的協助下，任雪糖慢慢降落到地面上。

「天文台真係信唔過……」任雪糖搖頭嘆氣。

「落山食個麵啦。」南宮妍幫忙收拾裝備。

「差少少就爬埋上去。」任雪糖脫掉安全帶後說。

「以後你有排習慣『差少少』，你喺座山度係生係死，就係睇個下嘅判斷。」

「嗰個阿叔真係繼續爬上去。」任雪糖抬頭望上去，驟雨經已完全掩蓋著他的身影。

「依種玩阿爾卑斯式攀登嘅人，一向都係孤獨作戰，唔會點聽人講。」

兩人收拾好裝備，並肩離開，

「真係唔夠過癮……」任雪糖碎碎唸。

「陣間去搵室內攀——」

「呯——」兩人被突如其來的聲音嚇得聳了下肩。

後方傳來沉重的墮地響聲，剛剛的中年男子肝腦塗地的倒卧在獅子山崖下。

金記茶餐廳。

任雪糖反覆以飲管搗著杯中的檸檬，冰塊與不鏽鋼杯身互撞。

對面的南宮妍滑著手機，碟上是吃剩半個的菠蘿包。

掛於牆上角落的電視正播出熟識的新聞報導開場音樂，兩人的視線立馬轉過去。

「你好，我係丁子儀。今日下午，一名年約五十歲男子，懷疑在攀登獅子山期間墮崖身亡，並由在場人士報警，救護人員當場證實死亡。」主播讀出即日出爐的新聞。

「一早叫佢唔好爬。」任雪糖喃喃地説。

南宮妍苦笑道：「搞到我哋都無心情去室內攀石。」

死亡，任雪糖曾經覺得這個字離自己好遠。

心中的狂妄自大，總會超越一切生死恐懼。

可是他今日恍然發現，一個錯誤的判斷真的會死人。

如今仍能坐在這裡喝檸檬茶，證明他到目前為止尚未判斷出錯。

「我哋做個約定。」任雪糖突然說。

「嗯？」南宮妍望著他。

「以後無論我哋攀咩山，只要察覺到有危險，都一定要拉對方走。」

人會被成功衝昏頭腦，因而不計較後果。

這種想法，相當危險。

「好。」南宮妍點頭同意。

兩天後，獅子山仍在。

任雪糖獨個前往。

不同於前日的迅雷甚雨，今日已變回陽光普照。

任雪糖回到崖下同一位置，那些血跡都已被雨水沖洗掉。

他告訴自己只要一日未死，山一直都在。

無需急於求成。

「咔噠」任雪糖安裝好防墮裝置。

他重新攀登當日未完成的路線，汗水很快沾濕整件白色短袖上衣。

約三十分鐘後，任雪糖成功登頂。

「呼⋯⋯」他坐在崖頂上，遠眺山下美景。

這是成功後才能看到的風景。

大學二年級生涯，密鑼緊鼓地展開。

開學的這陣子，任雪糖必須跟上學業，暫時不能顧及滑雪和攀石。

因為學習開首往往是最重要，如果前面基礎不明白，後面自然都無法理解。

專注學習，不等於不理會其他事情。

任雪糖仍然會抽時間到攀山學會，跟南宮妍繼續學習打繩結，最令他感興趣是冰斧的多種使用方法。

他自小便對冰斧帶著迷戀，因為當年白玥粼滑落喬戈里峰時，手中唯一緊握的正是冰斧。

把冰斧揮落雪面中急煞的畫面，至今都讓他躍躍欲試。

「如果你覺得準備足夠，係時候要儲下高山經驗。」南宮妍用冰斧勾住杯耳，把盛有黑啡的杯子拉到自己面前。

「例如邊座山？」

「你咁中意滑雪，就白朗峰，十一月係雪季，年尾去差唔多。」

「一齊？」

「嚟緊我想去美國爬酋長岩，挑戰啲度嘅 Freeblast 路線，應該唔得閒做你保姆。」

「白朗峰……」任雪糖喃喃自語。

回到家中，任雪糖立即查閱白朗峰的資料。

白朗峰，阿爾卑斯山的最高峰。

它位於法國和義大利的交界處，海拔 4,808.73 公尺。

它是攀岩、登山、遠足跟滑雪的熱門目的地點，周邊地區霞慕尼小鎮提供了完善的旅遊和登山基礎設施，包括導遊服務、纜車和舒適的住宿，而且每年會舉辦許多與登山和滑雪有關的文化活動跟節慶，所以特別吸引世界各地的人前去。

這段時間，任雪糖有在「Ski & Snowboard」上與高橋瑛子保持聯絡，作為同年齡的人，他們似乎是彼此為數不多的朋友。

任雪糖談及自己想飛往白朗峰滑雪和攀登，高橋瑛子大方分享自己過去的經驗。

任雪糖人狠話不多，直接購買十二月的機票和預訂酒店，甚至提早收拾行李準備前往。

十二月。

法國，霞慕尼。

人們都說法國最浪漫，空氣都瀰漫著甜蜜的氣味。

對任雪糖而言，法國是盛產滑雪高手的國度。

現役世界第一 Julien Simon 正是佼佼者，其凶悍的速度令許多人聞風喪膽。

他之所以被稱為世界第一，皆因他是雙修天才。

他從小是一名雙板滑雪玩家，未成年時候已經跟冬奧的大人們爭奪金牌，而且更是贏家，在雙板滑雪領域中有著無可質疑的地位。

也許無敵是最寂寞，他有天宣佈轉為參加單板滑雪比賽，並再次於冬奧獲得了幾面金牌，他可說是滑雪界最年輕的傳奇。

霞慕尼坐鎮在西歐最高山峰的陰影下，晴朗的早上藍天與常年積雪的白山峰成對比，吸引不少攝影師慕名前來。

沿街的建築多為傳統阿爾卑斯風格，木質外牆和石材基座在雪的點綴下更顯古樸。

哪怕是到了法國的小鎮，也可以看見高橋瑛子為 Burberry 代言的滑雪名牌。

一副滑雪鏡價錢超過三千元港幣，非常人能買得起。

世界級奢侈品牌出產的滑雪裝備並不罕見，皆因滑雪可稱得上貴族活動。

甚至白玥粼滑下巔峰道的雪板，也是與 Dior 聯名設計的。

驀地，一股濃濃的奶酪香氣吸引了任雪糖注意，也刺激了胃部的食慾。

任雪糖沿著香氣來到小鎮中央街，原來那裡設有聖誕市集，美食區的烤肉和熱蘋果派都令人垂涎三尺，最多人排隊的是熱巧克力飲料檔，一排排生巧克力給扳成碎塊，放進以蠟燭低溫慢煮的鍋中攪拌至融化。

店長緊接又添加打至起泡的鮮奶，一杯濃郁可口的巧克力飲料便製成。味道與使用可可粉沖泡的不一樣，因為可可粉的化學劑會改變品質，喝起來沒那麼順滑。

任雪糖一時興起，走去加入排隊行列。

一等就等了十五分鐘，在香港他絕對不會這麼做。

一把開朗的少女聲音問：「Hi! Which chocolate drink would you like to try today?」*（嗨！請問您今天想要嘗試哪一款巧克力飲品*

呢？）

盯著價目牌看的任雪糖正要回答，卻突感聲音似曾相識，抬頭一望竟見是無處不在的憨妮。

「係你！」任雪糖正想說出台詞，卻給憨妮搶先一步說出。「點解你成日跟住我㗎？」

「呃，我都想咁講……」

「次次都係我出現先，你先係後嚟嗰個喎！」憨妮指出重點。

任雪糖凝目細想，說：「又好似係……」

「唔好講住，你要飲咩？」憨妮抿嘴一笑。

「有冇無糖朱古力？」任雪糖小聲地問。

憨妮握拳作打，怒道：「你玩嘢啊，飲朱古力點可以無糖。」

「咁要杯你推薦嘅。」

「好啊。」憨妮伸出食指在收銀機上按了幾下。

任雪糖正要打開錢包，憨妮卻讓他收起來。

她說：「我請你飲。」

「嗯？」任雪糖的動作僵固了兩秒，這令他出乎意料。

「一杯朱古力我都仲請得起嘅！」

「但……點解你會喺度？」

「我擺明嚟依度打工喇。」

「每次我去滑雪，你都係當地打緊工……」任雪糖說著說著，都覺得憨妮有些可憐。

「依啲叫 Working Holiday ！順便當係環遊世界，好似我啲咁嘅人才各國政府都爭住要㗎。」

「多謝你，人才。」任雪糖衷心感謝憨妮。

「……」

憨妮無言，因為彷彿被揶揄了。

數分鐘後，任雪糖的熱可可製成。

水松杯中不單只有巧克力，更灑了少許海鹽和略為烤過的棉花糖。

任雪糖仰頭喝上一口，溫熱的熱可可流進食道內，滋潤了長期受雞胸肉摧殘的口腔。

他身心頓時變得鬆弛，整個人都軟綿綿的。

任雪糖心想，這大概是糖份的魔力吧。

聖誕樂隊手持著風琴演奏，人們雙手收進衣袋中，聆聽著溫馨的音樂。

任雪糖順便買塊剛剛烘焙出爐的薑餅，用來配著熱可可吃。

口袋錢多了，他決定也逛逛周圍的雪具店舖。

他的 Burton AK457 紫白滑雪服，由中學就穿到現在。

當時尚未完全發育的瘦弱身形，現在已經不同往日。

任雪糖踏進 Burton 位於霞慕尼的分店，開始查看店中的滑雪服。

對著滑雪用的服裝，他不太追求美觀，更在意其功能性。

他會選擇 Burton 的 AK 系列，皆因它是為數不多擁有 Gore-tex 科技的高端滑雪服，另一家擁有的牌子叫始祖鳥。

Gore-Tex 是一種具有獨特微孔結構的材料，其設計中每平方英寸包含大約 90 億個微小孔洞。這些孔洞太小了，不允許水珠穿透，使得材料具有防水性。

然而，這些孔洞的大小卻足以比水蒸氣分子大出 700 倍，這意味著當身體排汗時，汗水形成的水蒸氣可以輕鬆透過這些孔洞逸出，從而使得 Gore-Tex 材質具有良好的透氣性。

簡單而言，就是擁有極致的防水性，而且能做到排汗效果。

可是今時不同往日，現在已推出 Gore-tex pro，其內裡多搭載了 Micro Grid backer 技術，使得滑雪服更耐磨和輕盈。

對於任雪糖這種經常性貼地滑行的高端用家而言，這可說是必須品般的存在。

任雪糖看上了一件擁有 Gore-tex pro 科技的 AK457 黑色滑雪服，試穿後覺得合身便用信用卡結帳。

至於舊的滑雪服其實可以拿去二手市場賣，這牌子系列很多滑雪者追求，但好歹它也陪伴自己出征多年，任雪糖決定留住它作後備戰衣。

來到霞慕尼的頭幾天，任雪糖也只是嘗試獨個行雪峰，以及在一些較安全的地方進行雪攀。

因為始終是高海拔地區，需要讓身體有好一些時間來適應。

因為滑雪是自己擅長的事情，每每穿上雪板都會滑得很激烈，他怕一個不留心就要了自己的命，分不清自己究竟是否高山症。

攀雪峰不同，入門不久的他會事事謹慎，察覺到不對勁會馬上停止。

有時候自信越大，反而越危險。

人，總是被自大所害。

逗留霞慕尼的前五日，任雪糖真正體驗了雪攀之餘，也報了冰雪攀登的訓練課程。

一個人想要有資格登上喬戈里峰，必須學會岩攀、雪攀、冰攀三項技能。

如果說攀岩是基礎，那麼冰攀便是最具挑戰性，而雪攀則介乎於兩者中間。

冰攀需要在滑溜又垂直的冰面上攀爬，期間更可能會遭遇到冰塊碎裂。

比起體能需求，更需要觀察出冰壁潛在的危險，包括了顏色、形態、乾濕、太陽照射時間、強風、積雪、落石等，假如看不出當中危險，那麼與死亡的距離……其實非常的近。

任雪糖手握兩把彎柄短冰斧，在導師的指示下攀登十五米高的冰牆。

雖然做好了保護措施，但比起攀岩和雪攀而言，辛苦程度依然是兩個層次。

「嘭！嘭！嘭！」冰斧每次敲入冰面，都會回響一聲，濺出冰屑。

如果打入冰面時發出的聲音是沉悶或空洞，好可能代表冰面不夠結實，應該要加倍小心。

敲入點最好是冰面凹陷處，因為那裡沒有那麼容易破碎。

揮動冰斧不能太慢，敲入後手要馬上下壓牢固。

雙腳踢冰要像上樓梯般，先抬起膝蓋才把冰爪鑿入冰面。

任雪糖穩穩地舉起一隻腳，試圖將冰爪牢牢踢入冰壁。

然而，只聽見一聲「咔嚓」。

伴隨著輕微的冰面碎裂聲，冰爪未能穩固地插入冰中。

任雪糖感到腳下一滑，冰爪只在冰面上劃出一道淺淺的痕跡，沒能有效地抓握住冰面。

「嗄……」任雪糖迅速調整姿勢，重新尋找穩固的支點。

任雪糖心想明明攀登著冰壁，自己卻渾身熾熱。

除了不停向上攀外，任雪糖也學習利用升繩器和牽引裝置，如何把冰牆下的行李固定到繩索，再逐步向上牽引，這涉及到複雜的繩索操作和錨點設置，短短幾天要消化下來並不容易。

但終歸那一句，想攀上喬戈里峰……

這些都必須要學識。

課堂結束後，任雪糖成功一個人攀冰牆，完成冰攀基礎課程，獲發一張證書。

可對任雪糖而言這未足夠，他想立即報名中階課程，學習先鋒攀登。

因為在攀登的世界中，總得有個人先上去頂點設置保護站，假如到時候沒有先鋒的話，他就需要擔當起那一個人。

可惜他的體力不爭氣，經過數天的冰攀訓練，他已累得連手抬都覺得酸痛。

有見及此，他都不勉強自己，帶著雪板上山。

白朗峰，名字聽得多……

但踏在它上面，這還是頭一回。

任雪糖乘搭纜車到最高點，然後一口氣滑落山下，進行高山滑雪。

下山期間，任雪糖偶然看見有幾人同樣是玩高山滑雪，同樣正以高速下行。

任雪糖毫不猶豫的去挑戰對方，刻意滑至並肩水平位置再超越。

有幾名滑雪者曾經想要追逐，但發現任雪糖無可比擬的瘋狂後，便打消了念頭。

別人看他就如一枚火箭噴射，單單掠過都會產生勁風。

今日，他想成為阿爾卑斯山最快的人。

不過，這股優越感很快被一人打破。

一名戴著骷髏面罩的滑雪者向任雪糖招了招手，然後轉彎離開尋常的雪道。

任雪糖瞄了瞄對方的姿勢，一眼已看出對方非等閒之輩，於是跟著其後方看看他會到哪去。

原來對方是想引導他去一條崎嶇很多的路線，那條路線屹立著一些染雪的岩石，斜率 50% 以上，因為不是常規的滑雪路線，所以未經整平。

「專家級雙黑路線……」任雪糖略為遠眺後面的路線，已看出其難度多高。

這條雪道陡峭不在話下，它的空間相當狹窄，兩面皆是冰冷的岩壁，入口位置豎立雙黑色菱形的專家道標誌，這種雪道世上可以挑戰的人不到 1%。

骷髏面罩滑雪者首先通過，他以近乎完美的控速技術，俐落地穿越雪道，並持續向下滑落。

任雪糖立即跟緊其後，又觀察他留下的雪痕，模仿其滑行路線。

有時候這種會要人命的雪道，職業運動員反而不會去挑戰，因為要掉命子相當簡單。

會滑雙黑雪道的不是為名為利，就是對生命有另一種見解。

至於任雪糖有何所求？

沒有。

他只是很單純認為，這是自己必須要通過的滑道。

任雪糖突然飛了起來！

他被雪下隱藏的蘑菇包，弄得整個人飛起來。

半空中他預見到自己跌落的軌跡，將會是一塊岩石上。

但那塊岩石相對地平坦，如果調整好姿勢也可以安全著落。

任雪糖在半空軸體旋轉兩圈，把雪板對著岩石著地。

「咔咔咔咔咔——」雪板發出與岩石互相磨擦的聲音。

滑至平坦岩石的邊緣，任雪糖又是跳起翻身一圈，重新滑落到雪面上。

落地瞬間，雪花激濺。

任雪糖氣勢磅礡，繼續滑下奪命雪坡。

雪與岩石的分界十分模糊，視線以內只有飛揚的白霧，而任雪糖就是劃破混沌的暗影。

任雪糖心跳如鼓擊，回響在冰冷空氣中。

被刻滑切割的雪地，發出尖銳的嘶鳴。

這是任雪糖與一座山對抗的過程，恐懼化身成螞蟻於每呎皮肉上啃咬，每分每秒都無比難受。

理智上告訴自己，最好立馬停下來。

不然，活了十八、九年的人生，一切的夢想、回憶、關係、喜好、習慣，所有事情都會在失誤中幻滅。

停下來、停下來、停下來、停下來……

停下來！！！

任雪糖瞳孔比以往睜得要大，呼吸比以往要急促，他的身體猶如匹脫韁野馬，強迫自己挑戰極限。

寒風猛烈地呼嘯，阻擋這位山脈上飛馳的勇者。

「咚」雪板又撞到雪地上的暗石。

整個人再次向前飛倒，思想一片空白。

走馬燈短短半秒間飛掠，他最後看見的畫面……

始終是屹立喬戈里峰上的白玥鄰。

「啊！！」任雪糖咆哮。

堅強的信念如靈光湧上任雪糖腦袋，他在半空彎住身子抓板，勉強向前空翻一圈，對抗著空氣的阻力，把原本要栽入雪地的頭部重新朝向天上。

板刃插地當下炸出大量破碎冰屑，它們如落石伴隨雪板滾下。

任雪糖仍然以高速下山，彷彿失去了煞停的能力。

前方骷髏面罩的滑雪者向後方瞥了眼，發出只有自己聽得見的哼笑聲。

上山可能要花半日的山峰，下山被兩名滑雪者以不到十分鐘時間攻略。

滑到山峰底下時，任雪糖經已筋疲力竭，緩緩減速躺倒雪地上，感覺全世界都在晃動。

骷髏滑雪者走去查看任雪糖情況，然後彎腰在他旁邊厚厚的粉雪上寫字。

寫完了，此人便駕馭雪板離開。

任雪糖躺在雪地上幾乎快要睡著，不過他還是坐了起來，看了看骷髏面罩滑雪者在雪地上留下的訊息。

「Ghost_0903」

任雪糖滿腦子困惑，看上去不像訊息，名詞混合數字並且加了底橫線，更像是網絡上會用到的網名。

「啊。」任雪糖靈機一觸，想起使用「Ski & Snowboard」查查看。

結果一查果然找到名為「Ghost_0903」的用戶，頭像同樣是使用骷髏骨。

究竟是誰？這個疑問在任雪糖腦海中擴散。

對方的帳號中，幾乎沒有留下半點個人資料，非常神秘。

回想起剛剛的競速過程，對方甚至不感到吃力，跟自己完全是兩個檔次的水平。

現役中都好難找到這樣的高手……

任雪糖帶著一頭問號，新增了 Ghost_0903 作為好友。

雖說位於山峰底部，但任雪糖仍能靠著粉雪滑回人來人往的區域。

可不知為何任雪糖想徒步回去，今天的勇氣彷彿都透支了。

Ghost_0903 很快接受了任雪糖的好友申請，並跟他進行私人對話。

- 內向的健身男孩：「Who are you?」*（你是誰？）*
- Ghost_0903 ：「Ghost.」*（幽靈。）*
- 內向的健身男孩：「Why do you need to leave your username?」*（為什麼需要留下使用者名稱？）*

- Ghost_0903：「Do you want some special training?」*（你想要一些特殊的訓練嗎？）*
- *內向的健身男孩*：「For example?」*（例如？）*
- Ghost_0903：「Tonight at ten, go to the cable car station at the top of the mountain.」*（今晚十點，去山頂纜車站。）*
- *內向的健身男孩*：「Why?」*（為什麼？）*
- Ghost_0903 已讀不回。
- *內向的健身男孩*：「？」

想要尋找答案，似乎只能按他說話做。

如果是尋常人壓根不會引起任雪糖注意，但 Ghost_0903 的單板滑雪實力，無法讓他忽視。

距離今晚尚有些時間，任雪糖把握機會好好休息。

因為，他預計可能會有場惡鬥。

不用指望晚上的阿爾卑斯山會有射燈照明，任雪糖只能攜帶電筒上山，最要命的是穿著雪鞋和揹負著雪板。

帶著這些東西在平坦的雪路走路還好，上山的話可是會要了人的命。

怎料，任雪糖當成雪地健行，訓練自己雪地上負荷的能力。

現時氣溫為 0°C 以下，對出身於非下雪地方的任雪糖而言，是不常體驗的溫度。

抬頭望上宏偉的山峰，也不全然是死寂。

山頂披雪的坡面上，有數個奪目的光點移動。

任雪糖起初不知是什麼，直到那些光點帶著歡呼聲飛快掠過，才發現是身穿螢光服裝的滑雪者，他們酷愛夜間滑行，成為阿爾卑斯山上最吸睛的螢火蟲。

任雪糖心想能夠夜間滑雪的人，多半是世界前五百的高手。

不單單是滑雪者，甚至會有登山客特意山上紮營，渡過寒風陣陣的夜。

然而，任雪糖卻無意聽見帳篷隱約傳出女性的呻吟聲，也許裡面的女登山家行山行得腳起水泡，只能痛苦地呻吟。

任雪糖走了差不多三十分鐘，為免迷路他都沿著纜車的鋼纜走。

突然，一陣引擎的咆哮聲於後方傳出，緊接車頭燈猛烈的照射。

任雪糖自然地回頭一望，發現有部雪上電單車出現在後頭。

他沒有理會，繼續行自己的路。

「嗶！嗶！」對方響咹。

任雪糖再次回頭，瞇眼定睛細瞧。

「Ghost。」*（幽靈。）*

騎著雪上電單車的人，正是約他出來的 Ghost。

Ghost 對任雪糖招手上車，任雪糖快步坐到後座上。

任雪糖坐好後，雪上電單車再次啟動，朝著山頂直衝。

刺骨的風正面撲來，Ghost 的身體為後座的任雪糖阻隔住大部份。

任雪糖沒有閒著，抱住 Ghost 腰部的他趁機上下其手，隱約摸出對方擁有可怕的核心肌肉，而骨架應該屬於男性。

徒步需要數小時的事，雪上電單車一小時便到達。

Ghost 顯然相當有經驗，即使大雪紛飛，前路茫茫，他駕駛的時候都沒有猶豫。

兩人轉眼來到山峰上，說到山峰就不得不提一點，阿爾卑斯山共有一百二十八座海拔超過四千公尺的山峰，而任雪糖他們上到的山峰只是其中一座相對安全的——南針鋒。

Ghost 把雪上電單車停靠在山頂纜車站附近，這裡的山頂纜車來回任雪糖居住的霞慕尼市區，只需要大約三十分鐘。

Ghost 給雪上電單車熄匙，摘下頭盔望著任雪糖說：「Hi.」*（嗨。）*

任雪糖鬆一口氣，至少可以確定對方是人類，他也說：「You finally decided to talk.」*（你終於決定要說話了。）*

「Why didn't you stop when you almost had an accident skiing this morning?」*（今天早上你滑雪差點出事時，為什麼不停下來？）*

「……」任雪糖思索著原因。

Ghost 繼續說：「Were you so scared that your brain froze?」*（你是不是被嚇得腦子都僵住了？）*

任雪糖大可以說出千百個原因，可他偏偏要這麼說：「I will never stop.」*（我永遠不會停下來。）*

Ghost 頗為同意：「Yes, sometimes stopping can actually be more dangerous……」*(是的，有時停下來實際上會更危險……)*

任雪糖問不知第幾次：「So, who are you?」*(所以，你是誰？)*

「It doesn't matter who I am. What's important is whether you're interested in getting trained.」*(我是誰並不重要，重要的是你是否有興趣接受訓練。)*

任雪糖一口氣三連問：「Why? Why me? Why do you want to train me?」*(為什麼？為什麼是我？為什麼要訓練我？)*

Ghost 彷彿看穿了他的心思，他說：「Do you want to snowboard down from K2?」*(你想從 K2 滑雪下來嗎？)*

「……」任雪糖怔住了。

沉默半晌，任雪糖點頭道：「Yes.」

Ghost 輕笑著說：「I knew it.I could tell your intentions from your actions.」*(我就知道，我可以從你的行動中看出你的意圖。)*

「For example?」*(例如？)*

「Clearly it's your first time snowboarding a double black diamond, yet you're inexplicably arrogant.」*(明明第一次滑雙黑黑道路線，卻展露出莫名的自大。)*

Ghost 從雪上電單車的背包拿出一罐魔爪能量飲料，仰頭骨嘟骨嘟的喝下肚。

Ghost 也拋了一罐給任雪糖說：「The most effective energy drink.」*(最有效的能量飲料。)*

任雪糖接住魔爪能量飲料，扳開鐵蓋也喝起來，好奇地問：「It's not Red Bull?」(居然不是紅牛？)

Ghost 語氣帶著不屑道：「Red Bull? Can't stand it.」*(紅牛？受不了它。)*

任雪糖喝得也相當快，不到一分鐘能量飲料都喝下肚去。

Ghost 張開手說：「Give me.」*(給我。)*

任雪糖把空鋁罐拋給 Ghost，但力度不夠，掉到他的身前。

Ghost 彎腰撿起空鋁罐，收到雪上電單車的尾箱，並拿出一支電筒拋給任雪糖。

任雪糖接住電筒，打開看一看流明度後往周圍照射。

一看之下，只有約莫二三十米。

Ghost 說出目的：「Use it to snowboard down the hill.」*(用它滑雪下山。)*

任雪糖除了本能地「吓」一聲，做不出其他回應。

一般來說，高山滑雪最好能見度要有兩公里，最低也得有二百米。

而 Ghost 給出的電筒，流明度只有二十米多，根本不符合基本安全條件。

任雪糖直接問：「Are you trying to kill me?」*(你想殺我嗎？)*

Ghost 反問：「On a super harsh mountain like K2, how good do you think the visibility would be?」*(在喬戈里峰這樣的超惡劣山峰上，您認為能見度有多好？)*

Ghost 的話並非虛假，喬戈里峰常常會因為雲層、風暴、雪暴等極端天氣迅速變化，能見度只有十米到幾百米不等。甚至在該山峰繁常發生的雪崩上，大量雪塵和雪粒被迅速拋起，形成一個密集的雪塵雲，會令能見度幾乎接近零。

白玥粼當年，也曾經對抗過能見度的問題。

這似乎是個無解的答案，除了憑記憶力趁視線未被淹沒前牢牢記住前路狀況，就是單靠純粹的運氣衝出雪塵雲，情況猶如要你閉著眼開車一樣可怕。

Ghost 淺笑著說：「Since you can't overcome this issue and would die on K2 anyway, why not try it now?」*（既然你無法克服這個問題無論如何都會死在喬戈里峰，為什麼不現在就嘗試？）*

任雪糖表情有些猶豫，但還是說：「What you're saying makes sense, but I don't trust you enough.」*（你說的有道理，但我對你不夠信任。）*

Ghost 笑問：「What do you need to trust me?」*（你需要什麼來信任我？）*

「A reason.」*（一個原因。）*

Ghost 點一點頭道：「I'll tell you after you successfully get down the mountain.」*（等你成功下山後我再告訴你。）*

說罷，Ghost 騎上雪上電單車疾馳離開，留下任雪糖孤伶伶一個在南針峰上。

任雪糖手握電筒，愣在雪地上良久。

「呼。」任雪把電筒安裝到頭盔上。

「咔噠」任雪糖拍一拍頭盔，確保電筒穩固。

接著他彎腰穿好雪板，其間大腦再次天人交戰。

學業、戀愛、工作、婚姻，生老病死乃人生的必經階段，人生在世漫長而幸福，特別對含著金鑰匙出生的任雪糖而言，他願意的話人生只有享受兩字。

但……

如今你在做什麼？

你為何在冰天雪地下，而不是溫軟的床褥上。

你到底……

追求什麼！？

任雪糖在給雙腳綁到固定器上的空檔，不停自我靈魂拷問。

然而，腦中那把聲音從來不是他自己……

而是白玥粼。

任雪糖總是沉默的，因為他深知自己的行為，無論告訴誰都會被反對。

夢想，是不應告訴任何人的。

任雪糖雙手一撐豎起自己，看著那少得可憐的能見度，心裡不由得苦笑。

他未有即時滑下，等待著魔爪能量飲料帶來的增益發揮功效。

直到心臟跳得明顯變快，專注度稍為提高，他方側身向前滑下。

任何出現眼前的障礙，只有不到半秒時間反應和判斷。

任雪糖清楚自己可以慢速滑行，但這樣做……

根本毫無意義。

只有真正試過如何在極低能見度高速滑行，才能夠有挑戰喬山里峰的資格。

以往無論速度有多快，任雪糖都不會太大顧慮，但這次他真的深感恐懼。

不安感節節地提升，放棄的念頭不時懸浮腦海。

急速向前衝刺的畫面，終於迎來第一個障礙物——平平無奇的蘑菇包。

「噫！」任雪糖緊急扭彎，板頭避開了，板尾卻撞上了蘑菇包。

這一撞令任雪糖立馬失控旋轉，早有心理準備的他調整姿勢以防仆倒，可真正造成的影響，卻是令方向頓時迷失。

任雪糖確信自己向著山下滑落，但不清楚方向是否正確。

在未有答案前，他只能持續地滑行。

倏地，雪面變得凹凸不平，雪板不停發出嘎吱嘎吱的聲音，任雪糖滑到了披雪的岩石群上。

任雪糖只可以盡量保持平衡，雪板猶如沸騰的鍋蓋正在瘋狂抖動。

苦苦支撐大約五、六秒後，任雪糖終於連人帶板摔倒，滾落一塊平

坦的冰面上。

人生在世，總不免會摔倒，不可能一帆風順。

任雪糖痛苦地說：「啊。」

他手摸向冰面，推測應該是結了冰的湖面。

「咔……咔咔咔……咔……咔咔……咔……」結冰湖面產生裂開的聲音。

原來任雪糖跌倒時，帶動了部份鬆散的落石滾落結冰湖面，導致產生裂痕。

任雪糖心感不妙，盡快起身挪動雪板滑行。

冰面非常光滑，一旦沿著某個方向開始滑行，就很難再改變方向，除非利用遇到的物體來推動自己，從而改變行進路線。

可是任雪糖不能想那麼多了，因為冰面碎裂自己將會沒入湖中，在白天或許尚能自救，但黑夜天色深暗如墨，發生意外後只有驚慌失措。

裂痕漫延擴展的聲音，尾隨著任雪糖身後。

「咔隆咔隆——」這是冰層下塌湖中的聲音。

任雪糖全速衝向任意的位置，直到撞上塊大岩石。

「呯」

這一撞，又狠狠摔了一跤。

其後腦勺撞落冰面，但頭盔保護了他的安全。

倒下的任雪糖凝望皎月，畫面回到小時候。

那時候任雪糖才剛學滑雪，並不是橫空出世的天才，平衡掌握得不是特別好，反覆摔了不知多少次，摔得眼眶都變得濕潤。

他生來不是那種熱血好動的孩子，甚至可以說有些害羞懦弱。

可他哭不是因為摔倒的痛，而是強烈的挫敗感。

有心無力的感覺，縈迴於胸膛間。

滑雪，好像比他想像中要難……

現在，他連用雙手撐起自己的力氣都沒有。

在旁觀察良久的白玥粼，開腔詢問無助的他：「要唔要我幫你？定你自己嚟。」

「你幫幫我……」任雪糖發自內心想得到幫助。

白玥粼將腳尖塞到雪中鞏固，向任雪糖伸出右手。

任雪糖拉住她的手站起來，雪板牢牢壓在其雪靴的腳尖上。

然後的每一次跌倒，白玥粼都會拉任雪糖一把。

由那時候開始，任雪糖對跌倒的定義就被白玥粼改變，不再是失敗象徵。

「嗄……嗄……」任雪糖從回憶中抽離，眼前變回阿爾卑斯山的暗夜繁星。

現在……

他只能依靠自己。

「唔。」任雪糖忍受身體撞向岩石的疼痛，重新站了起身。

傷痕累累的他解開右腳的固定器，一隻腳拖拉雪板，一隻腳踏著湖面離開冰湖。

回到雪面上，他重新固定好右腳，繼續朝山下滑。

一小時十三分鐘後……

在霞慕尼的必經之路上，停泊著一輛開著車燈的雪地電單車，喝著魔爪能量飲料的 Ghost 正靠著它等待著。

終於，等到了。

任雪糖在 Ghost 面前煞停，外表與上山前的乾乾淨淨相差很大。

Ghost 讚賞道：「Good, still alive.」*（很好，還活著。）*

「……」任雪糖累得不能說話。

「Did you get hurt?」*（你受傷了嗎？）*

任雪糖面對剛剛諸多狀況，心有餘悸道：「I'm not hurt, just a bit shaken.」*（沒有受傷，只是有點驚嚇。）*

Ghost 坐上雪地電單車，拍拍後座位置：「Go get some rest.」*（去休息一下吧。）*

任雪糖脫下雪板放置好，跨腳坐在後座上。

任雪糖不忘問：「Can you tell me everything now?」*（你能告訴我一切了嗎？）*

「Ever heard of FIS?」*（聽過 FIS 嗎？）*

這點知識任雪糖還是懂得的，他說：「Fédération Internationale de Ski.」*(國際滑雪總會。)*

Ghost 繼續問：「And then ？」*(還有呢？)*

「Founded right in Chamonix, France.」*(創始地正是法國霞慕尼。)*

「That's right.」*(正確。)*

Ghost 拿出一張國際滑雪總會證件，展示給身後的任雪糖，並刻意用手指遮擋住名字。

一看之下，不得了。

「Snowboard Technical Consultant」。

面前的 Ghost……

居然是國際滑雪總會的技術顧問。

「國際滑雪總會」是隸屬「國際奧林匹克委員會」旗下，共有一百三十五個成員國，能成為固中的技術顧問，實力無可質疑。

如果證件不是偽造，說明 Ghost 乃人中之龍也不失為過。

第十六章

阿爾卑斯式修行

凌晨時分，雪地電單車駛入寧靜的霞慕尼小鎮。

任雪糖突然想起什麼：「You should know that I can find out your name from the FIS website, right?」*（你應該知道我可以從 FIS 網站查到你的名字吧？）*

Ghost 倏地掏出手機致電某人道：「Hey, could you remove my name from the FIS website, please?」*（嘿，您能從 FIS 網站上刪除我的名字嗎？）*

「……」

任雪糖感到無言。

得到答允的Ghost收線前致謝對方：「Thanks a ton.」*(萬分感謝。)*

任雪糖呆了幾秒，馬上拿出手機，想要瀏覽國際滑雪總會的官網，趁名字未刪除前一睹 Ghost 身份。

Ghost 不打算讓他得逞，控制雪地電單車左搖右擺，令任雪糖沒那個空閒去按手機。

道高一尺，魔高一丈……

當任雪糖點擊「FIS Staff」一欄時，技術顧問的名字已變成空白。

Ghost 發出冷冷的笑聲，不經不覺抵達一家覆蓋著厚厚積雪的小酒館前。

這家酒館雖小，卻充滿溫馨感，柔和的燈光從舊式的吊燈中透出來，木質的門窗展現出典型的山區傳統風格。

甫踏入室內，便發現這裡飄散著燒木頭的香氣。

小酒館牆壁上掛滿了登山老照片和裝備，訴說著小鎮的歷史和故事。

在微弱的燈光下，只有寥寥幾位客人品嚐著當地釀造的啤酒。

兩人坐到酒館的角落，紅磚砌成的牆壁提供著可靠的安全感，讓人免於寒流和細雨騷擾。

任雪糖事先說好：「I don't drink alcohol.」*（我不喝酒精。）*

Ghost 答：「I don't really drink either.」*（其實我也不喝酒。）*

Ghost 拉開衣鏈脫下滑雪外套，走到吧檯前給任雪糖點些東西。

本來抹著杯子的酒館老闆彎身從冷藏櫃拿出法式即食料理包，將它掉入微波爐中加熱。

等微波爐發出「叮」的一聲，冷凍的即食料理包已變成可口的香料燉肉丸。

酒館老闆撕開真空包裝，倒落碟子並伴些意粉，接著按下鈴鐺示意上菜。

雖說即食包產自法國，但任雪糖本來想著以 Ghost 的地位，會帶自己吃精心炮製的法式料理，結果吃得那麼隨意。

任雪糖心中暗自嘆息，拿起叉子，吃了一顆豬肉丸。

「唔……」任雪糖眉目上揚，覺得味道不差。

Ghost 雙手交握，看著任雪糖的吃相說：「I've been tasked with a mission by the FIS.」*(我接受 FIS 委託的一項任務。)*

任雪糖目光望著他，表示自己聆聽著。

「The legend Bai Yue Lin left behind has led to countless snowboarders dying over the last ten years.」*(傳奇的白玥粼留下的傳說，在過去的十年裡，導致了無數滑雪好手的死亡。)*

任雪糖嘴嚼變慢，捲著意粉的叉子也停下來。

Ghost 說話語氣變得穩重：「No matter how the FIS warns, it seems nothing can stop people from heading to K2.」*(無論國際滑雪總會如何警告，似乎都無法阻止人們前往喬戈里峰。)*

任雪糖揚起嘴角，點一點頭道：「Including me.」*(包括我。)*

「I highly value skiing talent and do not wish to see any more young skiers lose their lives. Therefore, I am identifying skiers intending to challenge 'Peak Path' to provide them with professional guidance and training.」*(我非常重視滑雪人才，不希望看到更多年輕的滑雪好手失去生命。因此，我正在物色有意挑戰「巔峰道」的滑雪者，為他們提供專業的指導和訓練。)*

Ghost 繼 續 說：「During the week, I look for talented snowboarders on different double black diamond runs in the Alps, and that's actually how I ran into you.」*(平日裡，我會在阿爾卑斯山的各種雙黑鑽石難度的滑雪道上尋找那些狂妄自大的滑雪好手，就這樣我碰巧遇見了你。)*

任雪糖發問：「Why look up in the Alps?」*(為什麼要在阿爾卑*

斯山尋找？）

「Haven't you heard the saying ？ Half of the world's skiers end up in the Alps?」*（你沒聽過這樣一句話嗎？世界上的滑雪者，一半都去了阿爾卑斯山。）*

Ghost 的意思是指阿爾卑斯山是滑雪人流最多的地方。

此話不假，根據統計，阿爾卑斯山區的日均滑雪人數，占全世界總量一半。

任雪糖靠著椅背，抱起手來說：「So, am I the best candidate?」*(所以，我是最佳人選？）*

「No, I have already coached thirteen snowboarders who intended to challenge Peak Path before you.」*（不，我已經在你之前指導過十三位想要挑戰巔峰道的單板滑雪好手。）*

「What were the results?」*（結果如何？）*

Ghost 說出夢想背後殘酷的現實：「Seven died, three were seriously injured, two withdrew halfway, and one went missing on K2.」*（七個人死亡，三個人重傷，兩個人打消挑戰的念頭退出，一個人在喬戈里峰上失蹤。）*

「……」任雪糖一時間無法言語。

Ghost 直接說：「I don't mind you being the fourteenth challenger. With my coaching and training, your chances of survival might be higher.」*（我不介意你成為第十四位挑戰者。 在我指導和訓練下，你的生存機會可能會高一些。）*

任雪糖接受指導不是問題，只是還有些疑問。

「Why don't you reveal your identity?」*(你為什麼不透露自己的身份？)*

「I don't want to be labeled by the outside world as someone who sends snowboarders to their deaths.」*(我可不想被外界貼上「讓滑雪者送死的人」的標籤。)*

這是個模糊的道德界線問題，一方面國際滑雪總會需要破除白玥粼立下的詛咒，一方面又不得不派人前去解咒。

任雪糖問得都忘記吃東西，但還是再問了句：「Why don't you take on Peak Path yourself?」*(你為什麼不親自挑戰巔峰道？)*

Ghost 給出一個簡單的答案：「I value my life.」*(我愛惜自己的生命。)*

任雪糖大概了解 Ghost 的一切來意了，現在……

就是抉擇的時間。

「What benefits would I get from accepting your coaching?」*(接受你的指導我能得到什麼好處？)*

「Your snowboarding skills might improve.」*(你的滑雪技術可能會提高。)*

任雪糖暗示著某些東西，他再問：「What are some more tangible benefits?」*(還有哪些更實際的好處？)*

Ghost 身體靠前說：「what do you want? tell me」*(你想要什麼？告訴我。)*

「The cost of climbing K2.」*(登上喬戈里峰的費用。)*

「For that, you'll need to show some results from the training before I can apply to the FIS.」*(這一點，你需要出示一些訓練結果，我才能向 FIS 申請。)*

「For example?」

Ghost 說出一個幾乎不可能的任務：「Successfully snowboarding down from all 128 peaks over 4,000 meters in the Alps.」(成功從阿爾卑斯山一百二十八座海拔四千公尺的山峰滑雪下山。)

先不論其困難程度，當中要花上的時間和心血，不是他一個學生可以負擔到，兩難的抉擇。

不過……

自己連生命都可以拋棄，置於巔峰道之上。

又有什麼好失去呢？

任雪糖雖然拿好注意了，但不想那麼快答應：「Give me some time to think about it.」*(給我一些時間考慮一下。)*

「Of course, but I'd also be happy if you decide not to take on the challenge.」*(當然，但假如你決定不接受挑戰，我也會很高興。)*

緊接著的數天裡，任雪糖白天做冰攀訓練，夜晚做能見度低的滑雪訓練。

平均一晚最多會撞十多次，幸好南針鋒大部份是粉雪，任雪糖摔倒時傷得不會很嚴重，但留下瘀傷少不免。

最嚴重的一次，他無意間撞上別人山上搭設的帳篷。

那個帳篷立刻被撞得翻轉並且破損，裡面身子赤裸的一男一女登山客連爬帶滾的走出來，並急忙穿上保暖衣物，但不忘對任雪糖瘋狂大罵 F 字頭的粗口。

任雪糖除了不斷道歉，幫他們修復帳篷外也沒什麼可以做到。

阿爾卑斯山的聖誕旅程圓滿結束，任雪糖坐上飛機等待回到香港。

其間，機艙內不少人在咳嗽，令他感覺自己置身於生化戰場一樣。

返回香港後，任雪糖等下學期開始後便馬上申請休學，準備用 GoPro 贏來的獎金，在法國進行半年滑雪修行。

可有時人算不如天算，開學前數天世界衛生組織突然公布全球正流行著一種傳染性高的呼吸道病毒，緊接不到數天新聞報導香港求診人數急增，出現大量人傳人現象，全港幼稚園、小學、中學、大專乃至大學，都需要暫時停課抑制傳播，改為網上授課。

網上授課，代表任雪糖無需親自出席課堂。

也意味著，想要再前往法國都沒有問題。

既然上天都安排好，任雪糖不接受訓練也說不過去，他使用「Ski & Snowboard」網站與 Ghost 聯絡，說出了自己的意願。

Ghost 讓他回來霞慕尼後，再聯絡自己。

任雪糖一來一回，回香港養一陣傷後，好快又回到法國去。

坐到機艙中，又是陣陣的咳嗽聲。

該航班前往里昂聖埃克絮佩里機場，任雪糖不怎麼喜歡聆聽音樂，但為了阻隔咳嗽聲，決定戴上耳機找點歌曲聽聽。

他本人沒有什麼歌單，於是找來高橋瑛子經常在「Ski & Snowboard」分享的歌單，點擊其中一首聆聽，是「Britney Spears」的《Oops!...I Did It Again》。

任雪糖扣好安全帶，戴上睡眠眼罩和口罩，靜心等待飛機啟程。

狹窄的經濟艙中，人們忙於收拾行李。

不久後，任雪糖感到座椅一晃，應該旁邊的乘客都坐下來了。

航班按照原定時間起飛，任雪糖直接睡了兩三個小時。

等到再次醒來，已經是飛機餐時間。

旁邊的乘客出於好意，輕輕拍拍任雪糖肩膀。

任雪糖摘下眼罩，斜眼一瞟，霎時驚呆住了。

因為那位乘客不是別人，正是南宮妍。

南宮妍都相當意外，一時語頓，最後才問：「任雪糖？」

任雪糖甚至以為自己在發夢，捏了一下自己的皮肉。

「真係你……」任雪糖抑制不住驚喜的笑容。

「你又去法國啊？」南宮妍的一抹笑容也擴散到整張臉上。

遠赴陌生異國的旅途上，能在飛機遇見熟人，會有著難以言語形容的親近。

「我去霞慕尼。」任雪糖說。

「我都係喎。」

「你去玩？」

「我去讀 ENSM。」

「ENSM ？」任雪糖未曾聽說過。

「全稱 École nationale des sports de montagne，簡稱 ENSM，中文叫法國國家滑雪登山學校，就喺霞慕尼，佢喺國際好出名，專門培養產高山運動同滑雪嘅人才，成個考核體系出名最嚴苛同複雜。」

說到考核體系嚴苛的滑雪學校，任雪糖反而有些頭緒，因為法國的滑雪教練水平是世界最頂尖，每年的合格率僅為個位數百分比，其出產的人才確實比其他國家體系的教練高出一個水平，與專業運動員可以比擬，時薪也是最高的一個。

當中滑雪教練的課程系統非常複雜，涵蓋了多方面的內容。這包括單板和雙板滑雪技術、理論知識、登山滑雪、運動心理學、生理學、地理、氣象學、野外滑雪、安全救援與搜救技術、滑雪賽事規則與技巧，以及相關的法律和法規等，所有這些都需要學習並通過考試。

為了取得教練認證，大部份人平均都花費五至十年時間，去進行系統性學習和訓練。

如果要打個比喻，亞洲大部份滑雪學校的水平僅維持在「滑雪培訓」階段，程度大約如同滑雪小學。

滑雪底蘊較豐厚的歐洲國家，大約等同滑雪中學的程度，但也未能談得上「滑雪教育」。

所以法國的 ENSM，無疑是世界知名的滑雪大學。

關於 ENSM 的滑雪教練課程，任雪糖認知得最多，至於另外兩個主要課程為登山嚮導和滑翔傘教練，任雪糖認識不深但相信一樣困難無比。

「你會兩邊讀書？」任雪糖問。

南宮妍抿住嘴道：「應該就係，反正依家香港嗰邊都唔洗親自出席。」

「你係一早諗好定突然想讀？」

「其實都唔算突然，係我以前喺法國 Céüse 攀崖嗰陣，識到一位喺 ENSM 到教嘅攀山家，佢話可以推薦我去嗰度學習高山嚮導知識，我見儲夠錢就去試下。」

「高山嚮導有錢就申請得？」

「入門資格係要列張成績單，證明你攻克過至少五十五條攀爬路線同十條滑雪路線，佢哋確認咗就可以參加入學測試，但其實我有人推薦，所以事先拎咗取錄通知，但大約喺七月嗰陣……都要遵循參加測試，會考攀岩、滑雪、混合地形攀登同攀冰，要攀嚟攀去嗰類我唔係幾擔心，係滑雪同基本法語我想早少少嚟定進修下，仲要準備定好多長期留學嘅嘢，住宿啊、銀行戶口嗰類……」

「但你香港嗰邊仲讀緊書……」

「大哥，其實你知唔知我 year 幾？」

「唔係同我一樣 year 2 ？」任雪糖張大眼睛。

「我 HKU Geology 讀埋依年畢業喇，你唔係呀嘛，今日先知？」

「原來你大我兩年……」任雪糖感嘆。

「兩位，請問揀好要 chicken or pork 未呢？」空姐嘴上善意的微笑，額角卻青筋暴現。「你哋都傾咗成分鐘。」

「唔好意思啊，我要雞，佢要豬。」南宮妍這才想起旁邊的空姐。

空姐把含豬的飛機餐，放到任雪糖的餐桌上。

「點解幫我揀豬？」任雪糖一臉困惑，扳開摺疊住的錫箔餐盒。

「無啊，我知你實揀雞，咪揀豬玩下你。」南宮妍一臉平和地說。

「吓？」任雪糖呆一呆。

簡而言之，畢業後南宮妍將會無縫連接入讀 ENSM。

假若順利的話，能在三十歲前成為專業的登山嚮導。

這未來，想想都覺得前途無可限量。

但……

會有那麼容易嗎？

「你呢，又學我去霞慕尼搞乜？」

「我都要讀個 ENSM 滑雪教練資格。」

「真？」南宮妍含住口中的鳳梨，張望著任雪糖。

「講下笑，我嚟打算喺阿爾卑斯山修練。」

「滑雪啊？」

「嗯……喺聖誕嗰陣遇到個類似世外高人設定嘅角色，佢係國際滑雪總會嘅人，佢叫我上去阿爾卑斯山每座雪峰用高山滑降落山。」

「但阿爾卑斯山有成上百座雪峰……」

「所以我都預自己會留喺法國半年。」

「祝你好運。」南宮妍拍拍他的肩道。

任雪糖忽發奇想，問她：「要唔要一齊合租？」

「可以啊。」南宮妍想都沒想就答應。

「你唔洗考慮下？」

「有咩好考慮？」

「例如……錢銀問題啊、男女關係啊、生活習慣啊。」

「錢你就有錢過我，男女關係我唔覺得你會亂搞，生活習慣我哋都係玩極限運動，應該無個比你更加適合。」南宮妍滿意地拍一拍手。「仲可以順便教我滑雪。」

一時聽到自己的各種優點，任雪糖不禁沾沾自喜。

十小時後。

飛機著陸里昂聖埃克絮佩里機場，兩人等待所有乘客離開才起身。

完成繁複的離境程序後，他們乘搭巴士前往霞慕尼。

當地仍然處於雪季，外面下著綿綿雪花，車窗呈現一幅冬日景象，路邊種植的樹掛滿了冰晶，經陽光折射熠熠生輝。

積雪如珍珠毯鋪陳山巒上，雪松樹則矗立山腳下，纜車的支架猶如連接人間往仙境的通道，帶領凡人邁向那不可褻瀆的雪峰。

一片白茫茫瀰漫的風雪中，任雪糖看見雪鹿屹立其中。

任雪糖與牠四目對視，精神沉浸在莊嚴和寧靜中。

當巴士抵達目的地，窗外是迷濛昏黃。

那些黃色的光暈是路燈，讓這雪國增添一絲溫馨。

任雪糖和南宮妍兩人下車後，不約而同拿出手機查看地圖。

大家預訂的旅館不同，需要暫時分開。

兩人拉著行李走不同的路，未走幾步南宮妍停下來。

「喂。」南宮妍叫住他。「合租嘅事你係認真？」

任雪糖稍稍回頭道：「嗯，你有冇心水？」

「我睇完同你講。」南宮妍揚一揚手機。

「陣間要唔要出嚟食嘢？」任雪糖主動邀請。

「睇下我攰唔攰喇。」

任雪糖拉著行李步行約三十分鐘，終於來到自己訂好的旅館。

他放置好行李，便躺在床上都不太想動。

任雪糖打開手機，知會 Ghost 自己的抵達。

不久後，手機再傳來訊息，南宮妍說自己好累，所以不想出門，讓任雪糖自己吃東西。

任雪糖換好羊毛衣和海軍藍大衣，雙手揣入口袋便出門去。

漫天飄雪下，任雪糖逛著大街尋找美食。

每逢天寒地凍的環境中，身體總是本能地想攝取垃圾食物。

畢竟雞胸肉本身都夠硬了，再經風雪洗禮口感肯定更冰。

「Poco Loco Burger……」任雪糖發現一間兩層高的餐廳。

該餐廳主要販賣的是漢堡包，以櫥窗形式供人觀賞的廚房，窗前堆滿著法式圓型麵包，廚子煎著一塊塊香氣誘人的漢堡扒。

餐廳室內的空間為狹長型，樓下是個吧檯區，可樂酒水一應俱全，樓上是座位緊密的用餐區，不同的食客幾乎肩並肩而坐，啃著手中的漢堡包、咬著香脆的薯條，又暢飲著冰涼的碳酸飲料。

孤獨的任雪糖坐在吧檯其中一張高椅，向店員點了罐無糖可樂和牛肉漢堡包，裡面夾雜著厚厚的肉和蕃茄，一口咬下去肉汁全於口腔爆開。

一個漢堡包遠遠未能滿足其饑餓的靈魂，但任雪糖告訴自己高熱量的食物不宜吃太多，嚐過一次就好。

離開前任雪糖額外點了份套餐外賣，然後步行前往南宮妍所在的旅館。

又渡過大半個小時，這樣浪費時間地行走，在香港來講可說效率奇低，但在法國卻是充滿詩意的事。

來到南宮妍旅館，任雪糖詢問了一下房號，就把特地外賣的套餐帶到南宮妍手上。

本來睡眼惺忪的南宮妍像突然收到驚喜般，喜悅都寫滿到臉上。

人有時候不是真的不餓，只是太累不想動而已。

「你這樣一來一回都無好多時間。」

「可能陣間叫的士。」任雪糖搓著雙手，踎坐在衣櫃前。「不過依度好暖，俾我都唔想走……」

「咦，唔係牛肉嚟嘅？蛋白質低啲，脂肪又高啲……」滿心歡喜的南宮妍拆開紙包裝，發現漢堡包餡料是豬柳。

「試下豬幾好，牛我已經試過。」

南宮妍忽然想起一年事，便問：「等陣！你……你係咪報緊飛機餐嘅仇？」

任雪糖報以一抹冷笑，沒再回應。

這些情況就好比家人說今晚吃鮑魚，真正上菜時卻是鮑魚片。

任雪糖趁街上尚有計程車，揮手呼叫了一輛乘坐回去。

往後的一星期，南宮妍都集中處理著自己的瑣碎事，什麼保險、銀行戶口、面試、法語班等等。

至於任雪糖，除了滑雪就是滑雪。

想在阿爾卑斯山滑到厭倦，幾乎是不可能的事。

因為雪山實在壯闊，景色絕美。

對於高海拔環境的影響，任雪糖身體似乎漸漸適應起來。

現在進行劇烈運動，他都能進行得更長時間。

任雪糖不想浪費白天滑雪的時間，索性將平板電腦帶上山峰，利用纜車站內的 Wi-Fi 上大學的課。

當天，營養學的老師要求他：「任同學唔好意思啊，可唔可閂咗你後面個雪山背景？啲雪花同霧太動態太仔細，好易令人分心。」

任雪糖想著怎麼解釋，最後只好說：「依個……唔係虛擬背景嚟。」

「你講笑下嘛？」老師似乎不太相信。

任雪糖把鏡頭移向自己的一身滑雪服，證實自己所說不假，緊接是同學們的驚嘆聲。

課堂完結後，任雪糖把平板電腦收入背包，揹著它攜同雪板行出纜車站的觀景台，準備再次衝下山。

滑雪對他而言，已純熟得如呼吸一樣。

只要平均時速在 100km/h 以下，任雪糖就沒有摔倒的可能，遇到什麼天然障礙都能夠憑著花式特技脫險或更換姿勢化解。

皓白無疆的雪地上，任雪糖俯瞰著整個霞慕尼，以最輕鬆的姿態滑行，其後仰首望向藍藍天空，想要望穿宇宙的星辰大海。

任雪糖來到法國的首兩個星期，便是與滑雪浪漫地渡過。

偶爾間 Ghost 會約任雪糖到山上，對他的技術動作指點一二。

向來自學成才的任雪糖，很不習慣身邊有人指導自己，但有時候多雙眼睛，就會看出不一樣的東西。

Ghost 糾正任雪糖許多不完善的地方，以指導國家職業運動員的準則去看待他。

有時候，Ghost 也會給出不合常理的挑戰。

「Put your hands behind your waist.」*(雙手放在腰後。)*

任雪糖聽他的話照著做，雙手放於腰後。

「咔嚓」清脆的上鎖聲。

「唔？」任雪糖試圖郁動雙手，卻發現雙手給手銬扣住。

Ghost 踏上雪板，先滑下山，在這之前他說：「Let's meet at the foot of the mountain.」*（我們在山腳下見面吧。）*

可以無拘束地擺動雙手，對滑雪者的平衡和穩定性極其重要。

封鎖著雙手，如同封印了空中特技的能力。

任雪糖不想自己猶豫，身體比大腦率先衝落雪峰下。

雪板滑落當下，他身體的折疊角度需要比平時更大，好讓重心更低，確保自己安全。

身體折疊對高山滑雪而言，是必然會採用到的身體姿勢，因為可以加強對複雜路線的控制能力。

由於失去雙手輔助擺動，更得極度依靠核心肌群維持平衡。

任雪糖一下子開悟，明瞭到 Ghost 的鍛鍊意圖。

他全程咬緊牙關，用力量壓住下肢確保身體不會鬆懈。

路上其他滑雪者一般帶著喜悅，享受著滑雪帶來的快感。

唯獨任雪糖猙獰如修羅，因為稍有不慎他便會墮入煉獄。

一如既往地，他在與死亡搏鬥。

一段時間後，終於衝落山腳的任雪糖煞停雪板，過度使用的腹肌部位產生強烈酸痛。

Ghost 低頭望著他問：「How do you feel?」（你感覺如何？）

任雪糖忍受著腹部酸痛說：「The feeling is even more intense than doing core muscle training.」*（這種感覺甚至比做核心肌訓練還要強烈。）*

「I believe you've realized the benefits of this challenge on your way down. If you hadn't understood them, you wouldn't have made it to the foot of the mountain.」（我相信你在下降的過程中已經明白到了這項挑戰的幫助。如果你不理解，你就不可能到達山腳下。）

正如 Ghost 明示，沒有效利用上核心群肌和身體折疊，早就於下山過程中失控。

Ghost 上前彎身拍一拍任雪糖腹部說：「Keep it up.」*（繼續努力。）*

「啊。」任雪糖下意識收腹。

Ghost 踏好雪板，繼續往其他地方滑去。

任雪糖躺在雪地，讓心跳慢慢平復。

從阿爾卑斯山高處滑落到山腳，相等於在一條雪道持續滑行十多次，當中消耗的精神和力氣是無法比擬的。

正當任雪糖坐起來，想脫掉雪板才想起一件事。

手銬仍上著鎖。

任雪糖立馬張望周圍，Ghost 卻早已不知所蹤，他本人大概都忘記了解鎖一事。

最後他索性躺平，看著湛藍澄澈的天空大叫：「Jesus……」*（天啊……）*

行動受限制的任雪糖，以滾身的方式移動，看起來有些滑稽卻是不得已的選擇。

他大可以起身滑行，假如核心肌群仍未夠酸痛的話。

經過一番辛苦，任雪糖終於滾到會有人經過的路段上。

恰好，自己的斜坡上有位雙板滑雪者正要滑下來。

盡管情況很丟人，任雪糖還是決定向他人求助：「Help！」*（救命！）*

該名雙板滑雪者被任雪糖聲音吸引，朝著任雪糖的方向滑落，然而對方沒有打算煞停，這讓任雪糖有點害怕。

就在雙板快要輾過自己之際，那名滑雪者騰空跳過任雪糖身體，不忘嘲笑：「Les yeux bridés ！」

這是法國人嘲笑亞洲人眼睛的刻板印象說話。

滑雪者拂雪而去，不留情臉，更灑得任雪糖一身是雪。

任雪糖聽不懂對方說什麼，但也聽出是嘲諷之意。

人在外地，歧視在所難免。

「噫……」任雪糖想坐起來。

可單是因為坐起而捲腹的動作，積聚的乳酸都讓他感到火辣辣。

皇天不負有心人，緊接後方出現一位身穿「ESF」字樣紅色制服的單板滑雪教練。

這些教練都是通過 ENSM 考核的高手，絕對是滑雪界的菁英。

該名 ESF 滑雪教練精準煞停任雪糖旁邊問：「Are you okay?」*（你還好嗎？）*

任雪糖說：「Can you help me take off my snowboard?」*（你能幫我脫下滑雪板嗎？）*

ESF 滑雪教練先脫下自己的雪板，然後半跪著給任雪糖解開固定器。

「Where are you from?」*（你來自哪裡？）*

「Hong Kong.」*（香港。）*

「我都係香港。」ESF 滑雪教練以粵語回應。

任雪糖喜出望外，說：「你喺度做教練？」

「都差唔多做咗十年。」對方留意他被扣住的手。「你隻手係……」

「我做緊啲非常規特訓。」任雪糖如實地說。

「要解哂兩隻腳？定一隻夠，方便你滑落去。」他明白兩隻腳全解開的話，手也拿不住雪板。

「解開一隻腳就得，唔該你。」

對方雙腳重新踏上固定器綁緊，徑直地往山下滑去，臨走前說：「自己小心。」

任雪糖目送那名香港 ESF 滑雪教練的背影，心裡想的是香港居然會有這種水平的單板滑雪高手。

「唔記得問佢咩名……」任雪糖現在才想起。

騰出一隻腳活動，這下任雪糖可以腳代手，把自己撐起身來。

任雪糖沒綁好的那隻腳貼在固定器旁邊，以平和的速度慢慢滑至山下。

滑到市區的入口道路上，又見 Ghost 正在喝著魔爪能量飲料等待。

Ghost 主動上前給他解開手銬時說：「I thought you were lost.」*（我以為你迷路了。）*

任雪糖轉身讓他幫忙解鎖，又說：「I thought you forgot that my hands were tied.」*（我以為你忘了我的雙手被綁著。）*

「When you've improved your skills, I'll come to you again.」*（等你的滑雪技術提升了，我會再來找你。）*

說罷，Ghost 騎上自己的雪上電單車直入市區。

接下來的日子中，任雪糖參照 Ghost 給出的挑戰訓練，雙手自主放到腰後，僅靠核心肌群和折疊身體來控制雪板。若果以前任雪糖是把鋒利的劍，那麼 Ghost 的指導無異是在劍上拋光。

有時候任雪糖甚至會練到嘔吐，每天回到旅館都只想睡覺。

終於來到法國後的一個月，任雪糖憑自己登上南針峰頂端。

有時候，世界真的比想像中細小。

這裡他居然遇到同樣身穿「ESF」制服的朋友，對方正是曾經在新西蘭有過一面之緣的印度人 Donny。

當任雪糖摘下雪鏡後，Donny 定睛觀察了一會兒，終於認出了他。

Donny 指出：「GoPro Champion!」*(GoPro 冠軍！)*

任雪糖上前跟他握手說：「I can't believe I'm seeing you here.」*(居然會在這裡遇見你。)*

「Yes, I'm here teaching people how to use a paraglider.」*(是的，我在這裡教人們如何使用滑翔傘。)*

「I'm here trying to snowboard down the mountain.」*(我在這裡嘗試滑雪下山。)*

Donny 愕住，問他：「What?」*(什麼？)*

「……」任雪糖點點頭，沒有回答。

Donny 繼續說：「The area around here is all rocks.」*(這附近全是岩石。)*

「I know.」(我知道。)

任雪糖俯瞰山峰，心中的恐懼油然而生。

從高山滑落他嘗試過，但都僅限於被設計好的雪道上。

然而，今天他要挑戰的都是大自然鋪設好的路線。

Ghost 告訴他，只要一日未曾嘗試從高峰滑下，那份畏懼將會是心理上永遠緊閉的瓶頸位。

任雪糖橫視潔淨無瑕的天際說：「Today is a good day to die.」*(今天是赴死的好日子。)*

Donny 仍想開口叫停任雪糖，可下一秒任雪糖已滑落山下。

眼前的路線太多岩石，任雪糖雖已滑落，但仍未啟動最高速，他需要小心翼翼地避開岩石。

猶如行走在萬丈深淵上，不能有半步差錯。

腎上腺素瘋狂地分泌，身體卻僵硬非常。

他想要痛快地滑下去，可是滿腦只有「死亡」兩字。

山頂上的 Donny 不敢出聲打擾，怕會影響到任雪糖思路。

「呼。」任雪糖停下來，好好看清楚前路。

很快，一條避開所有岩石的路線刻畫到腦中，下一步是毫無偏差地將它執行出來。

任雪糖反覆吞著口水，雙手像得了柏金遜般隱藏不住地顫抖。

你為何而生？

你要為誰而死？

你想要證明什麼？

你仍未清醒。

任雪糖害怕得想坐下，壓力如山峰般巨大。

再多往前幾厘米，都是最痛苦的折磨。

滑下去就再也無法回頭……

要嗎？

Donny 似乎留意到任雪糖恐懼得無法動彈，笑著向他招手道：

「Come back! You're already amazing.」(回來吧！你已經很了不起了。)

忽然，任雪糖身姿側擺，以全速姿態衝落陡峭的山峰

回不去了。

你將永遠痴迷在峭壁滑雪領域中，無法回頭了……

任雪糖。

近乎垂直的山脊下，任雪糖的身影於耀陽映照下，拉長至背後的山坡，猶如他留下的軌跡。

這瞬間起，任雪糖與世界的連接彷彿被暫時關閉，生命狀態就像薛丁格的貓，但他既是那隻貓，也是那名觀察者，自己的每個行為都決定了命運，甚至會見證自己的死亡。

其雪板如利劍割破空氣，濺起的冰雪如銀白色的火花。

沒有驚世駭俗的表演，他單純朝著山下直衝。

周圍的景色模糊地延伸，寂靜的山峰以風雪捎來的低語叫他留下長眠。

可是繃緊的面容漸漸綻放出笑容，感覺有股酣暢淋漓沖刷全身。

天上天下彷彿全由自己。

他以大喊來宣洩情緒，同時當作成戰吼。

他的勝利，不單單是征服了陡峭的山坡……

更是征服了死亡。

接近山腳後雪板逐漸減慢，世界的節奏也被放緩。

他如同吸食毒品後的人，眼睛瞪得很大，感官經已無限放大，一時間難以適應。

任雪糖攻略南針峰成功。

他離開雪山後徒步回到市區，理智方開始回復。

回去旅館的路上，任雪糖腦袋中都是不同的雪峰峭壁的形狀，他已無可救藥地愛上峭壁滑雪。

「峭壁滑雪」——難度是所有滑雪項目中的頂點，也是鮮少被提及到的一個。

它跟高山滑雪的最主要差別，就是「峭壁」兩字。

有時候滑的不可以稱為雪坡，更正確的說應該是垂直的雪壁。

如果沒有挑戰的能力，就跟跳崖自殺無異。

領域上的專家也屈指可數，全球不到五十人。

他們不是早已身死，就是在趕往死亡的路上。

想成為倖存下來的峭壁滑雪者，得做更多更多的準備。

至少任雪糖明白以現時的自己，對滑雪知識的理解僅僅屬片面，不單是技術上提升，腦袋亦需要對雪和山有極深刻理解，才能征服阿爾卑斯山所有的洪水猛獸。

單靠 Goggle 查閱知識，不太可靠。

這種專業知識，只有像國家登山滑雪學校 ENSM 才學得到。

不過自己又不是學生，怎麼能學得到？

任雪糖雙手枕著後腦勺，躺在床上凝望天花板思索。

突然他靈機一觸，想到一個辦法。

渡過法國的第一個月後，南宮妍已物色到在霞慕尼同居的住所。

南宮妍找了一天約任雪糖去看看那間屋。

屋子兩房一廳，傢俱和裝潢都有些陳舊，但勝在價格負擔得起。

這也是南宮妍好奇的一點，因為同區其他住屋租金都貴一兩倍，唯獨這間屋打了個七折出租，而且能面向雪峰，簡直好得不能再好。

出租人是位身形胖胖的法國大嬸，進屋裡的時候表情總是有些拘謹。

「你覺得點？」南宮妍周圍張望。

「點解依度會有血跡……」任雪糖發現廁所的浴缸中帶有一點不明顯的血跡。

南宮妍察覺有異後，皺緊眉頭詢問法國大嬸：「Why is blood there?」*（那裡為什麼會有血跡？）*

法國大嬸答：「It's just ketchup.」*（這只是番茄醬。）*

南宮妍以諷刺的口吻回應：「Eating fries with ketchup in the bathroom and accidentally made a mess, did you?」*（在浴室吃薯條配番茄醬，不小心弄髒了，是嗎？）*

法國大嬸難以啟齒，但還是吐露真相：「This is a murder house.」*（這是一間凶宅。）*

聽見「murder house」兩字，任雪糖跟南宮妍馬上從廁所行出來。

南宮妍不自覺吐出口：「What the……」*（有沒有搞錯……）*

「That's why the rent is so cheap.」*（這就是為什麼房租這麼便宜。）*

南宮妍問下去：「How did the person die?」*（那人是怎麼死的？）*

「Dismembered in the bathroom bathtub.」*（在廁所的浴缸裡被肢解。）*

霎時間，任雪糖已經打開門，半隻腳踏出屋外，就等南宮妍正式宣佈離開。

南宮妍單手插腰，抿嘴思考著，最後說：「50% off.」*（五折。）*

法國大嬸很大反應：「The rent is too low!」*（房租太低了！）*

「You're right, none of us want to live with supernatural beings.」*（你是對的，我們都不想和靈異生物同居。）*

任雪糖暗暗讚好，正式踏出凶宅。

眼見南宮妍快要離開，法國大嬸居然極不情願地同意了租金五折：「Alright! Let's go with the 50% off rent.」*（好吧！就五折租金。）*

本來哪怕五折租金任雪糖都想要拒絕，但理智的大腦告訴自己，在這住下來每個月就會省下一半的生活費，這些錢可用於伙食和學習上。

盡管如此，他感性的大腦仍需要個人說服。

「點諗啊你？」南宮妍舉出五隻手指強調。「五折……五折喎。」

任雪糖仰著頭，痛苦地緊閉眼睛說：「俾個理由我⋯⋯」

「生生死死都係每個人必經階段，只係上任屋主慘少少變一塊塊啫，無嘢嘅。」南宮妍拍拍任雪糖的背給他壯膽。

「我跟你意思，你話點就點。」任雪糖搖搖頭，想放棄思考。

南宮妍微笑跟法國大嬸握手說：「Deal.」*（成交。）*

租屋文件簽署好，兩人便正式住下來。

負責簽署的是南宮妍，因為任雪糖在法國屬於旅行性質。

兩人先是逛了當地超市，購入大量食材和清潔用品，畢竟每餐都在餐廳吃太昂貴，而且屋子封塵一段日子也得打掃乾淨。

對南宮妍來說，什麼鬼怪其實她壓根不害怕，對她而言只是一個殺價的好借口。

任雪糖顯然相當害怕鬼怪，卻又不怕自己從雪峰的峭壁滑雪下來摔死，真是個奇怪的人。

兩人一抽二揼，把買來的東西擺到地上。

「好⋯⋯」南宮妍雙手撐腰，橫視周圍後說：「我掃塵，你抹嘢。」

任雪糖望著南宮妍，點一點頭道：「嗯。」

南宮妍握著塵掃，開始打每個櫃子、每張桌子、每幅牆壁，其後她握著掃把清理餓死地上的蟑螂屍體。

任雪糖戴上橡膠手套，將漂白水混合清水，將毛巾沾濕抹乾淨每個角落。

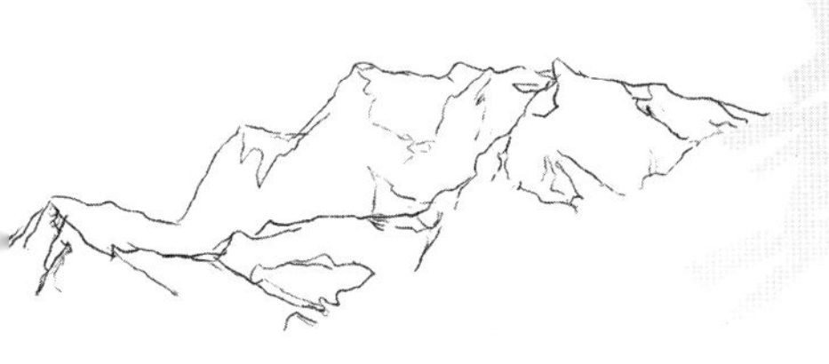

南宮妍掃著掃著感到索然無味，無意間找到可能是前屋主留下的CD播放器，並發現裡面有隻光碟，直覺告訴她光碟內容不是什麼好東西，但在探險精神驅使下，她直接按下播放鍵。

南宮妍緊盯著CD播放器，心裡想著會不會有厲鬼慘叫，結果卻是溫馨的旋律於房間中流淌，原來光碟內容是「NewJeans」的《Bubble Gum》。

本來灰灰暗暗、死氣沉沉的凶宅，頓時充滿青春快活的氣息，空氣中甚至瀰漫著檸檬清新的氣味。

任雪糖都不自覺點著頭，跟隨著節奏抹著廁所的鏡子。

懂得韓語的南宮妍，甚至能跟著歌曲哼唱：「*눈 감아도 기억나게, 어디라도 따라갈래.*」（讓你閉上眼也想起，到哪裡都跟著你。）

陽光從阿爾卑斯山斜射下來，灑落在灰濛濛的玻璃窗上。

南宮妍左手握著噴霧瓶，朝玻璃窗面按下噴頭，右手握著百潔布一揮，抹去所有污跡。

任雪糖使用清潔劑的時候，不經意搓出了泡沫，然後姆指和食指緊貼形成小圈，再往那小圈吹氣後一個泡泡飄浮出來。

任雪糖帶著天真的笑容，正從打掃完的廚房走出來準備給南宮妍一個驚喜，卻在走廊上遇到了正向廚房趕來的南宮妍。南宮妍的姆指和食指輕輕相靠，顯然也是帶著同樣的念頭。

兩人一瞬間就明白了對方的意圖，不由得同時放聲大笑。

清潔工作完成一大半，兩人已累得躺到同一張沙發上。

一個人靠在沙發左側，一個靠在沙發右側，將軟綿綿的靠墊當成枕

頭，他們雙腳自然而然地交錯一起，慢慢地南宮妍的腿給壓得有點累，於是抽出來搭在任雪糖的腳上，任雪糖也覺得她的腿很重，再舉起腳搭到南宮妍的腿上。

突然間，任雪糖從口袋拿出符氏製菓的泡泡糖，並拋了一顆給南宮妍。

兩人便由疊腳大戰，轉為誰吹的泡更大。

誰不知兩人玩著玩著，竟累得睡了過去。

一段時間後……

任雪糖感覺有什麼貼著臉頰，緩緩張開眼皮竟見南宮妍的腳板，完全零距離的緊貼住自己。

任雪糖嚇得摔落沙發，起身後望出窗外，原來天色已是傍晚，室內氣溫明顯下降了。

他再望向沙發上熟睡的南宮妍，任雪糖脫掉自己的外套披到她身上，然後獨自進行未完成的清潔工作。

等到第二天日出初起，屋內光潔亮麗得已成兩副模樣。

任雪糖打開 Macbook，把征服南針峰的影片放上 YouTube，但他原意不是給人觀看，而是單純有個免費的網站，可以幫自己儲存影片。

其後，任雪糖又開始練習征服其他雪峰，但練習前設是能夠攀上該座雪峰的頂點，所以雪攀和冰攀也是訓練內容。

要挑戰的雪峰總共有一百二十八座，假若一星期挑戰一個，都需要用八百九十六天，大約是兩年半時間。

換言之，大約是自己畢業的時候。

時間相當的少。

任雪糖弄醒南宮妍，打算問問她意見，豈料她只帥氣地回覆一句：「Just do it.」*（就去做吧。）*

這句話令任雪糖豁然開朗，他的確不需要擔憂什麼……

做就對了。

「唔記得同你講，我今日請咗法文老師嚟，佢都識講粵語，一齊上堂平啲，你有冇嘢做？」南宮妍突然問起。

「唔……」任雪糖思考中。

話音剛落，屋裡的門鈴響起。

南宮妍走去開門，對方穿著灰襯衫和打黑領帶，戴著橢圓形黑框眼鏡，留著少女感的髮蔭。

「Bonjour ！」*（你好！）*

任雪糖看到她後乾瞪眼說：「係你。」

「又係你！」對方都瞪大雙眼。

「吓，識㗎？」南宮妍怔住了。

這位教法文的導師，正是萬能的憨妮。

「識，我諗算係識。」任雪糖點頭。

「哈，朋友有冇得打折㗎？」南宮妍笑著問。

「嗯！可以唔收加一。」憨妮大力點頭。

「學法文都要加一！？」

「講笑講笑，哈哈哈哈。」

「當自己屋企就得。」南宮妍給憨妮放好環保袋。

憨妮從環保袋取出法語書籍，讓兩人坐好後開始教學。

憨妮雙手合十說：「好！首先呢，法文有廿六個字母，你哋要將英文同法文嘅腦袋分開，如果唔係會好容易混淆，所以你哋要由零去開始。」

如是者，憨妮喋喋不休的說了兩個小時，任雪糖和南宮妍兩人亦孜孜不倦地吸收法語知識。

憨妮離開前，告訴了兩人學習的秘訣，法語和英語想要進步神速，終究離不開以下定律——「多寫多讀多聽多講」。

不在家中學習法語的時候，他倆多半是在阿爾卑斯山上。

由於快到阿爾卑斯山的雪季末，他們都把握時間去雪攀。

「記唔記得上上年？」南宮妍一如既往擔當領攀者，遙遙領先於任雪糖。

「嗯？」任雪糖抬起頭。

「嗰陣你仲係個咩都唔識，玩緊運動攀嘅人，你睇下你依家……」

「算快？」

「快得好離譜，但有動機就係唔同啲。」南宮妍舉頭望住頂點。「有

好多人玩攀登嗰陣，係唔知自己點解要攀，心入面毫無信念嘅話……會好易跌落嚟。」

有時候，還會換成任雪糖指導南宮妍滑雪。

因為南宮妍是滑實用性較高的雙板，所以任雪糖都會特意轉換雙板教學。

當南宮妍戰戰兢兢的從高山滑下來時，任雪糖能施展精湛的倒滑技術。

每天充實的行程下，時間流動得飛快。

大約三月份的某一天，南宮妍非常專注的集中在手提電腦螢幕上，平日她不是在屋裡拉筋健身，就是戴上眼鏡自學法語，不會沉醉於互聯網世界。

任雪糖有些好奇，便湊去看看。

「Arc'teryx Alpine Academy……」*（始祖鳥登山學院……）*

「哇。」南宮妍嚇了一驚，沒有為意任雪糖存在。

「活動嚟？」

「一年一度嘅登山界盛事簡稱 AAA，會邀請世界頂尖好手教人攀山。」

每年三月，霞慕尼均會聚集來自世界各國登山愛好者，前來參加 AAA 學院安排的各項課程，課程採取小班教學，由基礎到進階應有盡有，包括健行、登山基礎教育、山區急救與救援、地圖判位與 GPS 使用、攀岩技術、冰攀訓練、抱石技巧、高山攝影、高海拔醫學、技術冰攀、越野跑、滑雪等豐富課程，由於非常熱門，每次開放報名，名額都會一秒清空。

「有滑雪！？」任雪糖只留意到這個詞語。

「你可以試下報名嘅，如果報到嘅話。」

任雪糖聽到南宮妍說得這麼厲害，想都不想立即搜索課程網頁。

其實任雪糖是否真的想參加？不是，但他仍然抱著一試無妨的心態，嘗試申請。

就好像某某當紅歌星來香港開演唱會，評論總是說一票難求，就算你不是真的想去，都可能會抱著跟風心態去搶票。

可一旦真的搶到了，就會像任雪糖又驚又喜。

「Your registration has been accepted.」網站出示訊息。

（你的報名已獲接納。）

手癮去報名滑雪課程的任雪糖，居然真的搶到名額了。

「吓，又話好難嘅……」任雪糖在螢幕前愣住。

另一邊廂，亦傳來南宮妍振奮的叫聲。

「你報咗？」任雪糖又走去她的房間。

「攀岩、技術冰攀同抱石都報咗，你呢？」

「報咗滑雪，但……唉。」任雪糖一想到要跟陌生人交流，開始感到後悔不已。

「咁易搶嘅？我喺香港無次搶到……」南宮妍挲著下顎思索。「可能我哋 IP 喺霞慕尼，連線特別快。」

怎樣也好，米已成炊。

令任雪糖稍為安慰的是活動的舉行日期是六月，距離那天到來尚有一段時間。

正當任雪糖想關掉電腦時，突然收到一則訊息，原來有個人在自己 YouTube 影片下留言，那是攻略南針峰的影片。

吳曉梅：「amazing」

一位中文名字的用戶，在他這條點擊不到十人的影片下留言。

任雪糖有些好奇，演算法是怎麼推薦給對方看見的。

「差唔多到四月底。」南宮妍突然跟任雪糖說起一件事。

「有咩事？」

「阿爾卑斯山轉季，你到時無得滑。」

「仲有兩個月時間……」任雪糖心中盤算著。「你估，你可唔可以領攀帶我上無纜車嘅雪峰？」

任雪糖打算先攻略沒纜車的雪峰，有纜車要上山頂很簡單。

任雪糖攀登技術不俗，但有時要獨自攀登部份雪峰，依然會面臨失敗的風險。

失敗的攀登是會浪費掉時間和體力。

「我有咩著數先。」南宮妍沒有一口答應。

「唔……」任雪糖抓抓後腦。

「之後再諗？」南宮妍提出。

「好。」

有南宮妍相助，無疑多出三頭六臂。

他們利用圖書館和電腦設備，整理出阿爾卑斯山一百二十八座雪峰，規劃出挑戰的順序和路線。

這些雪峰中，通常越難攀登上去的，滑下去的難度就越高。

南宮妍決定由淺入深，帶領任雪糖登頂。

假若僅憑任雪糖一人挑戰，這些高聳的雪峰將會消耗大量的時間，但有南宮妍擔任先鋒領攀，一切都像手到拿來，任雪糖只需要沿著後人設下的固定點攀爬即可。

冬去春來。

兩人的羽絨衣由披著雪霜，漸變成披掛著露水的晨霧。

任雪糖目睹阿爾卑斯山如同一幅壯觀的畫作慢慢展開，積雪逐漸融解成溪流，緩緩流過寒冷的岩石縫隙，滋養著潮濕的綠草地。隨著雪線逐漸升高，雪峰展露出原有的面貌，原本單一的雪白世界變得色彩繽紛。

站在山頂上的任雪糖每次都很珍惜挑戰的機會，因為如果挑戰失敗就代表著要重新攀登一次。

無論任雪糖再厲害，他的對手是一億年前就屹立於此的阿爾卑斯山。

面對這麼神聖的一座雪峰，所有的技藝和力量都顯得相當渺小。

--- 本集完 ---

墨說［1］作品

書名　《巔峰造極者》卷一
作者　墨　說
插圖　右　貓
主編　施仁毅
文字編輯　甄偉健
設計排版　銘　仁

出版　龍宇宙科技集團有限公司
地址　香港鰂魚涌華蘭路 20 號華蘭中心 21 樓 5 室

發行　泛華發行代理有限公司
地址　香港新界將軍澳工業邨駿昌街 7 號 2 樓

承印　龍宇宙科技集團有限公司
地址　香港鰂魚涌華蘭路 20 號華蘭中心 21 樓 5 室

出版日期　2025 年 7 月

定價　港幣 98 元

國際書號　ISBN 978-988-70756-1-5

圖書分類　流行文學

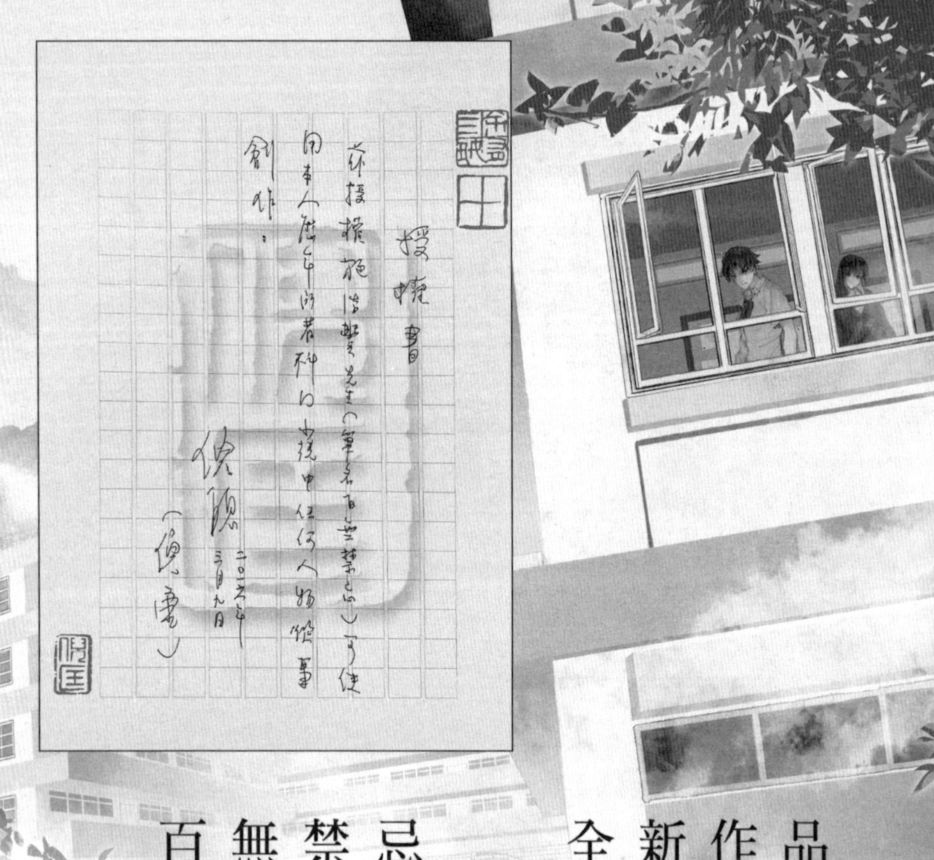
授權書

茲授權施浩聲先生（筆名百無禁忌）可使用本人歷年所著科幻小說中任何人物從事創作。

倪聰
二〇一六年三月九日
（倪匡）

百無禁忌　全新作品

異常教室
藍血王子與神秘歌聲

倪匡授權

衛斯理消失二十年後的世界……

2025年冬．藍星閃耀．王子歸來！

【作品推介】

《全校困咗喺學校出唔返嚟》《為了她，我將經歷十二次世界末日》《通向平行世界的螺旋路